最後の巡礼者 上

ガード・スヴェン［著］
田口俊樹［訳］

Den siste pilegrimen

Written by
Gard Sveen

竹書房文庫

Den siste pilegrimen by Gard Sveen

Published by arrangement with Nordin Agency AB, Sweden
through Tuttle-Mori Agency, Inc., Tokyo

日本語出版権独占
竹書房

最後の巡礼者　上

プロローグ

二〇〇三年六月八日　聖霊降臨日
カール・オスカー・クローグ邸
ドクトル・ホルム通り
オスロ　ノルウェー

若い家政婦は大きな木造の邸宅のまえに車を停め、そこで初めて道路に面した入口の門が閉まっていなかったことを思い出した。それでも、ラジオから流れる曲が終わるまで一分近く車の中にいた。曲がフェードアウトすると、ラジオを消して車から降り、舗装された私道を振り返った。

錬鉄製の門は大きく開け放たれていた。はいってきたとき、彼女は開けていない。門が開けっ放しになっていたことはこれまでに一度もない。

カール・オスカー・クローグの家政婦になってからほぼ一年のあいだにわかったのが、彼はそのことについて実に口うるさいということだった。初めてここに来たときにまず訊かれたのが、ちゃんと門を閉めたかどうかだった。その注意は一日の仕事を終えて屋敷を出るときにも必ず繰り返される。〝門は忘れずに閉めていってくれよ〟と。

それに犬。犬はどこにいるの？

いまだに彼女にとってはちょっと怖い、元気いっぱいのイングリッシュセッター。裏庭で鎖につながれているその犬が吠えもしなければ、鎖を引っぱってもいない。いつもなら彼女が車から降りたとたん、長い散歩に連れていってもらうのを期待して自分の存在をアピールするのに。

家政婦は邸宅のほうを向いた。車のドアを少しばかり強めに閉めた。その音が耳の中に響いたあと、あたりはまたしんと静まり返った。さっきよりさらに静かになったような気がした。気温も上がったように感じられる。昨日から市を襲っている突然の熱波にはもはや心地よさなど微塵もない。耐えがたいものになっている。

呼鈴を二回鳴らしたところで疑いの余地はなくなった。

何かがおかしい。

ついさきほど、それもほんの数分まえに、今彼女が立っている階段に誰かが立っていたような気がした。この家に属さない誰かが。

もう一度呼鈴を鳴らした。

「クローグさん？　カール・オスカー？」

彼女は重い重厚なドアの把手に手をかけた。鍵がかかっている。あたりを見まわし、この広大でうら淋しい邸宅と、外からの視線を完全にさえぎる風よけの高いトウヒの木々に向けて、心の中で悪態をついた。この世でひとりぼっちになったような気がした。今叫んでもその声は誰にも届かない——そんな気がした。

ゆっくりと家の側面にまわった。キッチンの窓のまえで足を止め、ガラスに手をあてて中をのぞき込んだ。誰もいない。石が敷きつめられた小径をさらに進み、書斎の外も通り過ぎて、家の裏にあるテラスに向かった。なるべく音をたてないよう注意して歩いた。裏に曲がる角まであと三フィートというところで立ち止まり、照りつける太陽で暖まってている隅梁に手を這わせた。普段なら顔のまえを飛ぶ虫を追い払うところだが、今は虫の存在にすら気づかなかった。まっすぐ前方を見ることだけに集中した。そうすることで、心が少し落ち着いた。遠く眼下に広がる街並みも、フィヨルドを縫うようにしてゆっくりと進む白い船が描くジグザグの航跡も視野にはいらなかった。

角を曲がると、テラスの出入口から白いカーテンが顔をのぞかせているのが見えた。風に揺れていた。

視界の隅で何かが動いた。ガーデン家具の横の敷石の上だ。犬の死体の下から赤い血だまりが広がっていた。白黒のぶちの咽喉が彼女のほうに向かってぱっくりと開いていた。血は一向に固まる気配がないように見えた。

車まで駆け戻ろうかと思ったが、彼女の足はそのままテラスに向かった。

揺れているカーテンにゆっくりと近づきながら、お守りください、と彼女は神に祈った。

犬の死体を避けて居間にはいった。床の中央に、かつてカール・オスカー・クローグだったものが倒れていた。眼をくり抜かれ、全身をクラゲのように切り刻まれていた。

どうして？　と彼女は思った。どうして自分と同じ人間にこんなことができるのだろう？

一章

一九四五年五月二十八日　月曜日
ヨルシュタモーエン捕虜収容所
(旧第三〇三捕虜収容所)
リレハンメル　ノルウェー

ノルウェーのレジスタンス組織〈ミーロルグ〉のカイ・ホルト大佐は練兵場で足を止めると、眼のまえに並ぶ兵舎をしばらく眺めてから振り返り、自分がはいってきた門をじっと見つめた。今ならまだ引き返すことができる。そんなふうに自分に言い聞かせでもするかのように。

実際、彼は自問していた――答えを知りたくないならそもそも質問するべきではない。ちがうか？　何も知らずにいるのが一番いいのだ。そして、普通の人がしているように、あるがままを受け入れてこのさきの人生を生きればいい。ただ、ひとつ問題なのは、そう、おれにはこのさきの人生が残されていないことだ。戦争はおれを生かしてはおかないだろう。

「おれも捕まればよかったのだ」彼はぼそっとひとりごとを言った。

〝あなたも捕まればよかったのに〟

長年連れ添った妻にそこまで言われ、彼は家を出た。五年のあいだ生きる支えとなっていたもの——妻、子供、彼らにまつわるすべて——を捨てて。それでも、初めて外で寝た夜は解放感に浸ることができた。

そんな記憶を振り払い、ホルトは軍服の脇ポケットから尋問申請書を取り出した。申請書を広げ、自分が空欄に書き入れたことばを読んだ。

〝ペーター・ヴァルトホルスト大尉。国家保安本部第四局。外務局リレハンメル駐屯地〟

最下部にホルト自身の署名があった。ホルトがリレハンメルにいることを知る人間は何人かいたが、その理由まで知る者はいなかった。目下のところそれでいい。今でも多くのソ連人捕虜がいるこの収容所に、数人のドイツ人将校が移送されたことを知る者は多くない。

第四局。ゲシュタポの正式名称は無害そのものに聞こえる。役所ことばで地獄を隠すというのはいかにもドイツ人が考えそうなことだ。

谷のはるか向こうの上空から晩春のノルウェーには珍しい大きな雷鳴が轟いた。

カイ・ホルトは申請書を注意深く折りたたんでポケットに戻した。土砂降りの雨がすでに軍服に浸みはじめていた。眼のまえの建物に向かって走った。すぐには中にはいらず軒下で立ち止まった。あと数分だけでもすべてのことを先延ばしにしたかった。胸ポケットからスウェーデンの煙草を取り出した。じきに持ちものすべてがスウェーデン製になるだろう。ニコチンのおかげで気持ちが落ち着き、門を抜けたときから早鐘を打っていた心臓もいくらか落ち着いてくれた。

　まるで洪水だ。丘に叩きつけ、宙に跳ね返って泡立つ雨を眺めながら、カイ・ホルトは思った。創造主が全人類をその罪のために溺れさせようとした故事が思い出された。誰ひとり、誰ひとりとして、罪を犯さない者などいない。ホルトも何人もの人の命を奪ってきた。すべてが終わった今でも自分が殺した人々が毎晩夢枕に立つ。若者。老人。子を持つ親。まだ十九歳の母親もいた。ホルトが階段を駆け降りたとき、その赤ん坊は泣き叫んでいた。いまだに薄いドアと階段の吹き抜けの向こうから泣き声が聞こえる。いまだにベビーベッドにただひとり残された赤ん坊の姿が見える。自身もまだ子供といっていいような母親が廊下の血だまりの中に倒れている姿も。

　罪を犯さない者などいない。

　それこそ真実ではないのか？　おれはこのことばを紙に書いて、過去五年間に書きためたメモと一緒に取っておくべきだ。取っておけば、そのことばがおれの回想録に箔をつけてくれるだろう。そんなものを読みたがる人がいて、そもそもこのおれが生き延びられたらの話だが。自分でも書くつもりだったのではないか？　どうしてメモを持たずに家を出てしまったのだろう？　今の今まで考えもしなかったが、あのメモは要る。十日ほどまえに妻と子の人生から去ったときには、そんなさきのことまで考えていなかった。十日まえの五月十七日――一九三九年以降初めて自由になったノルウェーが祝った独立記念日には。メモはすべて靴の箱に入れ、箱はアメリカ製のトランクに入れた。不要となった服を詰め、今までは自分のものだった家の屋根裏部屋に置いてあったトランクに。自分が家に二度と戻らなければ、それらはすべてそのままそこに残るだろう。

突然、ジープがものすごいスピードで角を曲がってくる音が聞こえ、ホルトは飛び上がった。ジープはホルトが立っている階段のまえで急停止した。運転していた若いアメリカ人兵士はそのあと頭を背もたれに預けて自分の世界に浸った。チューインガムを噛みながら。

煙草を吸いおえかけたところで、ホルトの横のドアが開いた。ふたりの男が出てきて、立ち止まった。天気の急な変化に今初めて気づいたのだろう。ひとりはアメリカ人で、ホルトと同じ大佐だったが、もうひとりは平服を着ていた。その民間人は横を通り過ぎようとしてホルトにぶつかり、「すみません」とスウェーデン語で謝った。アメリカ人大佐のほうはホルトにおざなりの会釈をし、ふたりは階段を降りていった。運転手が助手席のドアを開けようと慌てて車から降りると、大佐は「乗ってろ」と言った。童顔の民間人はジープに乗るまえにホルトを振り返り、いっとき見つめた。濡れた帽子のつばの下、男の口元に笑みが浮かんだように見えた。

　ホルトは森の中に消えていくジープを見送った。あの童顔をまえにどこかで見たような気がした。いや、気のせいか。普段なら、スウェーデンの民間人がアメリカ人将校と一緒にこんなところにいることに疑問を抱くところだが、今日はそれ以上考える気になれない。ノルウェーの解放にともなう混乱の中、どんなことにも驚かなくなっている。

　ホルトは煙草を地面に落とし、振り向いた。入口のドアの金網入りガラスには、今も鉤十字つきの輪の上にドイツ帝国の鷲をあしらった国章が描かれていた。それを見て、ホルトは一瞬動揺した。ドアの把手にかけた手をすぐには動かすことができなかった。

　豊かでつややかな黒髪をしたイギリス軍の中尉が、急ごしらえのカウンターの向こうに坐っていた。戦争のあいだずっと机について過ごしたあと、今になってドイツ軍からノルウェーを引き継ぐためにやってきた――そんなことを思わせる風情の中尉だった。その隣りに武装したイギリス軍の憲兵が傲慢な顔をして立っていた。ここへ来てまだひと月も経たないというのに、イギリス人たちはまるでこの国は自分たちのものだとでも言わんばかりに振る舞っている。その点はアメリカ人も同じで、ホルトはアメリカ人がことさら好きなわけでもないが、気に障るのはイギリス人のほうだ。彼らは自分たちが勝者であることを全世界に宣言しようともしない。そんなことは誰もが知っていると信じ込んでいる。いずれおまえもイギリス人の即刻帰国を望むようになる、などと数週間まえに言われていたら、ホルトはまずまちがいなくそう言った相手の頭を疑っていただろう。オスロのヴァルキリエ通りにあるアパートメント——幼い少女の部屋の床下——で息をひそめてゲシュタポの息づかいに耳をすましていた自分と同じくらい頭がおかしくなったかと。それが今、イギリス人に対してそんなことを思っているとは。

　ホルトは上着のポケットから尋問申請書を取り出した。紙の隅が濡れてわずかに破れていた。イギリス人将校は書類を受け取りはしたが、眼はホルトからずっと離さなかった。まるでホルトの正気を見きわめるかのように。それでも最後にはあきらめたようなため息をついて、書類を平らに伸ばした。ホルトは、ここではイギリス人に馬鹿なことを言ったりしないようにしようと改めて自分に言い聞かせ、頬の内側を噛んだ。中尉はイニシャルで署名してから書類をホルトに返した。ホルトは憲兵伍長に案内され、地下に向かう階段を降りた。地下の暗い廊下は黴(かび)臭く、息苦しかった。

　ペーター・ヴァルトホルストが監禁されている部屋のまえには、〈ミーロルグ〉の若い兵士が見張りに立っており、気をつけの姿勢を取った。ホルトは手を振ってそれをやめさせた。そして、伍長にことばをかけ、今来た廊下を伍長が帰っていくのを見送ると、また振り向いた。その先にある階段は幅広のざらついた木の板で封鎖してあった。ホルトは髪を掻き上げ、自分が地下にいることを——出口がひとつしかない、暗くじめじめした空間にいることを——努めて気にすまいと思った。が、その努力も手のかすかな震えを抑えるには足りなかった。

〈ミーロルグ〉の兵士の横を通り過ぎてドアノブに手を伸ばした。細い窓からの光が眼を刺し、悪臭に襲われた。すぐには室内の様子がわからなかった。一瞬の間を置いて見えてきたのは、窓辺の隅に体を丸めて横たわっている男の姿だった。

ホルトは戸口で立ち止まった。ざらついたコンクリートの床にドイツ人が横たわっている。それは驚き以上のもの、信じられないと言ってもいい光景だった。そのドイツ人はひどく殴られていた。

ホルトは〈ミーロルグ〉の兵士を振り返った。兵士は短機関銃シュマイザーMP40を胸のまえに持って、指で銃身を弄んでいた。その眼に恐怖を浮かべ、青白い顔をしたまま部屋を出てドアを閉めた。

ドイツ人は外の雨音を掻き消して近づいてきた足音に気づくと、両手で頭を庇うような恰好をした。緩慢な動きだったが、それ以上速くは動けないのだろう。片腕が強ばり、動かすだけで痛そうだった。暗くてはっきりとは見えなかったが、どうやら泣いているらしい。まちがいない。この悪魔が。おまえはこういう目にあうだけのことをしてきたのだ。そう思いながらもホルトの怒りはすぐに消えた。むしろそんな思いを抱いた自分に悪態をつき、そのあとむしろおだやかな口調で問い質した。

「ペーター・ヴァルトホルスト大尉か？」

ドイツ人は答えなかった。頭を手で庇った体勢を崩さなかった。胸や腹を庇えば頭を蹴られる。そうなれば命を落とすこともありうる。

「ペーター・ヴァルトホルスト？」

かすかに何か聞こえた。〝イエス〟のつもりだろう。

「モヒテン・ズィー・ナーハ・ハウゼ・ファーレン？」とホルトはドイツ語で尋ねた。

〝家に帰りたいか？〟

ペーター・ヴァルトホルストは低く笑って言った。

「どうせどこにも行けない」

「私の持つ伝手をたどれば帰すこともできなくはない」そうは言ったものの、ホルトとしても自信があってのことではなかった。が、それはヴァルトホルストが知らなくてもいいことだ。ヴァルトホルストは状況次第では処刑されて当然の男だった。

カイ・ホルトは、ペーター・ヴァルトホルストのような状況に置かれた者には訊くまでもない質問を繰り返した。

「家に帰りたいか？」

長い間ができた。地下の窓を叩く雨の音はいくらか弱まっていた。雲も去りかけていた。

「私には幼い娘がいる」沈黙の末、ヴァルトホルストは言った。

「こっちもご同様だ」

「娘には一度しか会ったことがない」

雨がまた地下の小さな窓を叩きはじめた。

「あんたは誰だ？」とヴァルトホルストのほうから訊いてきた。

ホルトは答えなかった。室内の悪臭に圧倒されて、一瞬、ヴァルキリエ通りのあの家の床下にいるような錯覚に襲われた。ホルトは爪が手のひらに食い込むほどきつく手を握りしめた。

「教えてくれ、あんたは誰なんだ？」とヴァルトホルストは繰り返した。今度は完璧なノルウェー語だった。カイ・ホルトは凍りついた。どういうわけか、ドイツ人がノルウェー語を話すことに耐えられないのだ。今のように完璧に話されるとなおさら。まるでこんなことを言われているような気がするのだ――〝われわれもきみたちも同じ人間だ。だから武器を置いて、お互い兄弟として生きていこうではないか〟。

「ホルト。カイ・ホルトだ」

ヴァルトホルストは鼻を鳴らした。

「天使に守られた男か。いかにもそんな感じだな、あんたは」

ドイツ人のあいだで〝エンジェル〟という渾名（あだな）をつけられていることはホルトも知っていたが、どうでもいいことだった。天使など信じていなかったから。もはや自分のことすら信じられなくなっていた。ドイツ人たちは一週間彼の心身をばらばらにしようとしたあと、突然放り出した。それを思えば、何かに守られていたのかもしれない。だから自分より偉大な存在というものも信じるべきなのだろう。しかし、今となっては何もかももうどうでもよかった。

「咽喉が渇いてるんじゃないか、大尉？」

「私は……」ヴァルトホルストは顔から手をどけて血の塊を吐いた。「飲めない……」

ホルトは廊下に出ると言った。「水を持ってきてくれ」〈ミーロルグ〉の兵士はさっきよりさらに怯えた顔をしていた。廊下の先の閉まったドアの向こうで何かが壊れる音がした。「早く！」ホルトが怒鳴ると、若い兵士はわれに返った。「それから、ガーゼかハンカチか、なんでもいいから探してこい」

部屋に戻り、ポケットから煙草のパックを取り出した。濡れていない煙草を二本見つけ、一本に火をつけてヴァルトホルストに渡した。

ヴァルトホルストは肘をついて上体を起こそうとしたが、すぐにあきらめた。若い顔が苦痛に歪んだ。それでも口から声は洩れなかった。ホルトは室内を見まわした。部屋の片隅に椅子がふたつあり、ひとつは脚が壊れて横倒しになっていた。収容所内にいる赤十字のスタッフに言っておくべきかとも思ったが、すぐに忘れた。どうしてドイツ人の便宜を図ってやらなければならない？　それもゲシュタポの将校への便宜など。

壊れていない椅子を引っぱってきて、ペーター・ヴァルトホルストを坐らせ、口に煙草をくわえさせた。ヴァルトホルストは深く一服すると、左手で煙草を口から離し、二本の指を血まみれの唇にやった。右腕は脱臼か骨折しているにちがいない。それ以上考えるな、とホルトは自分に言い聞かせた。ヴァルトホルストは当然の報いを受けた。昔ながらの暴力を受けた。ただそれだけのことだ。誰だってやることだ。ドイツ人も同じことをした。たいていの場合、尋問の最初の数時間はどうということはない。うっかりすると、コーヒーを飲みながらの語らいのまま終わってしまうのではないかとさえ思うほどだ。が、静かな数時間が過ぎると、おまえの母親でさえ体の見分けがつかなくなるほどぶちのめしてやるなどと脅される。カイ・ホルト自身は拷問を受けたときこう答えた。「母はもう死んでいる」それが相手を狂犬のように怒らせた。今、ホルトはゲシュタポの若い将校と向き合いながら思った。すべては無駄だった。あの年月と苦しみ。無意味なサバイバル。ホルトがドイツ人から拷問を受けたのは――なんという運命のいたずらか――別のレジスタンスの闘士とまちがえられたからだった。しかし、今にして思えば、拷問のほうがまだましだった。最悪だったのは、生きたまま棺桶に入れられたように床下にひそみ、待つしかなかったことだ。

「それより」とヴァルトホルストは途中まで吸った煙草を床に捨てて言った。「なんで私にそんなに親切にする？」

ホルトは煙草のパックをまたポケットから出すと、新しい煙草に火をつけ、古い吸い殻をざらついたコンクリートの床に捨てた。

「私の知るかぎり、きみは一九四〇年にはオスロにいた。ちがうか？」

「知ってるならなぜ訊く？」

「その時期にきみがオスロにいたことを証明する書類が見つからないからだ。きみは当時〈アプヴェーア（ドイツの諜報機関）〉にいたんじゃないのか？」

ヴァルトホルストは顔をしかめた。ホルトはそれを肯定のしるしと理解した。

「誰から訊いた？」

「もうさきがあまり長くない男からだ」とホルトは答えた。「心配は要らない」

「心配なんかとっくにやめたよ」

「彼のようになりたくないなら協力することだ」

ふたりは長いこと見つめ合った。やがてヴァルトホルストは眼を閉じてうなずいた。

「わからないことがあるんだよ」とホルトは深く煙草を吸いながら言った。「おそらく……その答えがわかるのはきみだけだと思う」

「わからないことがあるのは珍しいことじゃない」とヴァルトホルストはぼそっと言った。

「一九四二年の秋……」とホルトはヴァルトホルストというより自分に向かって言った。

一瞬、声に感情がにじみ出そうになり、ことばを切った。一度、さらにもう一度咳払いをしたが、無駄だった。

ふたりは永遠とも思われるほど長く見つめ合った。

「いい秋じゃなかった」ようやくペーター・ヴァルトホルストのほうが言った。

その表情を見れば、どんな質問なのかわかっているようだった。さらにその答えも。考えるだけでホルトは涙が出そうになったが、今ここで泣くわけにはいかない。敗者の足元に伏して勝者が泣くわけにはは。

「その秋、われわれの中に毒ヘビがいた。裏切り者だ」とホルトは言った。「若い男で名前はグットブラン・スヴェンストゥエン。きみも知ってるはずだ。しかし、思うに……」

ホルトはあとを続けかけ、そこで思い直した。

「人ちがいだったと思ってるんだな？」ホルトの心を読んだかのようにヴァルトホルストは言った。

ホルトはうなずきながら尋ねた。

「人ちがいだったのか？」

「それは言えない」

「じゃあ、こっちもきみを助けられない」とホルトは言った。

「それでかまわない」とヴァルトホルストは言った。「助けてもらわなくても私は助かるかもしれない。さきのことは誰にもわからない」

　ふたりはしばらく押し黙った。そこへ〈ミーロルグ〉の兵士が水と包帯を持ってきた。

　ホルトは改めて思った。ここに来たのはそもそもまちがいだったのではないか。ヴァルトホルストのような人間に何がしてやれる？　非ノルウェー人のこいつらが平和を奪ったのに。ヴァルトホルストのような人間のためにしてやれることなど何もない。

「ゲシュタポに移ったのは愚行だったな」とホルトは言った。「また娘さんに会えるといいが」

　ヴァルトホルストの表情は変わらなかった。乾いた血が仮面のように顔に貼りついていた。これ以上言えることはホルトには何もなかった。ヴァルトホルストはすでに充分痛めつけられている。ホルトは彼に背を向け、ドアのほうに数歩進んだ。

「スペインに行ったことはあるか？」ホルトがドアの把手に手をかけたところで、ヴァルトホルストがぼそっと言った。「スペインのガリシア州に」

　ホルトは振り返った。

　ペーター・ヴァルトホルストはうなだれて坐っていた。痛めつけられた腕がだらりと垂れ、もう一方の手は膝の上に置かれていた。窓からの明かりに彼の体の影がコンクリートの床に長く伸びていた。

「有名な大聖堂のある町がある」

「スペイン、ガリシア、大聖堂？　なんの話だ？」

ホルトは首を振った。いったいこの男は何を言おうとしているのか。

ヴァルトホルストは使えるほうの腕を上げると、悲しげな笑みを浮かべて見上げた。まるで、眼のまえのホルトに同情するかのように。

「私が考えてる町の名はあんたも知ってるはずだがな」とヴァルトホルストは言った。

「思い出したら自分に訊いてみるといい。そういうところに行くのはどういう人間か」

ホルトはすでにその答えを口の中でつぶやいていた。

二章

二〇〇三年五月十六日　金曜日
警察本部
オスロ　ノルウェー

トミー・バーグマンは昔からよく思う。自分の判断力というのはどれほど確かなものなのか。独立記念日前夜の五月十六日の夜、犯罪捜査課で残業することを選んだという事実だけでも、判断力の欠如は明らかだ。独立記念日前夜に当直になるというのは今も昔も最悪の選択だ。だから、今も警察本部にいるのは、新人と市を破滅から救えると愚かにも信じているバーグマンのような者だけだ。もっと言えば、自身の私生活を犠牲にすることも厭わない。そもそも社会から取り残されているような人生なのだから。その犠牲のおかげで、普通の生活を送る人々——普通の家庭生活を送る人々——は休日を愉しむことができるのだ。時間が足りないとこぼす人々の話を聞くたびに、バーグマンは外国の話を聞いているような気になる。時間を持て余すようになった。休暇の予定と言えば、七月に一週間、十二歳の女の子たちのハンドボールチームを率いてヨーテボリに行くくらいのものだ。それを休暇と呼べるなら。

まあいい。屋上に出るドアを押しながら彼は思った。少なくとも深夜勤じゃない。それに金も自由に使える。だからおれは救いようのない馬鹿というわけでもない。

それに、半夜勤の仲間たちとの賭けにも勝つ自信があった。賭けの対象は自分たちのシフト中に通報がある最初の死人とその死因だ。この時間帯に不自然な死が起きるとすれば、それは自殺であることが多いのだが、今夜の現場班の当直のモンセンは彼のいつもの組み合わせに二百クローネ（当時の為替レートで一クローネ約十五円）賭けている。死人は新たな移民で、死因は殺人というのに。

バーグマンはモンセンの幼稚な人種差別も、この手の賭けに参加せずにはいられない自分自身の弱さも、努めて気にしないようにして、日よけの下に置かれたプラスティックの緑のテーブルのまえに坐った。休憩室よりここのほうが人生がましに思える。青いリノリウムの床に古びた革のソファが並ぶ休憩室では、どんな楽天家も気が滅入る。今、バーグマンは眼のまえに広がる市(まち)の光景に不思議と心が落ち着いた。

椅子の背にもたれて眼を閉じ、何年ぶりかで太陽が顔を温めてくれるのに任せた。しばらくのあいだ、不可能と思われることをやってのけた。何も考えずにいっとき過ごすことができた。頭の中にあるのは市(まち)の喧噪だけだった。が、やがて頭の奥のほうで無意識のうちに小さな思いが芽生え、それが心の平穏を乱した。ヘーゲ。夏には白に近くなるブロンド、緑がかった青い眼、浅黒い肌。今はもう名前も覚えていないトスカーナの村のホテルの白が基調の涼しい部屋で、彼女の肌に舌を這わせて味わった塩の味。
何もかもがまたうまくいくようになるはずだったあの夏。本気で自分に誓った。二度とあんなことはしないと。

それがイタリアから戻ると、また彼女を殴ってしまった。ただ殴った。二回、三回、四回と。理由は思い出せない。彼女が何か言ったのは確かだ。彼を怒らせるような何かを。彼女にしか言えないその二言三言にバーグマンは卑屈になった。たった一度。もうしないと約束したあとはたった一度だけだ。しかし、それが取り返しのつかないことになってしまった。いや、一度ではなかった。何度だったかも思い出せない。彼女に対して自分がしたことはすべて忘れたかった。忘れたくないのは自分よりずっと見た目のいい女性——ヘーゲのような女性——とは二度と恋に落ちてはいけないということだ。

「おまえは最低だ、トミー・バーグマン」と彼は自分につぶやいた。

右手にある赤い両開きドアが開いて閉まる音がした。

バーグマンは眼を開けなかった。

聞きなれた男の声がした。煙草でかすれたその声。窃盗課のドラムスタ。こいつもここ警察本部で時間をつぶす以外、週末にすることがないのだ。

「とんでもなくいい天気だな」噂によると、ドラムスタは自らの名が示すとおりほぼ毎日強い酒（ドラムス）を飲んでいるそうだ。

　バーグマンはうめき声で応じ、ヘーゲのことを考えた自分に心の中で悪態をついた。

「ああ、ほんとにいい天気だ」とドラムスタはひとりごとのように言った。いや、そうじゃない。バーグマンは眼を大きく開き、強い陽射しを受けすぎるくらい受けながら思った。いい天気じゃなくて自殺するにはもってこいの天気だ。が、よけいなことは言わなかった。いい天気だと思うのならそう思っていればいい。

　奇跡的に平和だったその夜、バーグマンが自分のオフィスで古い報告書を書いていると、携帯電話の画面にモンセンの電話番号が映し出された。

　モンセンは咳払いをした。名乗るときの声にためらいが感じられ、バーグマンは自分がささやかな賭けに勝利を収めたことを確信した。

　数百クローネでも手にはいるに越したことはない。エーネルハウゲンの高層ビルを眺めながら、バーグマンは机から足を降ろした。

「学生のグループが古い骨を見つけた」

　一瞬沈黙が流れた。バーグマンは顔をしかめた。

「ノールマルカの森を少しはいったところだ」モンセンはオスロの北にある地域の名を口にした。ハイキングやスキーが愉しめるオスロ市民の人気スポットだ。

「どういう骨だ？」

バーグマンは背すじを伸ばし、左手で耳をふさいで、開けた窓から流れ込んでくる市の喧噪を遮断した。

「人骨だよ、もちろん」

「人骨？　野良犬の骨じゃないのは確かなんだな？」

モンセンは鼻で笑った。煙草に火をつける音が電話越しに聞こえた。勿体をつけているのだ。口から垂れた煙草と、太い首と襟のあいだに走らせた彼の指が眼に浮かんだ。

「犬だとしたら相当でかいやつだな」とモンセンは言った。「まちがいなく人間の骨だと見つけた連中は言ってる」

「そいつらは医学生ってわけじゃないんだろ？」

「それがたまたまそうなのさ。医学生が四人。現場に行かなきゃならんな」

バーグマンは眼を閉じた。

森には行きたくなかった。その昔、森の中で死体を見たことがあるのだ。一九八八年のこと、あの死体は最悪だった。

しかし、今度のは古い骨だ——車のキーをつかみながら彼はそう思った。古い骨なら問題ない。

三章

一九四五年五月二十九日　火曜日
セシル・ホテル内のレストラン
ストックホルム　スウェーデン

カイ・ホルトは通りの反対側の歩道を歩く若い女性のふたり組を眺めた。ふたりは立ち止まると、帽子店のショーウィンドウをのぞいた。ひとりが何かを指差すと、もうひとりのブルネットの美しい女性は笑って口に手をあてた。安っぽい香水、おそらくはスズランの香りが彼女を包んでいることだろう。華奢な手をしており、ホルトは一瞬、自分の裸の背中にその手がしがみつくところを想像した。彼女なら生き甲斐を与えてくれるかもしれない。現実の世界に引き戻してくれるかもしれない。しかし、おれみたいな男にああいった女性が何を望む？

眼をそらし、昼食のテーブルをはさんで坐っているホーカン・ノルデンスタムに注意を戻した。そのあとは時折ただうなずくだけで、昼食のあいだはほぼずっと、このスウェーデン人がしゃべるがままに任せた。話題は戦時中に彼らが取り調べたイギリス人のことで、ノルデンスタムが大して重要でもない退屈な話をしているのは、より重要なことに話題が移るのを避けているからだった。もっと危険な話題――ドイツが完全に敗北を喫するわずか数日まえにドイツの諜報部員が何人も国境を越えたといったような話題――になるのを。ノルデンスタムにしてもホルトからそうしたあからさまな質問をされたくないのだろう。その諜報部員たちは今どこにいるのか？　こちら側の誰かが手助けしたのか？　だとしたら、手助けしたやつらは彼らをポルトガルかスペイン、あるいはもっと遠い、名前も知らない国に向かう船に乗せたのか？

　ナチス・ドイツとの戦争が終わり、解放からまだ一ヵ月も経っておらず、ホルトは朝目覚めるたびにまだ戦争が続いているような錯覚を覚えた。今も上着のポケットには青酸カリのカプセルがはいっており、幅広のズボンに隠して、ふくらはぎにはラーマ（スペインのガビロンド・イ・シア社製の小型自動拳銃。アメリカ軍の制式拳銃「M1911A1」の縮小コピーモデル）をガーターでとめている。コートのポケットにはサイレンサーが隠してある。それらはすべてドアの外から聞こえるブーツの足音で目覚めたときに備えてのことだ。そう、この戦争は決して終わらない。ナプキン――本物の麻のナプキン――で丁寧に口元を拭きながら、戦時中はこの美しい市のこのセシル・ホテルに来るたびに、うしろめたさを覚えたのを思い出した。ストックホルムでは新たな指令を受けると、そのあと二週間ほど休暇を愉しむことができ、それがひとつうしろめたさの理由だった。が、ほんとうの理由はスウェーデンからノルウェーに戻れば、また親友のひとりが殺されたと知らされるのがわかっていたからだ。自分だけ長く生き延びていることにも罪悪感があった。戦争における最高の栄誉はただ生き延びることなどと言う者もいるが、解放から数週間経った今、ホルトにはそんなのはたわごとにしか思えない。戦争における栄誉はただひとつ、死ぬことだ。多くの人と同じ死に方で死ぬことだ。彼らはみなホルトより善良で、戻るべき本物の暮らしを持つ人たちだった。なのに、なんと自分が生き残り、今ここに坐っている。自分がわが身の自由を使ってしたことといえば、妻子も含め何もかもを捨て去ったことだけなのに。

いや、ほんとうに捨て去ったのか？　ホルトはぼんやりと自分の手を見つめた。黒く硬い毛の生えた手の甲に大きな傷痕が白く走っている。その傷を受けたときのことが急に思い出せなくなった。一瞬、悪いことなど何も——戦争も何もかも——起きなかったような気がした。が、次には雷に打たれたかのようにアグネスのことが甦った。彼女は若かった。若すぎるほどだった。彼女を救うことができていれば、この戦争にも幾許かの意味を見いだすことができたかもしれない。すべてはおれのせいだ。ホルトは改めてそう思った。それにしても、あそこまでものが見えなくなっていたとは。あそこまで考えが甘かったとは。

ホルトの思いはノルデンスタムの声に断ち切られた。

「どうした？」ノルデンスタムはテーブル越しに身を乗り出して、ホルトの腕を軽くつかんだ。「カイ、私を見ろよ」

「ヴァルトホルスト」

「ペーター・ヴァルトホルスト?」とノルデンスタムは声を落として言った。

ホルトは質問に対してというより自分に対してうなずいた。ノルデンスタムがヴァルトホルストを知っていたという事実にも反応するべきなのだろうが、あえて訊かなかった。スウェーデン人がどんな情報を手に入れていようと、ホルトはもはや驚かなくなっていた。

眼をそらし、窓の外のブルネットにまた視線を戻した。女友達と腕を組み、呑気に通りを歩いている。ノルデンスタムはいつも内ポケットに入れている銀のケースから煙草を取り出すと、蓋の上に軽く打ちつけてから火をつけた。ホルトはその様子をこっそり盗み見た。ノルデンスタムはノルウェーに対して友好的な男だ。スウェーデン軍の諜報機関C局の上官と比べると、はるかに好意的だ。ホルトはその上官と明日会うことになっている。そのことを思い出し、ふと思った――自分もスウェーデン人だったらよかったのに。スウェーデン人だったら、戦後は森で豚を育てたりして気楽に生きていけるのに。

ノルデンスタムは開いた煙草ケースをホルトに差し出し、ホルトが一本取ると、ホルトの煙草に火をつけながら言った。

「ペーター・ヴァルトホルスト……彼がどうした?」

「なんでもない。今ヨルシュタモーエンに拘束されてる。彼に会いにいって……逆に質問された」

しゃべりすぎただろうか？　いや、隠す理由はない。ホルトはそう思い直した。このことを理解できる者が誰かいるとしたら、それはノルデンスタムだろう。どうしておれにわかった？　誰にわかった？　誰ひとり疑いすらしなかったではないか。

ノルデンスタムは天井に向かって煙の輪を吐いた。ふたりの周囲では、やむことなく流れる人々の声に張り合うように、ピアノの音が部屋の隅から聞こえていた。

「彼のほうからきみに質問してきた？」とノルデンスタムは訊き返した。

ホルトはそれには答えず、ノルデンスタムのハンサムな顔を見つめた。その眼には少年っぽい楽天主義が浮かんでいた。人の心にひそむ悪とは無縁であることを思わせる眼だ。ホルトは不条理な衝動に駆られた。その整った顔をハンマーで殴り、骨と血と脳味噌がぐちゃぐちゃになるところを見たくなった。そんな状態の彼を彼の家の玄関先に放置し、国境の反対側ではどんなことが起きていたのか、彼の妻に思い知らせてやりたくなった。

ホルトは吐き気を覚えながら、頭を振ってその気味の悪い考えを振り払った――そのうちおれは完全に現実がわからなくなるのではないか。

「もう料理が来てもいい頃だ」とホルトはどこか上の空で言った。まるでそれまでの会話などなかったかのように。

「私に訊きたいことがあったんじゃないのか、カイ?」そう言って、ノルデンスタムはホルトを見つめた。ピアノの演奏が終わり、テーブルのひとつからひかえめな拍手が起きた。にぎやかなグループがスウェーデン語でなにやら叫び、そのあと笑い声があがった。

「スペインに行ったことは?」とホルトはだしぬけに尋ねた。「スペインのガリシアに」

ノルデンスタムは首を振り、笑みを浮かべて言った。「なんの話だ?」

「訊きたいことがあって、リレハンメルに行ったんだが、答えは得られなかった。で、逆に訊かれたんだ。ガリシア地方のある町の名を知ってるかと。有名な聖堂がある町だそうだ」

ノルデンスタムは眉をひそめた。この話に退屈しているのか、話の向かう先に不安を覚えているのか。ホルトとしてはどちらでもかまわなかった。

「なんのことだかさっぱりわからない」とノルデンスタムは言った。

ホルトはスーツのポケットからペンを取り出した。ピアノが『ザ・ジャズ・ボーイ』のイントロを奏ではじめた。ノルウェーでナチスがひどく嫌っていた曲だ。そのことを思い出し、ふと笑みを洩らしながら、ホルトは紙のナプキンにことばを書きつけると、それをたたみ、ノルデンスタムのほうにゆっくり押しやった。

「〈ミーロルグ〉のグットブランの件に関して、ヴァルトホルストの答えを訊きたい。もしかしたら人ちがいだったんじゃないか。そんな気がするんだよ」

ノルデンスタムは真顔になった。考えをまとめるのに数秒かけてからナプキンを開いた。

「そこに書いた場所がもしかしたら答えかもしれない。そういったところに行くのは誰だ?」とホルトはノルデンスタムの手の中のナプキンを顎で示しながら言った。

ノルデンスタムはナプキンをたたむと、途中まで吸った煙草を揉み消した。ホルトと眼を合わせようとしたが、ホルトは顔をそむけた。ノルデンスタムがナプキンをスーツの内ポケットにしまう姿が窓ガラスに映った。

「どうした、カイ?」とノルデンスタムはいささか心配げに尋ねた。「いったいどうしたんだ? 私の知っていたカイはどこへ行った? ゲシュタポの将校にからかわれたのが気に入らないのか?」

ホルトはそれには答えず、店内を見渡した。が、途中で視線を止めた。ふたつ離れたテーブルに坐っているにぎやかなグループのひとりに見覚えがある気がしたのだ。いや、むしろよく知っているような。

駄目だ。ホルトは自分に言い聞かせた。こんなことを続けていてはいけない。頭の中ではまだペーター・ヴァルトホルストの声が聞こえ、彼の黒々とした眉の下の茶色い眼が見えていた。もちろん頭の中だけのことだ。有罪判決を受けたずる賢いドイツ人の最後の卑

劣な企みだ。とはいえ、ホルトにはもはや何が真実で、何が嘘なのかわからなくなってい
た。死んだ人々にまわりを囲まれ、回転木馬に乗ってぐるぐるまわっているような気がし
た。アグネス、ヴィートオスト(白いチーズ)、この手で殺した若い母親、グットブラン。彼らが
頭の中で回転していた。このままでは頭がおかしくなる。
「今夜は女を世話してやるよ、どうだ？　少しくつろぐといい」
ホルトは首を振った。ノルデンスタムの胸倉をつかんで罵声を浴びせたくなった――
〝ヴァルトホルストがなんのことを言ってるのか、おまえにはわからないのか？〟。
「今夜はどこに泊まるんだ？」気づくと、ノルデンスタムが訊いていた。
「アパートメントだ。リンドー通りの」
ノルデンスタムは部屋の反対側にいる若い女を眼で追いながらうなずいた。
「少しくつろげって」彼はそう繰り返すと、真っ白な歯を見せて笑った。
ホルトのまえに音を立てて皿が置かれた。やっときた。
「あとで愉しもう。いいだろ？」そう言って、ノルデンスタムは笑った。つられてホルト
も笑った。〝愉しむ〟とはどういうことか。考えるまでもなかった。
「尋問のことなんかきれいさっぱり忘れられるところへ連れていってやるよ」
ホルトはすでに忘れていた。少なくとも自分ではそう思っていた。乱暴に肉にナイフを
入れた。長いこと、ゆっくり寝るのはもちろん、まともな食事もしていなかった。

「今夜は人生を愉しもう！」

ホルトはうなずいた。そうだ、大いに愉しもう。妻につい数日まえに言われたことはまちがいだということをただ証明するためだけにも。

〝あなたも捕まればよかったのに〟

あなたを失ったと言ったときにも、彼女は同じことを言った。

その最初のときにもつい数日まえにもホルトはただ「そうだな」と答えた。これでよかったのだ。妻は娘を抱いて立っていた。娘に対してホルトはなんの感情も持てなかった。生き延びたおかげで、これからは父親らしいことができるという喜びもなかった。

「あなたが幸せになれるのは」妻は自分ひとりのものだと言わんばかりに娘を強く抱きしめて言った。「亡くなった人たちのあとを追って帰るべきところに帰るときだけよ」

ホルトは何も言わずに去った。言うべきことはもう何もなかった。

カイ・ホルトはダマスク織りのテーブルクロスの上にフォークとナイフを置くと、今初めて見るように店内を見まわした。大勢の客、笑っている顔、天井近くに漂う煙草の煙、歌手の白いタキシード、店の奥の化粧室に向かう若い女の尻、それを追う視線、尻を覆って波打つ赤みがかかった紫の生地。

「ホーカン……私はこれ以上生きていたくない」とホルトはいきなり言った。

ヨルシュタモーエン収容所にいる自分の姿がぼんやりと眼に浮かんだ。彼は尋問を終えて、階段に立って外の空気を胸いっぱいに吸っていた。そのときにはもうそれまでのことがほんとうにあったことなのかさえわからなくなっていた。ペーター・ヴァルトホルストの頭を手ではさんで、そんなはずはない、全部嘘だ、と叫んだのは、現実に起きたことなのかどうか。

「そんなことを言うな」とノルデンスタムは言った。

次の瞬間、ホルトの視界の隅に見覚えのある顔が現われた。ホルトはそちらに顔を向けた。まちがいない、あの男だ。店の奥の隅、楽団の横のテーブルにヨルシュタモーエンで見た民間人がいた。童顔のあの男がただひとり、自分のほうをホルトが見るのを午後じゅうずっと待っていたかのようにテーブルについていた。

ここで何をしてるんだ？

そもそも誰なんだ？

ふたりの眼が合った。カップルがそのあいだを歩き、ふたりの視線は一瞬さえぎられた。カップルが通り過ぎると、童顔の男は人なつこい笑みを浮かべて軽くうなずき、乾杯のしるしにグラスを掲げた。

「カイ、どうした？」ノルデンスタムに腕をつかまれた。

「なんでもない」

「なんでもなくない」

「あの男を知ってるか？」とホルトは尋ねた。数人のグループがふたりの横を通り、童顔の男が坐るテーブルが一時的に視界から消えた。グループは足を止めてウェイターと話し、それからまた歩きだした。

ノルデンスタムはホルトが示したほうに顔を向けた。

「あの男を見たんだ、昨日ヨルシュタモーエンで。いや……そのまえにも見ている」

ノルデンスタムはホルトに向き直って眉をひそめた。

「どの男だ？　どの男かわからない」

ホルトは隅のテーブルに戻した眼をしばたたいた。心臓が止まった気がした。

テーブルは空だった。

見るかぎり、最初から誰も坐っていなかったように見えた。テーブルクロスはまっさらで、ナイフやフォークも動かされた形跡がなかった。ウェイターが四人のグループをそのテーブルに案内していた。

「今までいたのに……」ホルトは思わず立ち上がった。その拍子にグラスが倒れて転がり、床に落ちて割れた。

店内が静まり返った。楽団も演奏を中断してホルトのほうを見た。ウェイターはそれぞれの場所でぴたりと動きを止めた。

ホルトには店全体がぐるぐると回転しているように感じられた。隅のテーブルだけが静止していた。何もかもがぐるぐるまわっているのに。テーブルクロスもグラスも笑い声もグラスを合わせる音も。『ザ・ジャズ・ボーイ』。華やかな女たち。火のついたマッチ。シャンデリアのクリスタル。男がまた現われた。まちがいなく眼が合った。男の視線がホルトを貫いた。ホルトの知っていることすべてを見透かすかのように。

そのあと男は消えた。

「あそこに坐ってる！」広い部屋が静まり返っていることも忘れて、ホルトは叫んだ。「あそこに坐ってる！」

「大丈夫だ」遠くから声が聞こえた。「大丈夫だ」

気づくと、両肩をつかまれたまま腕を振りまわしていた。足元の床が消えた。

上からのぞき込むノルデンスタムの顔がリレハンメルの童顔の男の顔に変わった。ノルデンスタムの唇が動いているのはわかった。が、何も聞こえなかった。頭上が真っ暗になり、左側から細い気流がはいり込んでいるのがわかった。ホルトは眼を閉じ、弱々しく息をついた。気づくと、床下に横たわっていた。息を吸うたび自分の体の上にある床板に胸が触れた。できるだけ静かに階段を駆け降りた。子どもが背後で叫んでいた。

やっと通りに出ると、ホルトはノルデンスタムに向き直り、声をひそめて言った。「どうしたらこんな世界で生きていける？」

四章

二〇〇三年五月十六日　金曜日
ノールマルカ
オスロ　ノルウェー

トミー・バーグマンは小径で足を止めて上を見た。頭上に見えるのは緑と青だけだった。しばらく眼をつぶった。鼓動が全身を叩いていた。馬鹿げたことと思いながらも、ほんのひとときでも市を出られるのは嬉しかった。目的が古い骨を見るためだとしても。自嘲しながら、胸ポケットから煙草を取り出した。ゆっくりとあたりを見まわし、木々の緑が夜の光を映すのを――あるいは、夜の光が木々の緑を映すのを――眺めた。声がした。木々のこずえがたてるざわざわという音越しに左のほうから人の声がした。顔を上げると、小径の三十ヤードから四十ヤード先に赤と白の立ち入り禁止のテープが風に揺れているのが見えた。

バーグマンはまた歩きだした。思った以上に疲れていた。ハンドボールチームの中で一番動きの鈍い少女にも遅れを取るようになるのはもはや時間の問題だ。この春には上位選手のウォームアップ・ランについていけなくなっていることに気づかされた。十五－十五インターヴァル（十五秒ダッシュしたあと十五秒軽く走ること）はとうの昔にもうやらなくなっていた。

立ち入り禁止テープは広い道の左側の木の幹に巻きつけてあった。バーグマンはそれより細い、雑草のはびこる道を進んだ。骨の見つかった地点まで十ヤードごとに目印がわりのテープが結びつけられていた。

ゲオルグ・アーブラハムセンとその同僚がすでに到着していた。アーブラハムセンは白い天幕を張ろうとしていた。その下の地面には苔とシダしかないようにバーグマンには見えたが。地面に置かれた重い照明具が鑑識の作業を照らしていた。数フィート離れたところで制服警官がふたり、学生のひとりと小声で話していた。その男子学生は何度も繰り返し髪を掻き上げていた。少し離れたところにもうひとつ天幕が張られていて、女子学生ふたりと男子学生ひとりが地面に坐り、見るからに所在なげにしていた。

「まったく。これまで何度ここを通ったことか」バーグマンが歩いてきた広い道を示して、アーブラハムセンが言った。

「おれは通ってないけど」二本目の煙草をくわえながらバーグマンは言った。ハンドボールチームの少女たちについていきたければ、とっくに煙草はやめなければいけないのにまだずるずると吸いつづけていた。彼は自分に言いわけした――より健康的な暮らしを始めるのに今夜が一番ふさわしい夜になるとも思えない。

「なあ、山火事なんか起こさないでくれよな」うしろから声がした。

今夜の当直捜査官レイフ・モンセンが息を切らしながら、バーグマンが通った道の脇のコケモモの茂みを掻き分けて現われた。赤ら顔の男で、その赤さはトウヒの木のあいだから射し込む夕日の赤さといい勝負だ。

「クソひどい」と彼は言った。〝クソ〟程度のことばでもモンセンにはほぼ最大級の悪態だった。煙突みたいに煙草の煙を吐き出し、病的なまでの人種差別主義者のくせして信心深く、自身の意見に罵りのことばをちりばめることはめったにないのだ。しかし、モンセンがあれだけ煙草を吸うのは早く神に会いたいからにちがいない。バーグマンは以前そんなことを思ったものだ。

「今日は誰も賭けに勝てなかったな」とモンセンはアーブラハムセンのほうを顎で示しながら言った。

バーグマンはそれには答えず、アーブラハムセンを見守った。彼とそのチームは天幕を張るのをすでにあきらめており、アーブラハムセン自身はしゃがみ込んで、眼のまえの地面から表層の泥炭を慎重に取り除いていた。アーブラハムセンのラテックスの手袋の下に茶色がかった頭蓋骨の輪郭が見えた気がして、バーグマンは二歩まえに進み出た。モンセンもそのあとに続いた。

「ずいぶん古そうじゃないか？」とモンセンがシガレットケースを取り出して言った。

「形ばかりのわが犯罪部門は毎日平均一・三人の死体を調べなきゃならない」そう言って、アーブラハムセンは今はひざまずき、素手で荒れ土を掘っていた。「そこへもって古いぼろぼろの骨とはな」

「あそこに学生たちがいる」とバーグマンはアーブラハムセンがいるさらに先を顎で示して言った。女子学生のひとりが身振りを交えて制服警官と話していた。あの四人の学生がキャンプの続きを愉しむのはだいぶさきのことになるだろう。

「こういう狂気じみた事件はみんな国家犯罪捜査局のお偉方に任せようぜ」モンセンは咳払いをして地面に痰を吐いてから、手巻き煙草を深々と一服した。

モンセンはすぐに不満を口にする男だが、バーグマン自身の考えもモンセンと変わらなかった。人が殺されるのは通常の業務時間外であるのが常で、常にモンセンの言うとおりになる。現場班の警察官は残業手当なしで、署が開く朝八時まで夜どおし血の海を渡り、虐待を受けた女性たちや死にかけた子供たちの相手をすることになる。

「さて」とアーブラハムセンが言った。「お偉方はどうであれ、おれはこれ以上掘るつもりはないから。サポートを待つよ」

「どうして？」とモンセンが意外そうに訊き返した。

「ああ」とアーブラハムセンは言った。「あの頭蓋骨を自分の手の中で粉々にしちまうような危険は冒したくない」そう言って、ポケットから携帯電話を取り出した。

「ああ」とモンセンはアーブラハムセンの口調を真似て言った。「この骨と頭蓋骨が二十五年以上ここに眠ってたんだとしたら、おれたちがするべきことはただひとつ、さっさとこの件をやつらに渡しちまうことだ。そのあとどうするかはやつらが考えればいい」

五分後、モンセンは帰っていった。

その一時間半後には学生たちも帰され、新たにふたりの制服警官がやってきた。学生たちの供述を取るのに大して時間はかからなかった。学生たちはそこにテントを張ろうとしており、最後のペグを打ち込んだら土の中の何かにあたり、引き出してみると骨だったということだった。人骨、おそらく脚の骨だ。そういうものは彼らのほうがその後現場に到着した誰より見慣れているはずで、彼らの見立てを疑う理由は何もなかった。

バーグマンは手袋をはめてアーブラハムセンの指示に従った。掘り出された前腕の骨に手を走らせると、身震いが来た。土と石にまみれた完全な人骨だった。胸腔は崩れていたが、それ以外はほぼ無傷だった。額にあいた穴以外は。

「永久凍土層によって地表に押し上げられたんだ」とアーブラハムセンは言った。「かなり長いことここに眠っていたにちがいない」

バーグマンは首を振り、手の甲で額の汗を拭った。

「六フィートの深さに遺体を埋葬するのはそのためだ」とアーブラハムセンは言った。「考えてもみろよ、女房の母親をせっかく見送ったのに、一年後に地中から出てこられたりしたら――」

バーグマンはもうそれ以上聞けなくなった。立ち上がって、肋骨の残骸の上に置かれた二本の前腕の骨を見下ろすと、めまいを覚えた。湿気た森の地面のにおいに気分が悪くなった。使い捨て手袋をはずし、煙草をくわえた。ここでの作業をどれくらい続けた？　一時間か？　煙草に火をつけるときにはいつもするように頭を一方に傾けた。が、ライターの火が煙草に届く直前消した。

照明具の角度のせいで前腕の先端、あるいは手というべきであろう個所がやけに明るく照らされていたのだが、そこにさらになにやらきらめくものが見えたのだ。

「ゲオルグ」と彼は低く声をかけ、火のついていない煙草を地面に捨てると、手袋をはめ直し、膝をついて左手と思われるものの周囲の土を注意深く掘りはじめた。茶色い多孔質の指の骨についた土もすべて払った。

ほぼ腐った薬指に光沢のない指輪がはめられていた。

金（きん）の指輪。

結婚指輪だ。

バーグマンは背すじが寒くなるのを覚えながら手の残骸を持ち上げた。

「やめろ」うしろからアーブラハムセンが止めた。

バーグマンは無視した。どのみちもう遅かった。それに骨は崩れなかった。指輪を宙にかざして見た。三度試して最後にどうにか指輪に彫られた字を読むことができた。

〝永遠にきみのもの　グスタフ〟

五章

一九四五年五月三十日　水曜日深夜
バーンズ・レストラン大広間
ストックホルム　スウェーデン

肩を揺すられ、乱暴に起こされた。カイ・ホルトには自分がどこにいるのかすぐには見当もつかなかった。細長い部屋の明かりはすべてついており、ステージからはなんの曲も流れていなかった。ホルトは椅子に坐るというよりもたれかかっていて、激しい頭痛だけがまだ生きていることを彼に教えてくれた。一瞬、天井できらめく巨大なシャンデリアが自分の上に落ちてくるような気がした。音は何も聞こえない。ヴァルキリエ通りの家の床下にひそんでいたときの記憶も、身分証明書を持っていなかったときの恐怖も忘れられるほどひどい頭痛だった。

「お客さまはそろそろお帰りください」頭の上のほうから声がした。

ホルトは反射的に体を起こした。その勢いで椅子がうしろに傾いた。さっきの手がまた肩をつかんだ。不意に相手に食ってかかりたくなった。が、理性が勝った。どこからかグラスがぶつかる音がしたせいか、あるいは別のどこからか嘲笑ではなく温かい笑い声が聞こえてきたおかげか。

昨夜の情景が脳裏に甦った。人々の顔。笑い声。ホルトの膝に乗った女。その香水のにおい。彼女の味。ノルデンスタムの日に焼けた顔と白い歯。背中を軽く叩いて彼が言ったことば――もう終わった。すべて終わったんだ。

おれはどこにいるんだ？ ホルトは周囲を見まわした。ほかのみんなはどこだ？

「すまない」そう言っている自分の声が聞こえた。気づくと、通りに立っていた。コートを腕に掛け、親指と人差し指で帽子をつまんで立っていた。頭がもげて転がり落ちるのを恐れるかのように、ゆっくりと慎重に空を見上げた。暗い空から眼に見えないほど無数の小雨が降っているのを見てほっとした。何度か腕時計を見た。が、針が示しているのが何時なのか理解できなかった。

その場に立ち尽くし、服がそぼ濡れてきたところで、もうすぐタクシーが来る、と誰かが背後から言う声が聞こえた。ホルトは返事をした。が、なにやらもごもご言っているだけで、なんと答えたのか自分でもよくわからなかった。通りの先に車のヘッドライトが見えた。

「ヤーデルトまで」囁くように言った。いくらか頭がはっきりしてきた。が、昨夜のことはまだ何も思い出せなかった。短期記憶をすっかりなくしてしまっているようだった。

「住所は？」

「リンドー通り」

　ポケットから睡眠薬を出して数え、もう一度数えた。

　これで足りるだろうか？

「静かだ」とホルトは囁いた。震える手のひら上でもう一度数えた。七錠。これでは足りない。

「静かだ……」また繰り返した。その声が思いのほか大きく響き、自分に驚かされた。

　次にわれに返ると、カープランの噴水のまえにひざまずいて、手にすくった水を飲んでいた。一、二、三錠、薬を嚥下した。立ち上がると、体が大きく揺れた。体そのものがそのまま眠って水中に転がり落ち、溺れて永遠に姿を消すことを望んでいるかのように。

　何も起きなかった。携帯用フラスクを出そうと内ポケットに手を伸ばしたが、フラスクはなくなっていた。黒い空から音もなく落ちる雨に濡れながら、何度か悪態をついた。

　噴水は止められており、あたりは静かで、時折通る車の音がかすかに聞こえるだけだった。どうやって家までの正しい道を見つけられたのかわからなかった。どうでもいいことだが。今はよろけながらもリンドー通りを歩いている。それはまちがいない。自分のアパートメントのあるビルのまえを素通りし、通りを渡ろうとしたところで、どこからともなく現われたタクシーに轢かれそうになって、体が一回転した。近所に女友達が住んでいることを思い出した。去年何度か夜をともにした相手だ。あのときは夏が一生続くことを願ったものだ。そのままストックホルムにとどまり、毎晩彼女とベッドをともにできますようにと。戦争が永遠に続いても自分はもうそれに加わらずにすみますようにと。

呼鈴は探さなくても見つかった。下から四つ目のボタンが正しいボタンだという気がした。

「きみが欲しい」インターフォン越しに相手が応じると、ホルトは言った。それが本心なのか自分でもわからないまま。いや、実のところ本心ではなかった。それでも繰り返した。「きみが欲しい」何を言っているのか、ほとんど聞き取れないような声音になっていた。

「酔いが覚めたらまた来て、カイ。ご近所がみんな起きちゃう」

「知るもんか」とホルトは言ったものの、彼女の名前すら思い出せなかった。自分を笑った。眼に涙が浮かんだ。屈んで、ふくらはぎに取り付けた銃に触れた。おれの味方だ。可愛い味方だ。

「何時だと思ってるの？　警察を呼ぶわよ。帰って寝なさい。いいわね？」

そう言うと、女は通話を切った。

ホルトはガラスのドアにもたれかかった。その次の瞬間には靴が反吐にまみれていた。

「こんなことになるとは」自分につぶやいた。花崗岩の階段に坐ると、ズボンの尻がびしょぬれになった。「神さま……嘘だと言ってください……」

自分のアパートメントのあるビルまで戻ると、涙越しに靴についた反吐を見下ろした。

「なんで泣いてる？」自分につぶやいた。「気分はいいのに。これまでで最高の気分なのに」明かりもつけず、夢遊病者のように階段をのぼった。

玄関のドアと敷居の隙間にはさんでおいた紙切れが廊下の床に落ちていた。

自分で自分の足につまずいた。

ベッドまで這っていき、ベッドカヴァーの上に寝そべった。

もはや何もかもが現実ではなかった。立って彼を見下ろしている男のなんともいいがたいほどおだやかな顔も。

ついに。ついに来たか。ホルトには上から見下ろす顔にことばをかけることすらできなかった。〝ここで何をしてる？〟。そう叫んで追い払うべきなのに。〝ここで何をしてる？〟。脚をのこぎりで切り落とされたような気がした。ふくらはぎに銃を取り付けてあるのはわかっている。その感触がかろうじてわかる。が、起き上がることができない。男――少女のようなやさしい顔つきの童顔のあの男――はホルトの靴下止めから銃を抜くと、皮肉な笑みを浮かべてホルトを見た。

「ああ、カイ。カイ」と男は銃口の先端のねじ山を指で撫でながら言った。男のことばに訛りはほとんどなかった。まえにも会ったことがあるのは確かだ。ヨルシュタモーエン収容所にいた童顔の民間人。椅子の背に掛けたコートのポケットから、男はサイレンサーを取り出した。これではまるで、とホルトは思った。まるでおれがすべてを計画したみたいじゃないか。

まあいい、とホルトは思い直した。やっぱりおれは生き延びるべきじゃなかったのだろう。幼い娘がいると言ったヴァルトホルストにおれはなんと言った？〝こっちもご同様だ〟。ホルトはいっとき自分の幼い娘のにおいを思い出そうとした。が、思い出せなかった。心ならずもまた涙が出てきた。それでも、このカイ・ホルト大佐が頭に銃弾を受けるのを怖がっているなどとこの男に思われたくなかった。

これほど酔っていなければ、これほど眠気に襲われていなければ、これほど悲しみに沈んでいなければ……どうしていただろう……目のまえのこの男を素手で殺そうとしていたにちがいない。

男はかすかに微笑んだ。その笑みのせいだろう、ホルトは生まれてこの方アルコールなど一滴も飲んだことがない者のように立ち上がった。

「どうせ死ぬのならこの手で死にたい」そう囁いた。そのことばには童顔の男も驚いたようだった。虚を突くことができて、ホルトは左手で男の腎臓のあたりに渾身のパンチを送り込んだ。男は声もなく腹を押さえて一歩さがった。その拍子に壁ぎわの椅子がひっくり返った。ホルトは一秒待った。長すぎる一秒だった。床が傾き、壁が倒れ、天井が落ちてきた……ような気がした。この男は夏じゅう苦しむだろう。ホルトは笑った。おれは笑っている。聞こえるか、この童顔野郎。

長すぎる一秒。ホルトはもう手遅れであることを悟った。

童顔野郎が頭突きしてきた。ホルトはもう手遅れであることを悟った。

でもホルトの口からはどんな音も洩れなかった。肺が破裂したにちがいない。胸骨が折れた気がした。それまで起きていなかったような気がした。ベッドに倒れたときには、そもそもそれ

ホルトは眼を閉じて思った。死ぬというのはきっと家に帰るのと同じようなものなのだろう。

六章

二〇〇三年五月十七日　土曜日早朝
ノールマルカ
オスロ　ノルウェー

この三十分で、濃い霧が森を覆い、まるで埃のように黒いトウヒの木にまとわりついていた。冷たい苔を濡らすバーグマンの小便から白い湯気が立ち昇り、彼の頭上でフクロウが甲高い鳴き声をあげた。彼はズボンのファスナーを閉めると、自分を取り巻く静寂に耳をすました。一瞬すべての音がとぎれた。誰もが――国家犯罪捜査局、通称〈クリポス〉から新たに到着した鑑識チームも、ゲオルグ・アーブラハムセンも、夜になって到着したマヨルストゥア署のふたりの制服警官も――黙りこくっていた。

制服警官の無線機からの雑音が静寂を破った。バーグマンはパトロール警官時代の仲間意識とその相互協力を懐かしく思った。刑事もチームとして動くものの、実際には独立した存在だ。これは刑事なら誰でも心の奥で知っていることだ。

この数時間、ほとんど進展はなく、誰もが心の中で発している疑問――グスタフとは誰なのか？――への答えに一ミリも近づけていなかった。ただはっきりしているのは、最初に発掘された遺体は女性で、グスタフという人物と結婚、あるいは婚約していた可能性が高いということだけだ。バーグマンはそうした物言いはただの自信過剰と常々思っていたが、そのひとりの言うとおりであれば、グスタフの身にも何が起きたのかわかるかもしれない。

バーグマンは小径を戻り、眼のまえの光景を見つめた。白い天幕は張りおえられ、照明具が外にひとつ、中に三つ置かれて天幕を照らしていた。制服警官がふたり、頭にヘッドライトをつけて外に立っていた。彼らがじっとしていると、ぎらつくそのライトが照空灯のようにこずえを切り裂き、彼らが頭を動かすと、ライトは木の幹を舐めるように照らした。あまりのまぶしさにバーグマンは一瞬眼がくらんだ。また見えるようになると、森の奥で鹿の眼が光っているのが見えた。鹿は警官のヘッドライトの光にとらえられ、石になったようにその場に凍りついていた。

「トミー！」アーブラハムセンの声が夜に響いた。そのとたん森の中の眼が消え、そのあと魔法が解けて荒地を走り去る鹿の足音が聞こえた。

明かりが地面を扇形に照らしていた。バーグマンはゆっくりと天幕に向かった。アーブラハムセンは天幕の開口部に立ち、暗がりに眼を凝らしていた。明るい内部からいきなり外をのぞいたせいで何も見えないのだろう。

「見てくれ」と彼は言った。

「なんだ?」バーグマンは、入口の垂れ幕を上げて押さえてくれているアーブラハムセンの脇を通って中にはいった。天幕の中は息苦しかった。まるでその中のすべての酸素が使い果たされてしまったかのように。六フィート四方ほどの地面が掘り返され、できた穴を五人の男が取り囲んでいた。立っている者もいればしゃがんでいる者もいた。バーグマンはまず女性の遺体を見た。穴のあいた頭蓋骨から肋骨、骨盤、大腿骨、脛骨(けいこつ)へと視線を移した。足先の骨はつぶれているように見えた。

次に右側を見た。

白衣を着て、腹のまえにデジタルカメラをさげているアーブラハムセンがいかめしい顔でうなずいた。

「これがグスタフか」女性の隣りのまだ本格的には掘り出されていない白骨死体を指してバーグマンは言った。頭蓋骨が見えていたが、ひとり目よりさらに深く埋められ、左側を下にして横たわっていた。肋骨はほぼ無傷だが、ほかの部分はまだ発掘されていなかった。

「かもしれん。しかし、これで全部じゃない」〈クリポス〉の鑑識のひとりが言った。

バーグマンはその男を見つめた。自称上級捜査官の白髪の男で、名前は思い出せなかった。太いメタルフレームの眼鏡を慎重にはずすと、その男はシャツの袖でレンズを拭き、慎重にかけ直した。

「こっちだ」男はバーグマンとアーブラハムセンを手招きした。バーグマンは渋々近づいた。アーブラハムセンがまずしゃがみ、バーグマンもそれに倣った。〈クリポス〉の捜査官は定規を持っていた。アーブラハムセンは穴に落ちそうになるほどまえに身を乗り出した。この夜初めてバーグマンは強烈な吐き気を覚えた。湿った土と腐食した骨のにおいのせいかもしれない。あるいは、今見た光景に十五年まえに初めて見た死体の記憶を呼び起こされたからか。あのときは若い女性の惨殺死体がゴミ袋に入れられ、森の中に捨てられていたのだった。

〈クリポス〉の捜査官が黒い土がいっぱいに詰まっている肋骨を定規で慎重につついて言った。

「あそこだ」つつきながら彼は言った。「あの二本の骨のあいだだ」

バーグマンの頭上に懐中電灯が掲げられ、その明かりが黄色い定規の先端を照らした。肋骨以外、特に変わったものは見えなかった。

捜査官は再度定規で軽くつついた。バーグマンは腕に鳥肌が立ったのがわかった。肺から一気に酸素が抜けたかのように息苦しくなった。気が遠くなって、穴のへりから転がり落ちるのではないかと思った。

「なんてことだ」バーグマンの隣りでアーブラハムセンがぼそっとつぶやき、続けてバーグマンも思ったことを口にした。「遺体は二体じゃない。三体だ」

バーグマンは眼を丸くして見つめた。肋骨に詰まった土の中に五つ目の手が見えていた。握っているように見えるその小さな手の指をゆっくりと数えた。小さな指と小さな手のひら。

「一番下に子供がいる」自分に言い聞かせるようにそう言った。

アーブラハムセンが何か言ったが、よく聞こえなかった。アーブラハムセンはバーグマンの背中に手を置いて繰り返した。

「ひどいな」

バーグマンはこれまで経験したことのない感情を覚えた。既視感のようなものだ。この墓の底に眠る子供は、さっき自分が木々のあいだに鹿の眼を見たときに立っていたのと同じ場所に立っていた――わけもなくそんな気がしたのだ。

「子供も……」と彼は消え入るような声で言った。「子供も殺されたのか？」

七章

一九四五年五月三十日　水曜日
リンドー通り四十二番地
ヤーデルト
ストックホルム　スウェーデン

ヨースタ・パーション警部はリンドー通り四十二番地のまえの歩道にいた。腹が鳴った。股を大きく開いたまま、建物正面の淡い黄色の煉瓦を見上げた。誰かの顔が二階の細長い窓に掛かるカーテンの陰に隠れた。青灰色の空からぱらつく小雨に眼鏡のレンズが覆われた。パーションはポケットからきれいな布を取り出してレンズを拭いた。

腹が鳴るのを止めたかった。パーションは人生に多くを求めない男だ。一日三食決まった時間にとれさえすればいい。食事は欠かせない。早いところ昼食をとらないと頭が爆発しそうになる。入口で警備をしている警察官に短くうなずいた。昼食を犠牲にする？　なんのために？　死んだノルウェー人のために？　笑いだしそうになりながら、玄関ホールの郵便受けをざっと見た。いまいましい戦争が終わったあともノルウェー人はまだ世界じゅうに大勢いる。しかし昼食は？　世界を動かしているのは昼食だ。その昼食に向かおうとしたところで、電話が鳴ったのだった。

コート掛けから帽子を取り、ドアノブに手をかけたまさにそのとき、彼の大きなチーク材の机の上の電話が鳴りだしたのだ。電話に出ようかどうか一瞬迷ったが、上昇志向の彼は知らん顔をして昼食に出かけるかわりに受話器を取って耳にあてた。当直の警官からだった——ストックホルムに十台ある無線機を積んだパトカーのうちの一台からの一報で、ヤーデルトのリンドー通り四十二番地で不審な死体が発見されたということだった。アパートメントの所有者はストックホルムのノルウェー公使館。熱心なその当直警官の熱心な報告がなければ、ことにあたるのは昼食のあとにしていたかもしれない。しかし、このような事態は軽視できない。耳の中でまだ当直警官の声が響いているような気がした。パーションには自分のキャリアに関して壮大な計画があり、最終的には署長にまでのぼりつめるつもりだった。そのためにもこの悲しむべき死を軽視してはいけない。

しかし、出世にノルウェー人がなんの役に立つ？　三階まであがると、足を止めてパーションは今さらながら思った。汗が帽子のつばに浸み込んでいた。昼食抜きでしかも汗だく。それよりなにより腹立たしいのはノルウェー人だ。五年もの長きにわたって、やつらがスウェーデンにもたらしてきたものといったら害悪だけだ。喧嘩に次ぐ喧嘩。飲んで喧嘩をして中傷し合っている輩がいたら、それはフィンランド人かノルウェー人のどちらかだ。スカンディナヴィアで法と秩序が守られていた古き良き日々が懐かしい。パーションはなんとか自分を奮い立たせ、巨体を引き上げるようにして四階への最後の十三段の階段をのぼった。

初めて見る若い制服警官が四階のアパートメントの開け放たれたドアのまえに立っていた。制服警官は何か言おうとしたが、パーションはそれを手で制し、中にはいった。よけいな情報を与えられ、遺体から受ける第一印象を損ねたくなかった。他人を信用するのはとっくにやめている。キッチンでは顔を手に埋めて震えながら静かに泣いている女性に別の警官が低い声で話しかけていた。パーションは古くからの顔見知りのその警官に向かってうなずき、唇に指をあてた。そうしてキッチンを抜け、居間に続く廊下を進んだ。

遺体は寝室のベッドに横たわっており、さすがのパーションも胸が痛んだ。そのノルウェー人の硬直した右手にはピストル――ラーマ――が握られ、銃身は天井を向いていた。額におぞましい穴があいており、黒く乾いた血が顔の半分を覆い、白い枕に大きなしみができ、ノルウェー人の眼はその命を奪ったピストルと同じ方向を見つめていた。反吐のにおいがかすかに漂っていた。パーションはしばらく眼のまえの男を見つめ、何度かため息をついた。不快な考えが頭をよぎったときの彼の癖だ。それから少しうしろにさがり、ドアの横の椅子の背に掛けられているコートのポケットを探った。二週間まえに発行されたカイ・ホルト名義の身分証明書のほかに、パーションの興味を惹いたのは分厚い財布だった。手早く紙幣を数えてから、身分証明書の写真を見つめて頭を掻いた。さっき気になったことを思い出し、ベッドに近づき、そこに横たわる男を改めて見た。ホルトの凍りついた表情に思わず体が震えた。このような光景にはこれまで何度も遭遇しているが、だからといって慣れるものではない。

まちがいない、とパーションはポケットからボールペンを取り出して思った。スペイン製の小型自動拳銃を最初に見た瞬間から気になっていたことが今はっきりした。ボールペンの先で銃口をつついてみた。サイレンサーを取り付けるための穴があいている。なのに肝心のサイレンサーはどこにある？　そもそも自殺するのにサイレンサーを使うなど聞いたことがない。

パーションはホルトの頭を調べた。確実に急所を狙うには銃と弾痕の位置が離れすぎているように思われた。普通、銃で自殺しようとする者は銃口を口にくわえる。それなら後悔する余地がなく、逃げ道を閉ざすことができる。こめかみに銃をあてる者は、引き金を引いている途中で気が変わることがほとんどで、哀れなホルトの額にあいているような正確な穴はあけられない。言うまでもなく、弾道はこめかみから後頭部に向かう角度が効果的だ。カイ・ホルトのような人間なら当然それぐらい知っていただろう。

さらに言えば、直径九ミリの銃弾が音速の壁を破ってホルトの頭蓋骨を撃ち抜いたときには、近所が眼を覚ましたはずだ。ただ、サイレンサーがついていれば話は別だ。隣人もベッドの中で寝返りを打ってそのまま眠りつづけたことだろう。

パーションはベッドの反対側に移ってそちらからホルトを調べた。寝室の窓から射し込む冷たい光の中、ホルトの顔は青味がかった灰色をしていた。パーションは帽子を慎重にサイドテーブルに置くと、ハンカチを出して禿げた頭を拭いてから、床に腹這いになってベッドの下を見た。そのあと難儀して立ち上がり、ホルトの頭の右側に手をあててそっと頭を持ち上げようとした。が、首が硬直していてなかなか上がらなかった。それでもなんとか髪と枕のあいだに隙間をつくることができた。まちがいない。射出創がなかった。銃弾は頭の中に残っていることになる。サイレンサーで速度を抑えられたため弾丸は頭蓋骨を貫通しなかった。

いまいましいことにまた腹がさっきより大きく鳴った。パーションは思った。カイ・ホルトの死がほんとうに自殺だったら、自分の帽子を食ってやる。

自分を呪いながらキッチンに向かった。なぜあんな電話を取ってしまったのか？　オフィスで電話に出ようかどうか迷っていた自分を振り返り、つくづくそう思った。

キッチンに戻るまえに玄関ホールに寄り、膝をついてドア枠を調べた。無理にこじ開けられた形跡はなかった。つまり、ドアに鍵はかかっていなかったのだろう。そうでなければ、誰かが鍵を持っていたか。あるいは、ホルトが殺人犯と一緒に中にはいったか、顔見知りを招き入れたか。これは簡単には解けそうにない難問だ。

ホルトが自ら命を絶ったという説に騙されなければ。パーションは自分を信じていた。このアパートメントに来てまだ数分と経たないが、明らかに何かがおかしい。パーションはそうした自分の感覚をなおざりにする男ではなかった。

カイ・ホルト大佐。パーションはうめき声をあげながら立ち上がった。玄関に立っていたさきほどの警官が手を貸そうとした。が、彼は断わった。肥りすぎてはいるが、まだ自力で立ち上がれる。

戸口に寄りかかると、心配そうな若い警官と眼が合った。

「近所の訊き込みはもうしたか？」

若い警官はうなずいた。

「物音を聞いた者はいないのか？」パーションはまた頭の汗を拭い、カイ・ホルトの穴のあいた頭蓋骨とともに帽子を寝室に置いたままなのを思い出した。

「はい」と警官は答えた。「隣りの部屋は留守でしたが、向かいは――」

「場所はどうでもいい」とパーションは言った。

キッチンに戻り、泣いている女性をなだめて、参考になりそうな話を聞き出した。その女性は二十五歳、隣りのブロックに住んでいた。数ヵ月まえまではカイ・ホルトと関係を持っていたが、今はもう会っていないということだった。彼が結婚していることがわかったからだ。さらに子供が生まれることも。

「そりゃ会いたくなるでしょうな」とパーションは言った。

女性は涙を拭った。これがホルトのために流す最後の涙になればいいが、とパーションは思った。

「ゆうべ彼はあなたの家の呼鈴を鳴らした。それにまちがいないですね？」

彼女はキッチンテーブルに置いた帽子を弄びながらうなずいた。

「彼は、その……なんというか……ふさぎ込んでいる様子でしたか？」

「ええ、たぶん。カイはよくそんなふうになりました」

「どんなふうに？」

「ふさぎ込んだ様子に」

「なるほど。でも、中には入れなかったんですね」

「ものすごく酔っぱらってるみたいだったんで……」

「で、今日は仕事に出かけた？」

「いいえ、具合が悪かったんで、休みました」

パーションは彼女をじっと見つめた。それほど具合が悪そうには見えなかった。彼女の相手はホルトだけではないのかもしれない。

「いずれにしろ、あなたは彼の様子を見にきた。そうですね？」

「ゆうべあまりに悲しそうだったから」彼女はそう言うと、また泣きだした。

そうとも、とパーションは思った。悲しそうな人間は自殺をする。そういうもんだ。

「ドアは開いてました？」

女性はうなずいた。パーションは彼女の肩に触れようと手を伸ばしかけた。が、途中で気が変わった。何も言わずに立ち上がると、帽子を取りに寝室に戻り、死んだ大佐を長いこと見下ろした。ひどい話だ。妻のことを思っても。子供のことを思っても。どんなことを思っても。

居間にはいり、コーヒーテーブルの上のメモの端を慎重につまんで持ち上げた。

すまない。カイ

メモをテーブルに戻して廊下に出ると、パーションは警官に命じた。

「階下に降りてパトカーから署に連絡を取って、ノルウェー公使館に電話をかけるよう言ってくれ」

死人の身元を念のために確認する必要があった。すぐにやってくれるだろう。もっとも、さして必要なことでもなかったが。ベッドの上の男はまちがいなく身分証明書の写真の男と同一人物だった。

新人警官はすぐに階段を駆け降りていった。

「それから何か食べるものを持ってきてくれ」パーションは警官の背に声をかけた。

居間に戻ると、コーヒーテーブルの横のソファに腰をおろした。

ホルトのガールフレンドがもうひとりの警官と一緒にアパートメントから出ていくと、パーションはサイドテーブルの短波ラジオ〈シルヴァー・スーパー2〉をつけた。周波数はドイツのアーヘンの局に合わせてあった。歌手のツァラー・レアンダーの声が部屋を満たした。聞きちがいだろうか？　アメリカがラジオ局を取り返して放送しているのだろうか？　そんなことがありうるのか？

ツァラー・レアンダー。ナチスの売女(ばいた)。

それでも、歌に合わせてハミングしながら、警官がテーブルに置いていったにちがいない煙草のパックから一本取り出した。

レアンダーが歌っていた。「アデューなんて言わないで。アウフ・ヴィーダーゼーンと言って」

八章

二〇〇三年五月十七日　土曜日
ノールマルカ
オスロ　ノルウェー

灰色の日の光の中、細かい部分まではっきりと見えた。トミー・バーグマンは白い薄手の天幕の下に並んでいる三人の白骨死体を最後にもう一度見た。これが人間というものなのか？　頭蓋骨にあいた眼や鼻や口の穴を見てバーグマンは思った。白骨死体を見て、不安と気まずさを覚えはしたが、今ここでこれ以上できることは何もなさそうだった。最後に眠って眼が覚めてから二十四時間が経っていた。十二時間発掘作業をしても結婚指輪以外、彼にも同僚にもめぼしいものを見つけることはできなかった。ひとつはっきりしているのは、大人ふたりが頭を撃たれていることだった。子供に関しては直接的な死因と思われるものは見つからなかった。バーグマンは、掘り返された穴に身を乗り出し、茶色がかった小さな頭蓋骨の上に手をかざした。鑑識によれば、七、八歳だろうということだった。グスタフとの永遠の愛を誓う金の指輪をはめた女性が母親なのだろうか。子供の隣りに横たわり、苦い顔つきで天幕の天井を見つめている。しかし、三人目の身元については天幕の中の誰にも確かなことは言えなかった。おそらくはグスタフその人か、あるいはグスタフの妻の愛人なのではないかという不確かな推論があるだけだった。十二時間の発掘で見つかったのはたったひとつの指輪。三人目がほんとうにグスタフなら、彼もまた指輪をはめているはずではないか？　それが愛人説の根拠だ。

朝靄の中から太陽が顔を出す頃には、どんな簡単な謎にさえ対処できないほど頭が働かなくなった。通常なら何時間もまえに家に帰っているところだ。独立記念日をランバーセーターのアパートメントにひとりきりでいるのは、決して誰もが望む夢のような一日の過ごし方ではないにしろ。それでもだ。ノールマルカの森の奥深くで三人の古い白骨死体と休日を過ごす？　やめてほしい。

ただ、子供のことはどうしても気になった。天幕から出るなり、何十台ものカメラのシャッター音が鳴り響いた。反射的に顔を起こすと、すぐさまおいしい殺人事件を追うマスコミに捕まった。貪欲で疲れ知らずのマスコミ部族に。森での数時間で凍えきった記者のひとりと二言三言交わし、あいまいな決まり文句を述べ、記者全員に警察の広報担当者を紹介して、早く家に帰ろうと巨大なトウヒの木にはさまれた狭い道を歩いた。

しばらく歩いてから足を止めて振り返り、森の中をうかがった。視界の隅で何かが動くのが見えた気がした。

気のせいか。昨夜は何をするにも自信がなかった。その自信が明るい日中の光に戻ってきた。

「グスタフ」道を歩きながらつぶやいた。立ち止まってうなじの汗を拭いた。いったいあそこで何があったのか。

九章

一九四五年五月三十日　水曜日
リンドー通り四十二番地
ヤーデルト
ストックホルム　スウェーデン

ヨースタ・パーション警部は常日頃から、昼食をとるあいだは邪魔をしないよう部下に厳しく言い渡していた。にもかかわらず、サンドウィッチを半分も食べないうちに、アパートメントのキッチンのドアをノックする音がした。パーションは立ち上がった。またノックの音がした。が、パーションは宙を見つめて立ったまま思った。どうしてツァラー・レアンダーの曲などかけられるのか。居間のラジオはとっくに消したが。ツァラー・レアンダーには我慢ならない。それに食事はいつも静かなところで食べたい。

三度目のノックが聞こえた。

パーションはキッチンの窓ぎわに立って裏庭を見た。

「はいってくれ」最後にはそう言ったものの、ドアが開いても振り向くことなく、庭のひょろ長いカバの木を眺めた。その木は死んでいるみたいだった。寝室のベッドの上のノルウェー人同様。

背後から咳払いが聞こえた。

「ノルウェー公使館のフレデリクセンさんがお見えになりました」と新人警官の声がした。

「この次はハムサンドウィッチ以外のものにしてくれ」とパーションは紙ナプキンで指を拭きながら言った。「この次があれば」

それからゆっくり振り向いた。眼のまえの女性は若かった。一、二年まえに国境を越えて逃げてきたら、慢性的に人手不足の公使館での職がすぐに見つかった。おそらくそんなところだろう。その眼は決然として、挑発的でさえあった。パーションがもっと若かったら、距離を置いたであろうタイプだ。

「ほんとうはあなたをここに入れてはいけないんですがね」

「このアパートメントはノルウェーの所有物です」帽子が落ちそうなほど頭を傾けて、彼女は言った。

「しかし、ここは殺人の現場でもあるんでね」

沈黙ができた。

「ということは彼は殺されたんですか？」沈黙を破って若い女性は言った。若干大きすぎたその声が誰もいない背後の廊下に響いた。

　パーションはため息をついた。

「そう思われる点がいくつかあります」この事件に引きずり込まれずにすむなら他殺説を明言するつもりはなかったものの、彼はとりあえずそう答えた。

　そのあと大きな手を伸ばして相手の小さな色白の手を握った。

「ヨースタ・パーション警部です」

　女性の眼はゆるぎなかった。じっと彼を見つめていた。さきに眼をそらしたのはパーションのほうだった。

「カーレン・エリーネ・フレデリクセン。秘書官です」

　パーションはコートの内ポケットから手帳を出して書き記した。

「もうすぐクローグになりますけど」

　パーションは顔を上げた。

「はい？」

「もうすぐクローグになります。ひと月後に結婚するんです」

「それはおめでとうございます」彼女の顔を見つめながらパーションは祝いのことばを述べた。結婚することを自分のほうからいちいち明かすのはどこか妙だった。そうか、ゆったりしたコートを着ているところを見ると、もしかしたら妊娠しているのかもしれない。

未来の夫は祝福を受けると同時に厄介を背負い込むわけか。パーションは手帳とペンをポケットに戻すと、彼女の背に軽く手を添え、キッチンから暗い廊下に出て家具の少ない居間を抜けて寝室に案内した。そして、何を眼にすることになるか、あえて警告せずにドアを開けた。

カーレン・フレデリクセンは一目見て両手で顔を覆い、カイ・ホルトの名をつぶやいた。

「よく知ってたんですか?」とパーションは彼女が高級そうなハンドバッグからハンカチを取り出して顔を拭きおえるのを待って尋ねた。

彼女が答えるまでずいぶん間があった。パーションの質問が耳にはいらなかったかのように、涙を拭きおえても窓の外を見つめていた。

パーションは口を開いてもう一度同じことを訊こうとした。彼女が答えるほうが早かった。

「ええ。彼は……何度かストックホルムに来ていました。その……住んでたんです。去年……いえ、一年半まえは……公使館で一緒に働いていました……」

「つまり、あなたは彼をよく知っていた」

「ええ」

「カイ・ホルトにまちがいありませんね?」

パーションは青味がかった灰色に変色して横たわっている男を指差して言った。

カーレンの頬をマスカラの混じった涙がひとすじ垂れた。そこで彼女は気を取り直したようだった。同僚が遺体で見つかってもそれはさして珍しいことではないとでもいった顔つきになった。パーションとしても断言はできなかったが、彼女の態度を見るかぎり、彼女はこのような事態を初めから予測していたのではないか、そんな気がした。ノルウェー公使館の電話が鳴ったときにはもうわかっていたのではないか。

パーションは居間に続くドアを示した。

そのときカーレンがまったく予想外のことをした。カイ・ホルトの遺体にゆっくり近づき、左手で彼の頭の右側を撫でたのだ。さらに血に覆われていない頬も。

「気の毒に」キッチンに戻ってテーブルにつくと、彼女は言った。「最近お嬢さんが生まれたばかりなんです。彼の奥さんは……」そこでことばがとぎれた。

「わかります」とパーションは言った。娘が生まれたばかり？　そんなときにどうして自殺なんかする？

「カイには自殺願望がありました」パーションの心を読んだかのように彼女は言い、手袋をはめた右手でキッチン・テーブルに触れた。パーションは彼女を見つめ、自分の妻と比べてずいぶん美人だと思った。淡い黄色の髪と青い眼が彼女を天使か、あるいは広告に出てくるモデルのように見せている。彼女が顔を伏せると、黒い帽子で眼が隠れた。

「だったら彼が自殺をしてもおかしくないと思うんですね？」

カーレン・エリーネ・フレデリクセンはパーションの眼を見つめた。真っ赤な唇が開いた。

「それを判断するのはあなたの仕事です。ただ、この一年カイがひどく落ち込んでいたことだけはお伝えしておこうと思います。戦争が彼をひどく苦しめていました」

彼女はパーションの眼から自分の眼を離さなかった。今度もさきにそらしたのはパーションだった。パーションはうなずいた。もっともらしい説明だ。

「これは彼の筆跡でしょうか？」

パーションはメモを手渡した。

カーレンはしばらくメモを見つめてから答えた。

「そうかもしれませんが、確信はありません」

うまい答えだ、とパーションは思った。

「彼の筆跡であることがはっきりわかっているものを見たいのですが。公使館に手紙か何かホルトが書いたものはありませんか？」

「そんなことをする必要は――」カーレンは額に手をやってからキッチンの窓に眼を向けた。蝿がガラスにぶつかっていた。

「念のために確認したいんです」

カーレンはうなずいた。

「別にお答えいただかなくてもかまいませんが、ホルト氏が亡くなったことはもうオスロに報告したんですか？」

「奥さんにはわたしから……または公使館から連絡します」とカーレンは答えた。「よろしければこれで……」彼女はつと立ち上がると、ベージュのコートのしわを伸ばした。

「手紙でもなんでもホルトの筆跡がわかるものの件についてはこちらから電話します」

「わかりました」と言って、彼女は手を差し出し、帰ってもいいかと念を押した。パーションはうなずいた。

玄関まで彼女を送ったあと、手帳に書いたカーレン・エリーネ・フレデリクセンの名前の下に二本線を引いた。それからわざと丁寧に〝自殺願望〟と書いた。紙がそのことばに抵抗しているような気がした。彼女は何かを隠しているように見えた。どうしてだろう？

立ち上がり、救急隊員がカイ・ホルトを担架に乗せるのを見守った。頭には包帯が巻かれていた。救急隊員とホルトが階段に姿を消しても、パーションは居間の中央に立ったまま寝室の戸口の向こう、遺体が横たわっていた空のベッドをしばらく眺めた。枕カヴァーの血痕の色がもう真っ黒に変わっていた。

もう一度アパートメントの中を歩きまわった。が、手がかりになりそうな書類も書類入れもなかった。新聞すらなかった。あるのはシーツとタオル、それにベッド脇のサイドテーブルの引き出しにはいった聖書だけだった。まるでホテルと言ってもよかった。

最後に狭いキッチンに戻った。さきほどの蝿はまだ窓のあたりを飛んでいて、何度も窓ガラスにぶつかっていた。パーションはリノリウムの床を歩いて汚れたグラスをシンクから取り上げ、蝿が窓敷居に止まるのを待った。蝿が止まると、逆さまにしたグラスをかぶせた。そして眼を閉じた。カーレン・エリーネ・フレデリクセンの青い眼が見えた。

そもそも誰がここに彼女を送り込んできたのだろう？

十章

二〇〇三年五月十九日　月曜日
警察本部
オスロ　ノルウェー

　トミー・バーグマンは窓ガラスに額を押しつけた。〈クリポス〉からの折り返しの電話を待っていた。はるか眼下のオーケバルグ通りを歩く人々はレゴの小さな人形みたいに、車は子供の頃持っていたミニカーみたいに見えた。視線を上げてエーネルハウゲンの高層ビルを見た。いつ見ても市の中心に立つ高層ビルは場ちがいな気がする。オフィスの窓から見えるその光景にはいつまで経っても慣れることがない。あの高層ビルに関してただひとつ好ましいのは、ヘーゲと出会ったとき彼女があの中のワンルームのアパートメントに住んでいたことだけだ。いい思い出しかない夏がバーグマンの人生に一度あるとしたら、それは彼女と出会った夏だ。うだるような暑さのアパートメント。明るい夜。永遠に続くと思われたふたりの生活。何もかもが現実とは信じがたい、まるで夢のような感覚。

　もう何年もまえのことだ。バーグマンは自分に言い聞かせた。別の人生の別の出来事だ。エーネルハウゲンの狭いベッドに寝ているふたりの姿がランバーセーターのアパートメントのバスルームの床に横たわるヘーゲの姿に変わった。彼女は小さな声で言った。「お願いだから殺さないで」バーグマンはそれをわざと口に出して言った。殺さないで、トミー。お願いだから殺さないで。

自分の頬を軽く叩き、ヘーゲから思いをそらすために腕時計を見た。実のところ、ハンドボールの練習の時間になるのを今か今かと待っていた。サラの母親が姿を現わすのを。彼女の眼、彼女の笑い声。彼女からオーラのようににじみ出ている生きる喜び。そんな彼女を見ていると、彼は自分もまともな人間だと思うことができた。彼女なら今ではめったに――いや、まったく――感じることのない心の平安をもたらしてくれるのではないかと。愛されるのは危険なことではないという安心感をもたらしてくれるのではないかと。一度ヘーゲに言われたことがある。「あなたの振る舞いはどう見ても愛されたがっていない人のそれよ。まるであなたは誰かに愛されるのは危険なことだとでも思ってるみたい」そんなことを言われながら、近頃は自分とサラの母親とのあいだに何かが起こることを夢見ている。まったくどこまでおれはおめでたいんだ。どこまでも惨めな男なんだ。名前も知らなければ、独身かどうかもわからないのに。話したこともほとんどないのに。この半年、毎週二回挨拶を交わしただけなのに。それでも、とバーグマンは思った。彼女はおれのことを普通の男だと思っている。それはまちがいない。ヘーゲもかつてそうだったように。

名前のわからないサラの母親の顔を細かく思い出そうとしたあともう一度時計を見て、仕事に注意を戻した。コンピューター画面に金の指輪の内側の写真を拡大させた。もう十回目にもなるだろう。それでも何か新しいことが見つかるのではないかと、彫られた文字をまた調べた。

〝永遠にきみのもの　グスタフ〟

グスタフとは何者なのか？　それよりなにより〈クリポス〉はいつになったら電話をかけてくるんだ？

〈クリポス〉が行方不明者のリストを送ってくるまでは何も進展しない。これは〈クリポス〉の領域なのだから。しかも彼らはしっかりガードを固めている。

三人がノールマルカで殺された理由がなんであれ、誰かが彼らの失踪を通報しているはずだ。おそらく死後すぐに。ほかの者同様、バーグマンも最初は三人を家族だと思った。しかし、そうだとしたら、なぜもうひとりは指輪をしていなかったのか？　グスタフの妻の隣りにいたのはグスタフではない。バーグマンはそう思っていた。が、警察本部の七階における進展はそこまでが精一杯だった。明らかに古い事件である以上、いずれこの件のことはあきらめるよう指示されるだろう。

「やっと来たか」電話が鳴ると、バーグマンは思わずつぶやいた。あまりに長く待たされ、行方不明者リストが手がかりになるという希望を捨てかけていたところだった。

電話の向こうの鼻声の男は苛立たしいまでに尊大な男だったが、バーグマンはなんとか自分を抑えた。今回ばかりは向こうではなくこちらがものを頼む立場なのだから。

「一九八八年以前の行方不明者の捜索は現在のところ一件もおこなわれていない。一件も――」

「わかりました」そう答え、バーグマンは自分がまるで子供になったような気分になった。組織に属す人間なら誰もが承知していることだが、警察もまた普通の官僚機構と同じように機能する。最大の目標はまず大火を消すことで、それ以外の小火(ぼや)については過去のものとしてしまい込むための言いわけを探す。時効は最大でも二十五年。

「一九三四年以降の行方不明者は千百二十一人いるが、一九八八年以前のものは忘れていい」

バーグマンは罵声を呑み込んだ。いったいこの男の頭にはこれまでに何度規則が叩き込まれたのか。

電話を切ると、バーグマンは上階のカフェテリアに行った。そして、頭をすっきりさせるためにルーフテラスに出て、立て続けに煙草を二本吸った。白骨死体は長いことノールマルカに放置されてきた。あと数分延びようと大した問題ではない。

テラスから戻ると、三通のメールが待っていた。人事課からのサマーパーティの知らせ、ニュースレター、それに、エクセルのファイルが添付された〈クリポス〉からのメッセージ。

心の中で祈ってからファイルを開いた。リストは予期したより長かったが、それでも時系列にまとめられていた。賢明な誰かがコメント欄を設けたおかげで、それぞれの事例を判別できるようになっていた。簡単なキーワードと番号だけだが、何もないよりずっといい。バーグマンがこれまでに手がけた失踪事件は数件だけだが、通常、戦時中の行方不明者は暫定法に基づいて死亡と見なされるが、死亡したと推定された人々の多くが一九四七年以降、行方不明者リストに戻された。最悪の場合、ノールマルカの三人はそれ以降に死亡と確定されている可能性もある。ほんとうにそうだったのだろうか？　バーグマンはしばらく考えてから受話器を取った。そこで気が変わり、そのまま受話器を戻した。

しばらくリストを見つめた。捜しているのはノールマルカで同時に姿を消した三人だ。別々の場所で殺され、一個所に埋められたというなら話は別だが、それはどうだろう？　どうやれば三人の遺体をあれほどの森の奥まで運べる？　注目すべきはやはり同時に失踪した三人だ。遺体はどれほど古いものなのか。鑑識はなんと言っていた？　答えはわかっていた。それでもバーグマンは報告書のページをめくった。三人の人間がノルウェーの森の奥深くで処刑された可能性が一番高い時期はいつだ？　おそらくドイツ占領下でのことだろう。鑑識はそんな古い案件を優先するわけにはいかないと言った。あるいは、フレデリク・ロイター犯罪捜査課長がそう言わせたか。この件が棚上げされるのは時間の問題だ。マスコミも見向きもしないだろう。いつもと変わらなければ二、三日で忘れ去られるだろう。思いがけない新たな事実がわかって大きなニュースにならないかぎり。

画面をゆっくり下にスクロールした。あらゆる種類の不幸が眼のまえを流れていった。明らかに自殺した、あるいは殺された人々、成長できなかった子供たちが次々と現われた。バーグマンは念のため一九五〇年まで見てスクロールを止めた。

三十分かけても捜しているものに見合うものはひとつも見つからなかった。戦時中に失踪した子供は大勢いたが、ノールマルカではゼロだった。画面がぼやけだすまで文字を見つづけた。ある考えが頭に浮かびかけた。が、きちんと像を結ぶまえに消えてしまった。

そんなにむずかしいことではないはずなのに。

坐ったまま窓の外を眺めた。初夏のおだやかな気候で、エーネルハウゲンの高層ビルの上にくっきりした青空が広がり、木の葉が音もなく揺れ……そのすべてがバーグマンを憂鬱にした。

椅子から立ち上がり、カフェテリアに向かった。湿気たバゲットを買い、またテラスに出た。背後でドアが閉まる音が聞こえたところで、何が自分を悩ませているのかいきなりわかった。煙草をパックに戻して赤いドアを開けると、ちょうど外に出ようとしている男とぶつかりそうになった。

「すまん」バーグマンはつぶやくように言い、バゲットを小脇にはさんだ。エレヴェーターを素通りして階段を駆け降り、オフィスに向かった。あれだ。バゲットを机の下のゴミ箱に捨てながら思った。

コンピューター画面の三つの名前を見つめた。失踪の通報があったのは、ノールマルカでもなければオスロですらなく、フールムだった。アグネス・ガーナーという女性の名前の脇のコメント欄に〝フールム郊外？〟とだけ書かれていた。そのあと関係のない失踪者の名が続いたあと、別の列にあとのふたりの名があった。これにちがいない。バーグマンは画面を上下にスクロールして、同じ日に三人の失踪が報告されている事例がほかにないか確かめた。なかった。同年同日に報告されているのはこの三人だけだ。一九四二年九月二十八日に報告されているのは。

バーグマンは画面に眼を走らせた。

セシリア・ランデ　一九三四年三月十六日生まれ
アグネス・ガーナー　一九一八年六月十九日生まれ
ヨハンネ・カスパセン　一九一五年十一月五日生まれ

何か書くものをと手探りしていて、うっかり捜査資料のファイルを落としてしまった。

バーグマンはそれを足で押しのけた。

至近距離から撃たれた二十代の女性ふたりと女の子。

書きとめた名前の上にペンをやってもう一度確認した。エクセルのスプレッドシートを二部印刷して、空のファイルフォルダーを見つけると、大きな活字体で〝ノールマルカ〟と記した。

ようやく本物の事件らしくなった――フォルダーに白骨死体の写真を入れながら、バーグマンは思った。これで三つの頭蓋骨の名前がわかった。問題は誰のものかはっきりしているのが小さい頭蓋骨だけという点だ。

「セシリア・ランデ」コンピューターの画面に映る頭蓋骨の写真を見ながら彼は低くつぶやいた。長いあいだ地中に埋められ、無傷だったのはこれひとつだけだった。大人ふたりの頭蓋骨は割れていて接着する必要があるが、まだその作業には着手できていない。割れていたのは銃で撃たれたためというのが鑑識の推測だ。一番小さい頭蓋骨には射入口はなかった。

セシリア。バーグマンは子供の頭蓋骨の眼の空洞部分を見つめた。きみはまだ八歳だったのか。写真をさらに仔細に見た。異なる角度から撮られたものが全部で三十枚あり、ほぼ三百六十度どの角度からも見ることができた。

穴も弾丸（たま）も見あたらない。

バーグマンの頭にある考えが浮かんだ。
もしかしてきみは生き埋めにされたのか？

十一章

一九四五年五月三十一日　木曜日
エステルマルム警察署
ストックホルム　スウェーデン

ヨースタ・パーション警部は誰かがオフィスのドアをノックする音を聞いた。特徴のあるこの叩き方は署長にちがいない。いつものようにこっちが応答するまえにはいってくるはずだ。そう思い、パーションは椅子に坐って足を机にのせ、膝にカイ・ホルトの捜査資料を置いた姿勢のまま、古い窓の外を見やった。今日も雨だった。週末にはいい天気になってほしいが。木の大きな机から足をおろしてパーションはそんなことを思った。署長はまだはいってこない。彼らしくなかった。パーションも馬鹿ではなかった。だから見当をつけた。そう、署長は好印象を持たれたい相手と一緒なのだ。

「どうぞ」ネクタイをまっすぐに直しながらパーションは言った。

重いドアがゆっくり開いた。

ほとんど何も置かれていない机にパーションはホルトのファイルを置いた。署長が木の床をおもむろに歩いてはいってきた。そのうしろにふたりの男がいた。

「ヨースタ」と署長は言ったが、そこで思考が停止してしまったのか、机の手前で立ち止まった。パーションは怪訝そうに眉を吊り上げた。仲間に呼びかけるようなさきほどの彼の声音はいかにも署長らしくなかった。落ち着かない様子なのは隣りに立つ男のせいだろうか。日焼けした背の高い男で、歳はパーションと同じくらいか、少し若いぐらいに見えた。高価なスーツの上にパーションのひと月分の給料ぐらいしそうなコートを着ていた。もうひとりも同じようなコートを着ていたが、こちらの歳は二十歳そこそこに思われた。さらに中学校の教室にいてもおかしくなさそうなほど童顔だった。挨拶をしようともせず、濡れた帽子をかぶったまま部屋を見まわしていた。

「ヨースタ、正確なところ、あのノルウェー人――ホルト――の身に何があったんだ？」と署長は机の上のファイルを顎で示しながら尋ねた。

パーションはため息をついた。

「まだわかりません」

署長のうしろにいた背の高い男が近づいてきて手を差し出した。パーションは立ち上がり、力のこもらない握手を返した。男はホーカン・ノルデンスタムと名乗っただけだったが、パーションには彼が何者なのかすぐにわかった。彼が何を求めているのかも。鬱状態のノルウェー人殺害に自ら手をくだしたのかどうかはわからないが、その死をただの自殺として片づけたがっている。童顔の男は本棚のそばに立っており、黒い象牙の象の置物を手に取るところをパーションに見られているのに気づき、眼が合うと、かすかにうなずいた。そして、一瞬置物をわざと床に落とそうとするかのような仕種をしてみせ、眼をそらすことなく本棚に置物を戻した。

「実は……火曜日にカイと昼食をとったんです」とノルデンスタムが言った。「彼は……とても……ふさぎ込んでいた」

「つまり自ら命を絶ってもおかしくなかった？」

ノルデンスタムは鷹揚に手を振った。パーションの声に皮肉が混じっていることにはまるで気づかないふうを装って。署長のほうはさらに落ち着きを失ったように見えた。

「そうだ。われわれも同じ結論に達した」と署長は言った。「公使館とノルデンスタムさんの証言からそれは明らかだ。ともに重要な証言だ――」

「私は――」とパーションは言いかけた。

ノルデンスタムが片手を上げてパーションのことばを制し、火をつけたばかりの煙草を口から離して言った。

「カイ・ホルトは……われわれのために働いていたんです、パーション警部」

「われわれとは？」

童顔の男がそこでいきなり机に腰かけた。

「課報機関C局です。ですから――」ノルデンスタムは頭の悪い子供に向けるような笑みを浮かべた。

「つまり……」そのことばでパーションの疑念は一気に晴れた。もう疑いの余地はない。ノルデンスタムは大きく息を吸うと、きれいにひげを剃ったとがった顎を手の甲で撫でながら言った。

「カイ・ホルトは――」そこで効果を狙うようにいったんことばを切った。「連合軍と関わっていた」

パーションは黙ってうなずいた。

「それにソ連の諜報員ともここストックホルムで接触していた」

「だから、われわれとしては――」と署長がパーションを見つめて言いかけた。

「彼らをいたずらに刺激したくない」とノルデンスタムがあとを続けた。

パーションとノルデンスタムは永遠とも思われる数秒のあいだ、互いを値踏みするように見つめ合った。外を走る車がシフトダウンしてぬかるみを通り抜ける音がその長い沈黙を破った。

「火曜日は昼食のあと、どこに行ったんです？」かなり経ってパーションが尋ねた。「あなたとホルトさんで。いわゆる愉しいときを過ごしたんですか？」

署長が咳払いをした。そのあとほんとうの咳をして、老眼鏡を鼻の先に押し下げた。

パーションは署長を見つめた。

「この件はわれわれが引き継ぐとだけ言っておきます」とノルデンスタムが緊張感を和らげようとしたのか、むしろ快活な口調で言った。「報告書を持ち帰らせてください。あとはわれわれがやります。そう、火曜のことですが、昼食をとったのはセシル・ホテルで、昼食後もしばらくホテルにいました。ちょっとプライヴェートな用事があって」彼はそこでウィンクをしてみせた。「最後はバーンズ・レストランでした。ではまた、警部」ノルデンスタムは机の上のクリスタルの灰皿に煙草の吸い殻を捨てるとパーションを見やり、最後にもう一度微笑んだ。いかにも信頼していると言わんばかりに。パーションはそれをどう解釈すればいいのかわからなかった。返すことばも何ひとつ思い浮かばなかった。

三人ははいってきたときと逆の順番で出ていった。

署長は戸口でいったん立ち止まると、誤解しようのない眼をパーションに向けてから音をたててドアを閉めた。

パーション警部はそのときになって自分の心臓が高鳴っているのにやっと気づいた。額の血管が脈打っていた。額に熱いアーチが掛けられでもしたかのように。上着の胸ポケットからハンカチを取り出して、禿げた頭を拭きながら、もう一方の内ポケットから震える手で櫛を取り出し、わずかに残る髪を整えた。それからオフィスを見まわした。建物の中で一番いいオフィスだ。署長のオフィスよりいい。マホガニーの本棚に、前任者から引き継いだ小さな象の置物に、品のいい革のソファが置かれたコーナー。ドアの横にはこの建物が建てられた当時、一七三八年に描かれた油絵が飾られている。

パーションは部屋全体を見まわしてから、金めっきの額にはいったグスタフ五世の厳かな白黒写真に眼を戻した。私――ヨースタ・パーション警部――は死んだノルウェー人のためにこれらもそのほかのものもすべてあきらめるべきだろうか？

しばらく眼を閉じた。これは神と自分との問題だ。私だけが、ストックホルム第七管区の警部である私だけが、カイ・ホルトの解剖をおこなうべきだったこと、アパートメントをすぐに封鎖すべきだったことを知っている。拳銃は鑑識に送られるべきだったし、床もドアの把手も食器類も窓敷居もすべて指紋採取すべきだった。

パーションは手早く机の一番上の引き出しを開けると、四十歳の誕生日に義父からもらった高価なカランダッシュの万年筆を取り出した。そして、机の上の三つのファイルボックスのひとつから報告用紙を出した。普段自分で書くことはない仕事だが、これに関しては部下に命じる気にはなれなかった。明らかな真実を否定するなら自分の手でやらなければならない。

右上に昨日の日付を書いた。〝一九四五年五月三十日　リンドー通り四十二番地にてカイ・ホルト大佐を遺体で発見。現場検証の結果、自殺の可能性が高いことが判明。証人による証言もこれを裏づけた〟。パーションはファイルを開き、〝すまない。カイ〟と書かれたメモをとくと眺めてから、あまり信用できないガールフレンドと、公使館のカーレン・エリーネ・フレデリクセンの供述について何行か書き加えた。そして一番下に署名してファイルを閉じた。

万年筆のキャップを閉める手はもう震えてはいなかった。眼を閉じ、リンドー通り四十二番地のアパートメントのキッチンに立って、裏庭の悲しげなカバの木を眺めている自分の姿を思い描いた――アデューなんて言わないで。

最後にもう一度ファイルを開き、今書いたものを無表情に見つめた。よりによってこの私がこんな状況に陥るとは。そんな思いが心をよぎった。簡潔な報告書は明らかに虚偽だった。が、罪悪感は薄かった。他殺であることが明白な死者のための正義をおこなうより、自分のキャリアを守るほうが大事だ。

気が変わらないうちにと、急いでファイルをつかみ、古くて傾いた床を歩いて待合室まで持っていった。タイプライターの向こうから秘書が見上げた。パーションは片方の眉を吊り上げ、弱々しい笑みを浮かべると、足早に廊下を進み、刑事部屋を通り過ぎて洗面所にはいった。

火傷しそうなほど熱い湯で何度も手を洗った。鏡に映る自分を見た。昨日は週末を船上で過ごしたあとのように、しっかりと休養の取れたさっぱりした顔をしていた。今は？鏡の中の自分に向かってつぶやいた。「赦してほしい。自分が何をしたかはよくわかっている」

十二章

二〇〇三年五月十九日　月曜日
警察本部
オスロ　ノルウェー

トミー・バーグマンは、コンピューター画面に金(きん)の指輪の写真を呼び出した。

〝永遠にきみのもの　グスタフ〟

さらにクリックを続けて、法医学研究所の金属のテーブルにのせられたふたりの大人の頭蓋骨の写真を見た。グスタフの〝きみ〟だったのはどっちだ？　アグネス・ガーナーか、ヨハンネ・カスパセンか。

年齢からすると、ヨハンネがグスタフの選んだ女性である可能性が高い。さらにセシリア・ランデの母親である可能性も。だったら、どうして苗字がちがうんだ。グスタフの妻はこのふたりのどちらでもなく、生き延びたのだろうか？　おそらくはグスタフ本人とともに。

バーグマンはあきらめのため息をついた。ひどく込み入った迷宮だ。最初から考え直したほうがよさそうだ。

記録保管室に電話をかけたが、誰かが出るまえに切った。無駄だ。彼らの失踪に関する資料が今も残っていたとしても、この建物内にあるわけがない。警察全体の保管記録にもないだろう。かわりに国民登録台帳にあたることにした。名前をひとつずつ入力した。該当するものは出てこない。〝グスタフ〟とふたりの女性の苗字を組み合わせて検索した。出てこない。何ひとつ。登録台帳のシステムがいかに優れているかという自慢はよく聞くが、一九四七年以前の記録には穴が多い。たぶん大きな問題ではないのだろうが。死んでしまえば犯罪を犯すことも税金を払うこともできないのだから。税務署にしても司法機関にしても、失踪したのがどんな人間だったのか、いつ生まれたのかなど知る必要がないのだろう。いずれにしても、戦後になってもこの三人については死んだものと誰も報告しようとは思わなかったらしい。誰か報告していたら、行方不明者リストに載っているわけがない。ただ、いくつか考えられることがある。家族は三人がまだ生きていると信じたかったのかもしれない。が、もっとありそうなことは家族の中の誰ひとり、その死をわざわざ報告するほどには三人のことを気にかけていなかったということだ。戦後も生きている家族がいたとして、行方不明者の死を報告する理由はふたつしかない。生き残った者が心の平安を得て前向きに生きていけるようにするためか、金を手に入れるためか。

それでも、誰かが彼らの失踪を通報したわけだ。それが始まりだった。指輪の女性についてはグスタフが通報した可能性が高い。問題はどうやってこのグスタフの苗字を突き止めるかだ。ノルウェーじゅうの〝ガーナー〟と〝カスパセン〟に電話をかけまくるなどどだい無理だ。

　バーグマンは椅子から立ち上がり、コートのポケットというポケットを上から叩いた。煙草は見つからなかった。どこに置いてきたか思い出せず、低く毒づいた。ルーフテラスだろう。テラスに出たとき、テーブルに煙草のパックを置いたまま忘れてしまったのだ。

　バーグマンがドアノブに手をかけたのと同時に机の電話が鳴った。一瞬ためらったが、戻ってディスプレーを見た。記録保管室からの折り返しの電話だった。バーグマンはそれを無視し、コンピューターでブラウザーを開いた。やってみる価値がある。まちがいなく、ルーフテラスで無為に煙草を吸っているより有意義だ。検索窓に〝アグネス・ガーナー〟と入力し、急いで眼を閉じた。また眼を開けたら奇跡が起きているのを期待して。

　何もヒットしなかった。

　次に〝ヨハンネ・カスパセン〟と入れた。

　やはり何も出なかった。次に〝グスタフ〟にふたりの女性の苗字をつけた。

　最後は〝セシリア・ランデ〟だ。

〝もしかしてセシリー・ランデ？〟と検索エンジンは尋ねてきた。

「ちがう」声に出して言った。「セシリー・ランデじゃない」

また電話が鳴った。バーグマンはコンピューター画面を見ながら受話器を取った。

「お電話をもらいましたよね？」電話の向こうの声が言った。確かいつかのサマーパーティで会った女性だ。

バーグマンは「ええ」とだけ答えた。

「何かお訊きになりたいことでも？」

「一九四二年の事件を調べてるんですが」努めて抑揚のない声で言った。

彼女は短く笑った。

バーグマンは返事をしなかった。

「どんな事件？」

「ノールマルカで三人の遺体が見つかったんだ」

「国立公文書館ね」

「国立公文書館？」

「そう。オスロ公文書館はソグンスヴァンの国立公文書館に統合されたの」

「くそ！」つい声が大きくなった。「そうだ、そうだった」

「どうしたの？」と彼女は訊いてきたが、バーグマンはそのまま受話器を戻した。

そうだ、なぜ思いつかなかったのか？　セシリア・ランデ。その苗字とグスタフを組み合わせていなかった。やってみる価値は充分ある。

グーグルの検索窓に〝グスタフ・ランデ〟と入力してみた。

そして眼を閉じた。ノールマルカの掘り起こされた土のにおいがはっきりと嗅げた。アグネスかヨハンネかわからないが、ふたり目の女性の肋骨のあいだから突き出た子供の手が見えるような気がした。

眼を開けて画面を見た。

四件ヒットした。ささやかな結果ながら、名前はまちがっていなかった。

「ビンゴ」

グスタフのフルネームはグスタフ・ランデで、セシリア・ランデの父親だった。この組み合わせだったのだ。そしてグスタフは、ふたりの女性のどちらかと結婚していたにちがいない。

バーグマンは検索結果の一覧を見た。四件は多くないが、ゼロよりははるかにいい。ひとつ目のリンクをクリックした。そして、表われた説明を見て、石になったかのように椅子の上で固まった。


グスタフ・ランデ（一九〇五～一九四四）実業家。クナーベン・モリブデン鉱山株式会社の筆頭株主。国民連合後援者。一九四四年七月自殺。占領軍との密接な関わりで知られる。出典：『敵のゲームを戦った者たち（一九八〇）』トールゲール・モーバーグ著

十三章

一九四五年五月三十一日　木曜日
エステルマルム警察署
ストックホルム　スウェーデン

彼は建物の出入口まで来ていた。が、そこで気が変わった。おれはいったい何をしてしまったんだ？　ヨースタ・パーションは帽子のつばをつかんだままドアのところで足を止めた。強い雨が舗道を叩きつけていた。おかげで簡単に心は決まった。

食欲も湧いてこない。そんなことを思いながら踵を返し、建物の中に戻った。しっかりした足取りで、誰かとすれちがっても、うなずきも挨拶もせず廊下を進んだ。待合室に着いたときには襟首と袖口が汗で濡れていた。血圧が急上昇して顔が真っ赤になっているにちがいない。

「ホルトのファイルはあるか？」全体重をカウンターにかけると、カウンターが軋んだ。

秘書はタイプ打ちをやめると、半身になって眼鏡の縁越しにパーションを見た。

「はい……」と秘書はためらいがちに言った。まるで愚者を相手にするかのように。

パーションは彼女の横に置かれた薄い緑のフォルダーを寄こすよう手で示し、何も言わずに受け取ると、フォルダーを閉じている太いひもをほどいた。一番下のものから注意深く書類をめくり、ホルトが命を絶つまえに書いたとされるメモを見つけると、静かに息を吐いた。ファイルが諜報機関C局に正式に送られるまえにこのメモがなくなったら、ノルデンスタムはきっと苦戦するはずだ。パーションは書かれた文字をよく見た。少しでも知恵がある者なら、リンドー通りのアパートメントに戻り、アパートメントにあるボールペンの残留指紋を採取するところだろう。採取されれば、ホルトが二語のメモを書いたあと置いた可能性のある場所に、そのボールペンが置かれたままになっているかどうか確かめることだろう。

が、そうはせず、彼は秘書に言った。「オスロにいるホルトの妻の住所を探してくれ」

「でも――」彼女は困ったような顔をした。

「電話をかけて探してくれ。オフィスで待ってる」

「奥さん？　奥さんに電話をかけるんですか？」

パーションは考えた。カーレン・エリーネ・フレデリクセンの眼、ブラウスのひだ、若々しい胸の谷間を思い浮かべた。香水のにおいも嗅げそうだった。彼女をホルトのアパートメントに送ったのがノルデンスタムなのか、一緒にいた童顔の男なのか、それはどうでもよかった。

またカウンターに乗り出した。またカウンターが今にも壊れそうなほど軋んだ。

「電話はノルウェー公使館にかけてくれ。ただ、フレデリクセンではない秘書官につないでもらえ」とパーションは落ち着いた声で言った。「訊くのはホルトのオスロでの最終住所でいい。ホルトの自殺に関する報告書作成に必要だとでも言えばいい。それ以上は何も言うな」

「わかりました」

「ありがとう。住所がわかったら教えてくれ」パーションはフォルダーを持ち、棚から茶封筒を一枚取ってオフィスに戻った。背中に秘書の視線を感じながら。

オフィスにはいると、閉めたドアに寄りかかり、鼓動が落ち着くのを二分ほど待った。秘書が署長を呼んだら終わりだ。それはまちがいない。聞き耳を立てたが、両開きのドアを隔てた先から聞こえる声は小さく、何を言っているのかわからなかった。

あきらめてドアから離れ、机の下のファイリングキャビネットから酒を入れた携帯用フラスクを取り出した。最後にこれを必要としたのがいつだったか思い出せない。レイメシュホルメのビターズは猫の小便のように刺激が強かった。フラスクを持って、童顔の男が象の置物を手に取った本棚まで行った。男がやったように象の置物を手に取り、自分の机を振り返って、ついさきほどの光景を思い描いた。誰かがドアをノックした。パーションは驚いて象の置物とフラスクを危うく落としそうになった。急いでそのふたつを本棚に置いて窓ぎわまで歩き、努めてぶっきらぼうな声で応じた。「どうぞ!」

秘書が床を歩くヒールの音がしたが、パーションは振り向かなかった。うんざりするようなどしゃ降りを眺め、雨の中で光って見えるパトカーのほっそりした輪郭を眼で追った。

彼女の足音が部屋の真ん中で止まった。

「机に置いておいてくれ」

「はい。書いてきました」

「住所はわかったか?」

パーションはそれでも振り向かなかった。

秘書はなにやらかすかな声を発した。が、それだけだった。ややあって秘書はドアまで戻った。そこで足を止め、振り向いた気配があったものの、結局、何も言わず部屋から出ていった。

パーションはホルトの住所を茶封筒に書き写し、〝すまない。カイ〟のメモをまるで〝こわれもの〟のようにそっと中に入れた。ヨースタ・パーション警部がこの証拠品をホルトの未亡人に送ったことは、いつか露見するだろう。それでも今はこれで警部は満足だった。大したことはできなかった。それでもわずかながらできるだけのことはした。

オフィスを出るまえにフラスクの酒を飲み干した。今日はもう仕事をするつもりはなかった。

「自分で階下(した)に持っていくよ」彼は待合室で秘書にそう言うと、異議を唱える隙を与えず部屋を出た。そして、まるで悪魔に追われてでもいるかのように地下までの螺旋階段を駆け降りた。

「警部はついておられますね。今日の分にちょうど間に合いました」と若い郵便係は言った。

パーションはそれに応じてぼそっと声を出して思った。おれには今日の分の運すべてが必要だった。それより早くここを出たかった。パーションはこの地下が好きになったためしがなかった。

「ノルウェー宛てですね」と郵便係はパーションを見上げて言った。パーションは胸に軽い痛みを覚えた。それでも若い郵便係と同じ愛想笑いを返した。郵便係は封筒を郵便料金計量器に置き、スタンプを二度押してからすぐそばに置かれた麻袋に入れた。パーションはそこまで自分の眼で確認した。

「ほんとについてましたね」郵便係はもう一度そう言って麻袋を担いだ。その背後で外に通じるドアが開いた。ボルボの郵便車が停まっていた。トランクが開けられていて、脇に運転手が立っていた。

そう、運というのは大切だ。パーションはそう思った。

袋が郵便車の後部に積み込まれるあいだもずっと立っていた。郵便車の後部のドアが閉まった。角を曲がって見えなくなるまでパーションは郵便車を見送った。

十四章

二〇〇三年五月十九日　月曜日
国立公文書館
オスロ　ノルウェー

ソグンスヴァン国立公文書館の駐車場は半分ほどしか埋まっていなかった。トミー・バーグマンは新車の警察車両をできるだけ歩道に近いところに停めた。木々のあいだに見える建物を見てから、助手席に置いたプリントアウトを手に取り、窓を開けて煙草に火をつけた。誰かがこの車の車内禁煙ルールを最初に破る人間にならなければならない。

ノールマルカの森の方角からやさしい風が吹いて、近くのカバの木の葉がそよそよと音を立てた。そのあと風が静まると、葉は動きを止め、まだ始まってもいない夏が終わったかのように力なくお辞儀をした。

グスタフ・ランデ。膝に置いたプリントアウトを見ながらつぶやいた。ヒットした四件はどれも、『ノルウェー戦争百科』と題したウェブサイトをもとにしたもので、情報はどれも似たり寄ったりだった。どの記事もトールゲール・モーバーグという著名な教授の著作を参照していた。バーグマンは煙草をくゆらせながら何度もウェブ上の文字を読み返し、なけなしの情報を頭の中で整理した。一九四二年九月、誰かがナチのグスタフ・ランデの妻子と女性ひとりを殺した。それから二年ほど経って、グスタフ・ランデが自らの命を絶った。

大した情報量じゃない、とバーグマンは思った。が、どうしても女の子のことを考えずにはいられなかった。生き埋めにされたのはまちがいなさそうだ。なぜ大人ふたりは頭を撃たれたのに、子供は撃たれなかったのだろう？　殺人者としても子供を撃つのは忍びなく、母親の遺体にしがみつく子供を遺体もろとも穴に投げ落としたのだろうか？

バーグマンはその考えを振り払い、行方不明者リストのプリントアウトを眺めた。

セシリア・ランデ　一九三四年三月十六日生まれ
アグネス・ガーナー　一九一八年六月十九日生まれ
ヨハンネ・カスパセン　一九一五年十一月五日生まれ

おそらくカスパセンが母親だろう。そうにちがいない。確証を得るまではどちらが母親なのか憶測するのはやめようと決めていたが、自分を止められなかった。

予告なしにいきなり公文書館にやってくる者をカウンターの向こうの男が歓迎していな

いのは、どう見ても明らかだった。希望者が多くて、こちらでは……」

名札によると、ロルフというその男はそこでことばを切った。

「なあ、ロルフ、予約時間をふたりで決めないか？　で、今というのはどうかな？」

バーグマンが警察バッジを見せ、プリントアウトとノールマルカで見つかった遺体の新聞記事のコピーをカウンターに置くと、ロルフは無言でため息をつき、そのあとそこに書かれた名前を見ながら何度か唇をすぼめた。

「一九四二年九月だ」とバーグマンは言った。

ロルフはまたため息をつき、頑張って伸ばしているらしいまばらな顎ひげを掻いた。

バーグマンはロビーの大きな窓から外を眺め、努めて気持ちを落ち着かせた。

「古い事件のファイルはオスロ＝アーケル警察のものだと思います。占領時に、オスロ市とアーケル郡の警察署は統合されたんです」ロルフはなにやらつぶやいてから、キーボードを叩いた。そのあと戸惑ったような顔でコンピューターの画面を見つめた。「ううむ、あなたはついてるかも」そう言って、笑みを浮かべた。バーグマンにしてみればあまり意味を知りたくない類いの笑みながら。「破棄されている可能性もあるけれど」

破棄されていなければおまえがついてることになるのか。バーグマンはそう思ったが、何も言わなかった。

「一緒に来てください」ややあってロルフは言った。「今日はほんとうにあなたのラッキーデーかもしれない」

彼についてエレヴェーターに向かうあいだ、バーグマンはひとことも発しなかった。地下まで降りると、ロルフはバーグマンを椅子のあるところまで案内し、自分はいくつも並ぶ可動式の棚の中に消えていった。バーグマンのまえのローテーブルに五月十八日日曜日付けの〈ダーグブラーデ〉紙が置かれていた。一面の右側に掲載された写真の光景に見覚えがあった。五月十六日の夕方遅くに撮られた写真だ。暗い森の中で白い天幕が照らされ、白いつなぎを着た男がふたり外に立っている。キャプションを見た。〝森の中のミステリー〟ということばが眼を惹く。彼はあえて新聞を広げて記事を読もうとはせず、そのままテーブルに戻した。

十分後、また不機嫌になった顔でロルフが戻ってきた。

「ここで読んでください」そう言って、ベージュの古いファイルフォルダーをテーブルに置いた。

しばらくバーグマンはフォルダーの上にじっと手を置いた。そのあと白い綴じひもをほどいて、中にはいっていた三つのファイルをテーブルに広げた。ひとつ目は統合されたオスロ＝アーケル警察のもの、ふたつ目は国家警察、そして三つ目はオスロ警察幹部会のものだった。表紙のスタンプによると、一九四四年四月十五日に捜索は打ち切られたらしい。グスタフ・ランデが自殺する三ヵ月まえだ。
バーグマンは三つをもとの順に戻し、ひとつ目を開いた。最初のファイルに失踪届けがはいっていた。それでいくつか判明した。が、残念ながらそれ以上に疑問も増えた。

記載者　ヴィンナレン警察署　ラグナル・ダール巡査

一九四二年九月二十八日十一時五十五分、セシリア・ランデ、ヨハンネ・カスパセン、アグネス・マルガレータ・ガーナーの失踪届けが出された。三人ともトゥーエンゲン通り十Cに居住。申請者はクナーベン・モリブデン鉱山株式会社のグスタフ・ランデ。一九〇五年三月八日生まれ。妻とは死別。右記住所に居住。アグネス・M・ガーナーと婚約中。ガーナーは「北」親衛隊および警察上級指導者より、午後八時より午前五時までの特別外出許可を得ていた。家政婦のヨハンネ・カスパセンは許可を受けておらず、よってカスパセンには夜間外出禁止令が適用される。

グスタフ・ランデは妻と死別しており、女性はどちらもセシリア・ランデの母親ではなかった。また、グスタフはヨハンネ・カスパセンではなく、アグネス・ガーナーと婚約していた。バーグマンはこれからいくつも遭遇するであろうハードルのひとつ目をとりあえず乗り越えたことに安堵した。グスタフ・ランデの最初の妻、つまりセシリアの母親はすでに亡くなり、アグネスが新しい婚約者だった。それほど複雑な話ではない。それでも子供が亡くなったことには変わりない。

次の書類は翌日の一九四二年九月二十九日付けの簡単な報告書だった。

捜索は、フールム半島、ルータンゲンにあるランデのサマーハウス周辺でおこなわれた。ベルリンに出張したのち、九月二十八日夜半にオスロに戻ったランデによると、アグネス・Gはヨハンネ・C（ランデ家のメイド）を手伝い、九月二十七日日曜日、オフシーズンに向けてルータンゲンのサマーハウスを閉めることになっており、サマーハウスは週末のあいだ無人だった。それには複数の証言がある。九月二十九日のルータンゲンでの訊き込み捜査、およびヴィンナレンのランデ邸近隣住民からの聞き取りによっても特段の情報は得られなかった。ランデの車（一九三九年型メルセデス・ベンツ１７０Ｖ黒）は見つかっていない。証人のリストを添付。

バーグマンは証人リストにざっと眼を通した。ルータンゲンでの訊き込み捜査中に聴取された人々とランデの近所に住む十人ばかりの名前が載っていた。

ファイルの最後に収められていた書類は、さらに翌日の一九四二年九月三十日水曜日に実施された捜査の基礎資料のようなものだった。女性ふたりと子供に関する記述をよく読むと、ひとつ注意を惹かれた点があった。セシリア・ランデ。一九三四年三月十六日生まれ。身長百三十五センチ。眼の色はブルー、髪の色はダークブロンド。腰に先天的な疾患があり、〝足を引きずる特徴的な歩き方〟をしていたらしい。バーグマンはノールマルカの少女を思い描いた。彼女を殺した人物は彼女が走って逃げられないのを知っていたのかもしれない。セシリアはアグネスとメイドが撃ち殺されるのを目のあたりにしたのだろうか。

次に色褪せた水色のファイルを開いた。その書類には質のいい紙が使われており、それを読むかぎり、この失踪事件はドイツの保安警察〈ジポ〉の指示によって、ノルウェーの国家警察が一九四二年九月三十日から捜査を開始していることがわかった。捜査報告書の前文には、ランデがノルウェーのドイツ高等弁務官に協力していたことから、家族がレジスタンスのテロ行為の標的になったという可能性が排除できないと記されていた。実際、通報のまえの金曜日、レジスタンスはグスタフ・ランデが誰より信頼していた男のひとりを殺害している。さらに、フィアンセのアグネス・ガーナーもメイドのヨハンネ・カスパセンもともに、ヴィドクン・クヴィスリングによるファシズムの国家統一党、国民連合、通称〈NS〉の党員だったとされている。次の報告書には、レジスタンスのメンバーと推定された多くの人々が、十月一日、二日にムレル通り十九番地にあったナチス暫定本部に連行されたことが記載されており、そのうちふたりはその後ヴィクトリア・テラスのゲシュタポ本部に連れていかれ、〈ジポ〉の尋問を受けていた。

さらにページをめくると、ムレル通り十九番地での尋問記録は収められていたが、ヴィクトリア・テラスでおこなわれたものはひとつもなかった。また、レジスタンスのメンバーと思しいひとりがムレルガータ警察署の四階から投身自殺をしたことは記載されていたが、それ以外に注目すべきことは何もなかった。グスタフ・ランデの車は最後には、一九四二年十月一日にノールマルカとは離れたマッツェルードゥ通りで見つかっていたが、車を調べても、その通りの住民の証言を集めても、周辺を調べても、なんの成果も得られなかったようだった。ファイル内の最後の書類には、国家警察は予備捜査を終え、オスロ＝アーケル警察が引き継いで捜査することが記されていた。

バーグマンは無言で祈りを唱えてから、三つ目にして最後のファイルを開いた。が、その書類からも得るものはほとんどなかった。一九四四年四月十五日に捜査が打ち切られたことを記した書類が一枚はいっていただけだった。ただ、その書類にはG・リッド警部の署名とオスロ警察幹部会の押印があった。

どのファイルにも写真ははいっていなかった。彼らの外見を知りたかったのだが。しかし、グスタフ・ランデの車はなぜマッツェルードゥ通りで発見されたのか？　南のフールムに向かっていたはずの三人は、そこから一時間北に離れたノールマルカで殺されている。さらに、三人が使ったと見られる車はその中間地点にあたるスコイエンのそばで見つかっている。バーグマンは途方に暮れて想像した——戦時中に捜査にあたった刑事たちもきっと気持ちは同じだっただろう。

関連のありそうな情報を三十分かけてコピーし、バーグマンはサマーハウス周辺の様子を知るため、できるだけ早くフールム半島のルータンゲンまで行くことを決めた。それに写真だ。彼らの写真を見つけなければならない。

「新聞は」フォルダーを返しながら彼は言った。「ここに新聞はあるのかな？」

ロルフはカウンターに置かれた夕刊数紙を指差した。

バーグマンは眼のまえのフォルダーを指で軽く叩いて、訊いたのは保管されている古い新聞のことだと示した。

「だったら国立図書館ですね」とロルフは言った。「でも、あそこは七時閉館です」

バーグマンは壁の白い時計を見上げて、国立図書館は明日訪ねることにした。三十分後に始まるハンドボールチームの練習を優先させたのだ。

ウォームアップのランニングはさほどきついものではない。それでも終えると、バーグマンは体育館の床にへたり込んでしまい、チームのメンバー全員に彼をからかう絶好のチャンスを与えてしまった。天井を見つめながら、三年まえにアシスタントコーチになるよう彼を説得した、幼なじみのアーレン・ディーブダールを呪った。

その一年後、アーレンは勤務先のIT会社のアジアにある子会社での好待遇の地位を得て、才能あふれる娘ともども家族全員を連れて、シンガポールに引っ越してしまった。その結果、クラブの指導体制が弱体化し、バーグマン自身がヘッドコーチを務めざるをえなくなったのだ。アーレンはアシスタントコーチにはアルネ・ドラーブロスを選んでいた。アルネには自らひそかに〝ぼんくら〟という渾名をつけていたのに。ただ、そんな〝ぼんくら〟にもひとつ強みがあった。とにかく運動神経がいいのだ。だから、ハンドボールとメディシンボール（筋力トレーニングにつかう重量のあるボール）の区別はつかなくても、プレー自体はなかなかのものだった。それはともかく、バーグマンとアーレン自身は長年同じチームでプレーし、最後にはともにオップサルの二軍にはいるまでになった仲だった。ただ、アーレンはスター選手で、バーグマンはずっと二番手だった。

大柄のバーグマンは、全盛期には荒削りの花崗岩みたいに頑丈で、バックプレーヤーのためにフィールドに空きスペースをつくるのを得意としていた。加えて、とにかく体が大きいので、彼のシュートを受ける相手チームの若いゴールキーパーは、ゴールネットにもぐり込んで眼を閉じるしかなかった。しかしその後、バーグマンは兵役中に左膝の靭帯を損傷し、手術は成功したもののハンドボールはあきらめざるをえなくなった。どちらにしてもアーレンほどの才能には恵まれておらず、行けてもせいぜい一軍ベンチの控え止まりだったので、バーグマン自身その頃にはハンドボールに飽き、二度とボールを手にすることもないだろうと思ったのだったが……

それが選手をやめて二十年近く経ち、今はクレメッツルードゥの体育館の床に倒れているものの、自由になる時間をこのヴォランティア活動に充てることに無上の喜びを見いだしている。週に三、四回の練習が頭をすっきりさせてくれ、体型維持にもそこそこ貢献してくれている。それにチームの少女たちを見ていると、勝敗に関係なく、世の中も捨てたものではないと思えてくる。

「さあ、コーチ」頭上から少女の声がした。バーグマンは顔に腕をやって、目元の汗を拭いていた。深く息を吸うと、脈がいくらか落ち着いた。上を見ると、サラが見下ろして笑いながら手を差し伸べていた。その眼はアルジェリアかモロッコ出身と思われる彼女の母親の眼によく似ていた。

バーグマンはサラのそばにいるといつも父親のような気分になる。自らそのことに戸惑いながらも。今もそんな気持ちになりながら、彼女の手をつかんだ。昨年の秋にチームに加わったときの彼女はまるで見込みがなく、生まれたての雛鳥のようによろよろとコートを走りまわるだけだったのだが、その秋と冬、人生のどん底を味わっていたバーグマンは、サラに眼をかけ、いい選手に育てることを誓うことで、自分を元気づけたのだった。そんなサラも今ではたまに得点するまでに成長している。加えて今は彼女の母親と交わす他愛のない会話がバーグマンに生きる理由を与えてくれている。

「コーチは選手としても優秀なんだって思ってた」とサラは母親にそっくりの笑みを浮かべて言った。

「そうとも。ただ、体がついていかない。優秀なのと体がついていかないのは別のことだ」

「そうでしょうとも」彼女はそう言ってバーグマンを引っぱって立たせると、アルネ・ドラーブロスのほうに走っていった。ドラーブロスはゴールのそばに立って、何人かの少女たちと一緒にネットを整えていた。バーグマンはボトルの水を飲みながらサラを眼で追った。母親は独身なのか？　そう訊きたくなることがある。練習しているときにさりげなく尋ねるのだ。「お父さんを見たことがないけど、お母さんは独身なのかい？」

一度ラルヴィクでのイースター・カップのときに魔が差し、一部の保護者にこんなことを言ってしまった――長年のパートナーと別れたばかりで、イースター休暇の予定がまるでないのだと。そのあとその中のひとりとサラの母親が親しいことを思い出したのだが、あとの祭りだった。

彼はバッグからホイッスルを取り出して吹き、少女たちを集めた。アーレンのトレーニング方法は頭にも体にも沁み込んでいる。二十年、いや、三十年まえの方法とさほど変わらない。肩のウォームアップ、ボールハンドリング、フェイント、シュート練習とゴールキーパーの練習、そして最後にポジションプレー。今日はドラーブロスが最後の三十分の練習を受け持ってくれた。競争力をつけるための全力疾走で、バーグマンとしてはこれをさぼれるのはありがたかった。

ポジションプレーの練習を見ながら、戦時中にノールマルカで亡くなった三人を思った。セシリア・ランデの殺害状況を想像していると、いつサラの母親が姿を見せるかという思いもいつか消えていた。シュートがゴールポストにあたり、ふたりの少女が言い争いを始めた。バーグマンが見ていないあいだにひとりがもうひとりにタックルしたらしい。その諍いの仲裁にはいって、騒ぎが収まったところで、サラの母親がサイドラインに立って、パキスタン人の少女の父親と話しているのが眼にはいった。カールした豊かな黒髪をゴムでとめていた。パキスタン人の父親が何か言って彼女を笑わせた。バーグマンは嫉妬を覚えた。その一方で体じゅうに何か温かいものが流れた。サラの母親が笑ったり彼のほうを見たりするだけで、十二年間にわたるヘーゲとの関係にまつわる負の感情がいっとき消えた。

練習のことは忘れて彼女のほうに近づいた。少女たちがボールを拾い集め、ナンバーのはいったジャージをドラーブロスに手渡すあいだ、バーグマンはサラの母親と視線と笑みを交わした。パキスタン人の父親との会話はまだ続いていた。新たにもうひとり誰かの父親もその会話に加わっていた。学校のことか、夏休みのことを話しているのだろう。バーグマンは彼らのすぐそばのベンチに坐り、傍目もかまわず彼女を見た。好きなのだからしかたがない。ただそれだけのことだ。白いブラウスにタイトなジーンズ、フラットな革のサンダル。それが彼女の恰好だった。いたって普通の服装なのに、バーグマンはもはや中学生の気分だった。

今日のポジションプレーの練習のよかった点と悪かった点を少女たちに解説しながら、気づくとサラの母親が羽根のように軽い白いブラウスを脱いだところを想像していた。日に焼けた細い腕。彼の胸を撫でる華奢な手。ひとりの少女が下手投げ(アンダー・アーム・ショット)について何か質問した。バーグマンはちゃんと聞いていなかった。それが露見すると、少女たちは笑いだし、最後にはバーグマン自身も笑いだした。

「すまん。今日はくたくたなんだ。また水曜日に。あとはアルネに任せる」

アルネ・ドラーブロスがいささか興奮気味に話しはじめた――これから待ち受ける厳しい試練を乗り越えよう！　バーグマンは携帯電話を確認しながら、サラと母親を盗み見た。母親はサラの髪をわざとくしゃくしゃにしていた。サラはあきらめたように「やめて……」と言って母親に背を向け、ハンドボールシューズからジョギングシューズに履き替えると、体育館を出ていくほかの少女たちのあとを追った。

「わたし、ちょっと過保護かしら」サラの母親が高級そうな大きなショルダーバッグをしっかり抱え直して、バーグマンに言った。

「それはわからないけど、サラもフィールドでは自信がついてきたみたいだね」

「嬉しいわ」彼女は両手を上げて髪のゴムをはずした。「あなたには感謝しています。いつもとてもよくしてくださって」

　ふたりは一緒に体育館を出た。一陣の風が吹き、彼女の髪をあちこちになびかせた。

「あら、嫌だ」と彼女は笑いながら言った。バーグマンは乱れた髪をまとめて結び直す彼女をじっと見つめた。こうして夜どおしふたりで立っていたかった。黒い眼を雲母のようにきらめかせる彼女にずっと微笑みつづけられたかった。ヘーゲとの関係など初めからなかったことにしたかった。

「夕食の準備をしなきゃ」と彼女は言って、ショッピングセンターに通じる階段のほうに向かいはじめた。

「そう、夕食か……」バーグマンはひとりごとのようにつぶやいて彼女のあとに続いた。こっちからでも駐車場に出られる。

「ＩＣＡスーパーに寄るなら、あなたの買いものを見て夕食のヒントにさせてもらえるかも」階段をのぼりきったところで彼女が言った。

　バーグマンは笑いだした。

「おれが夕食に何を食べるかなんて知りたくないと思うけど。それにもう食べた。ランバーセーターのエクソンのスタンドでホットドッグをふたつ」

「そんなにひどい日だったの?」彼女はショッピングセンターの入口で足を止めて言い、首を傾けた。

「今日は特別ひどかった」

「わたし、ハジャよ」そう言って、彼女は片手を差し出した。柔らかくて温かい手だった。

「トミーだ」

「知ってるわ」と彼女は微笑んで言った。「じゃあ、水曜日にまた」

行かないでくれ。店の中に消えていく彼女のうしろ姿を見送りながらバーグマンは心の中で強く念じた。

十五章

一九四五年六月一日　金曜日
エステルマルム警察署
ストックホルム　スウェーデン

　午前中ずっとヨースタ・パーション警部はひどい頭痛に悩まされていた。それが長い昼食を終えた今、やっとゆっくりとそれでも確実に和らぎつつあった。今日はこれまでカイ・ホルトの遺書とされるメモを入れた封筒のことしか考えられなかった。今日か明日にはホルトの妻のもとに届くはずだ。

　あと一時間たらずでもうこんなことも考えずにすむようになる。その頃にはブラジホルム埠頭から出る船のラウンジに妻と一緒に坐っているだろう。群島にある妻の実家のサマーハウスに向かっている。その短い休暇が待ちきれなかった。あそこで週末を過ごせば何もかもよくなる。何もかも。死んだカイ・ホルトの頭のイメージも意識から完全に消えてくれるだろう。カーレン・エリーネ・フレデリクセンの香水のにおいも、氷のように冷たい青い眼も、深紅の唇も記憶から薄れるだろう。彼女は誰に命じられて、ホルトはいつ自殺してもおかしくなかったなどとわざわざ言いにきたのか。そんなことも考えなくてよくなる。オフィスに来て、高価な象の置物を落としかけたあの童顔の男についても。すべては島に着いて、冷たい海にはいったとたんに消え去るだろう。妻は夫のそんな子供じみた行動に笑みを浮かべ、桟橋に立って煙草をくゆらせながら、彼に向かって手を振るだろう。小島や岩礁が散らばる景色の中で自分が生まれ変わるのが――カモメの甲高い鳴き声と古いリネンのカーテン越しの陽射しの中で目覚めるのが――待ちきれなかった。

突然、白昼夢から引き戻された。ドアを凝視した。音が聞こえてきたのはドアのほうではなかったか？　慌ててチークの机から足をおろした。

「はいってくれ」

秘書がドアを開け、オフィスに足を一歩踏み入れた。そのあと驚いたことに眼を伏せた。いや、別におかしなことじゃない。パーションはそう思い直した。今日はオフィスを出るまで邪魔をしないよう強く言い含めてあった。特に、電話は絶対に取り次ぐなと言ってあった。

「奥さまからお電話です」と秘書は床を見つめながら言った。

パーションは苛立ちを抑えた。そう、彼女は――妻は善人だ。子供はできなかったが、彼女を責めることはできない。今はもうふたりとも歳を取りすぎた。それでもまだお互い手を携えて暮らしている。

「わかった」と彼は床を見つめたままの秘書を見ながら言った。そんなふうに立っているのはやはり彼女らしくなかったが。

どうでもいいことだ。封筒のことを気にするのはいい加減やめよう。彼は自分に言い聞かせた。大したことじゃない。ノルデンスタムが見つけることは絶対にないだろう。ホルトの妻が何か行動を起こした場合には、その結果については責任を取るつもりだ。おれは自分のしたことには責任を取る男だ。当然のことだ。

「つないでくれ」とパーションは秘書に言った。彼女はほっとしたらしく顔が明るくなった。「ドアは開けておいてくれ」閉めようとした彼女に言い添えた。もうすぐ今週が終わると思うと、寛大な気分になれた。正直なところ、今週はひどい週だった。

「ブラウスが山ほど送られてきたわ……そんなことでもして、たまにはわたしを驚かせてくれない？」と妻は言った。「帰る途中、夕食を受け取ってきてほしいの。エステルマルム市場の肉屋に電話で頼んだものなんだけど」

「エステルマルム市場か」と彼は言った。「わかった。私に何を渡せばいいか、ウィリー・オルソンはちゃんとわかってるんだね？」彼はなんだかほっとして笑った。

一時間後、パーションは歩道の真ん中でコートを脱いで腕に掛けると、エステルマルム市場に向かって角を曲がった。長いこと味わったことのないほど気分がよかった。それまで隠れていた太陽も今にも雲のあいだから顔を出しそうだった。

市場には人があふれていた。老人、若者、そして、パーションのようなくたびれた勤め人。ちょうど新たな商品が入荷したところにちがいない。パーションはごった返す市場を渡りかけた。誰かが背後からぶつかってきたのにもほとんど気づかなかった。次の瞬間、背中と胸に激痛が走り、パーションは自分の頭が花崗岩の敷石にぶつかろうとしていること、うしろを歩く人々が自分を踏みつけそうになっていること、スーツを濡らす温かいものが自分の血であること、さらに自分の命があと数秒で終わることを悟った。彼の中身がすべて背中の左側に開いた穴からこぼれ落ちていた。

地面に倒れたときにはもう死んでいた。うしろにいた人々が彼の体につまずいた。今やすっかり日に照らされた市場に誰かの悲鳴が響き渡った。声の大きさでヨースタ・パーション警部を生き返らせようとでもするかのような、大きな悲鳴だった。

十六章

二〇〇三年五月二十日　火曜日
国立図書館
オスロ　ノルウェー

市街電車がドラメン通りとフレデリク通りの交差点でスピードを上げ、トミー・バーグマンはよろけた。ハジャのことを考えていた。ハジャ、と口の中でつぶやいてみた。ふたりでモルテンスルードゥ・ショッピングセンターの入口の外に立っているところが頭に甦った。どうしてあのチャンスをものにしなかったのか。妄想が次々と湧いてきた――彼女は独身で、おれに関心を持っている。いや、待て、おれは何を求めているのか？　助けが必要だ。制服警官時代からの古い同僚、ベントに言われたではないか。〝先に進むには助けが必要だ、トミー〟と。

すべてを――ハジャも彼女の笑い声も眼も髪もヘーゲもベントも何もかもを――押しやって、彼は事件に意識を向けた。それこそ今すべきことではないか。白昼夢に溺れるのではなく。おれにはすべき仕事がある。戦時中あの女の子とふたりの女性に何が起きたのか。なぜセシリアはほかのふたりのように頭を撃たれなかったのか？　車両に急ブレーキがかかり、バーグマンは市街電車に生まれて初めて乗ったかのようにまたよろけた。

　国立図書館では集められている新聞の多さと記事の探しやすさに驚いた。建物にはいって十分後にはもう、閲覧室でマイクロフィルムを映し出した画面のまえに坐り、戦時中の新聞をスクロールしていた。一九四二年九月三十日付けの〈アフテンポステン〉紙に捜していた顔が見つかった。第一面の二段組の記事で行方不明の三人を取り上げていた。

　最初の写真はグスタフ・ランデのフィアンセのアグネス。古風な顔だちの美人だった。黒髪をピンナップ写真のモデルのように結い上げていた。眉はわずかにアーチを描き、睫毛はマスカラが要らないほど濃かった。キャプションには〝アグネス・ガーナー　二十四歳〟とあった。

　ふたつ目はグスタフ・ランデの娘、セシリア・ランデ。可愛らしい屈託のない顔で、カメラに向かって微笑んでいた。実際にはその笑みはカメラのうしろに立っている誰かに向けられているようだったが。顔はハート形で、ダークブロンドの髪を二本のおさげにし、おさげの先を白い大きなリボンで結んでいた。左頰だけにえくぼがあった。犬歯が一本抜けていた。彼女のためなら人殺しも厭わないと男に思わせるような女性がアグネス・ガーナーだとしたら、セシリア・ランデのほうは、彼女のためなら自分が銃弾を受けることも厭わないと誰にも思わせるような子供だった。

セシリアの右に家政婦のヨハンネ・カスパセンの写真が載っていた。バーグマンはページを拡大しようとした。が、それはできなかった。写真は質が悪く、彼女の実物を見たとしても判別できなかっただろう。どこか鳥を思わせ、器量はよくなかったが、透明といってもいいぐらい肌が白かった。もしかしたら、写真の解像度が低いからそう見えるのかもしれないが。

バーグマンはいつもするように途中で眼を止めながら二回記事を読んだ。セシリアの顔を見つめ、頭蓋骨と黒い眼窩を思い浮かべた。誰がきみにあんなことをしたんだ？　マッツェルードゥ通りで見つかった車に乗っていたやつらか？

しばらくぼんやりとセシリアの写真を見てから、同じ新聞のほかの記事に眼を通した。配給品の石鹸の広告、国家警察本部からの告知、前線にいるノルウェー人兵士への賛辞。

画面をスクロールして、次のページに移った。最初は自分が何を読んでいるのかわからないまま読み進めた。ただ、リードに書かれている何かに記憶を呼び起こされ、つい最近眼にしたものを思い出した。

〝国家警察は、九月二十五日に起きたクナーベン・モリブデン鉱山株式会社部長、トールフィン・ロルボルグの殺害事件解決に向けて、全力を挙げて捜査しており、今尚二十代から三十代のブロンド女性の行方を追っている。女は眼鏡をかけていたが、眼の色は青と思われ、唇の左上にほくろがある。犯人の特定につながる情報提供には二万五千クローネの報奨金が支払われる〟

戦時中の二万五千クローネは大金だ。

そう考えたところで思い出した。

クナーベン・モリブデン鉱山株式会社はグスタフ・ランデが所有していた会社だ。

すなわち、ランデにしてみれば、自分の会社の責任者が殺され、そのわずか数日後にささやかな家族も殺されたということになる。

十七章

二〇〇三年五月二十三日　金曜日
警察本部
オスロ　ノルウェー

いつになく暖かい朝だった。トミー・バーグマンには、一九四二年の九月に誰がグスタフ・ランデのフィアンセと娘とメイドを殺したのか、まだ答えが出せていなかった。ただ、もう答えを探る必要がなくなった。どうして彼らが殺されたにしろ――もっと重要な――誰に殺されたにしろ。クナーベン・モリブデン鉱山株式会社について得たわずかな知識も使い道がなくなった。暴力性犯罪捜査課の週次報告会議に出席してつくづく思った。この一週間自分がしてきたことはすべて徒労だったと。何十年もまえの三重殺人を優先することはできない、今後の捜査は〈クリポス〉が引き継ぐ、とフレデリク・ロイター課長が出席者全員のまえで話した以上。それは要するに、この件はこのまま棚上げにするということだ。

バーグマンはどうしても気分が落ち込んだ。もっとも、それは単に水曜日の練習にハジャが姿を見せなかったせいかもしれないが。彼女が来るかもしれないと、しばらく体育館の外に立って、サラやほかの少女たちが帰るのを見送ったのだが。いや、そればかりか、ショッピングセンターの階段に坐って、次の地下鉄の電車が来るのを待ちもしたのだ。ハジャがその電車に乗っていないことがわかると、バスも待ち、次の電車も待った。そして、最後にはいったい自分は何をしてるんだと自問して、家に帰ったのだった。忘れるんだ。シャワーを浴びながら自分に言い聞かせた。ハジャのことはきれいさっぱり忘れるんだ。

彼は壁時計の秒針を見つめた。このままこの事件を投げ出す気にはなれなかった。ノールマルカの三人の死と、モリブデンの鉱山会社の調査部長の死とはどう考えてもつながっている。今となってはそれも無意味なことにしろ。今は二〇〇三年であり、フレデリク・ロイターのことばを借りるなら、森で見つかった古い白骨死体三体以外にも、貴重な時間を費やして調べなければならない事件は山ほどあるのだから。そう考えるロイターを誰も非難できない。暴力性犯罪課にはおよそ六十人の捜査官がいる。少なくとも、それが課の人的資源として公表されている数字だ。警察は常に財源不足だ。だから五、六名の空きは許容しなければならず、実質的には五十五名ほどが所属している。ただ、たいていそのうち十名は病欠している。さらに、性犯罪――レイプ、近親相姦、年少者に対する性的虐待、その他、人間の自然な性から逸脱したあらゆる行為――を専門に扱う十五名を引くと、残りは三十名。小学校の一クラス分と大して変わらない少人数で、市内の殺人、殺人未遂、それに〝加重暴行〟という無意味な分類に相当する事件も扱わなければならないのだ。

ロイターはスクリーンのまえを落ち着きなく歩きまわっていた。その口からことばが紡ぎ出されてはいるものの、バーグマンには何を話しているのかまるで頭にはいってこなかった。スクリーンに映し出されている四週間まえに自宅のアパートメントで殺されたエチオピア人女性の遺体も、今のバーグマンにはなんの意味もなかった。テーブルについている同僚を見まわした。自分には同僚などひとりもいないのだから。すべて自分でなんとかしなければならないのだから。いや、もしかしたらそう思うのは自分がそれを望んでいるからかもしれない。自分の仕事は自分でやるしかないのだと。

持ち込んだフォルダーの上に置いた昨日付けの〈ダーグブラーデ〉紙を手に取った。独立記念日には大した事件は起きていなかった。いつもの酔漢の騒ぎや暴力ぐらいのものだったが、暴力を受けた被害者が重傷を負うような事件もなかった。むしろノールマルカの森で見つかった白骨死体が大きなニュースだった。〝森の中のミステリー〟。そう名づけたのは、警察まわりの新人記者が思いついたのでなければ、上級記者のフランク・クロコールあたりだろう。

クロコールとその同僚たちはこの事件に四ページを費やしていた。写真の一枚には、アーブラハムセンと〈クリポス〉の鑑識チームが頭を掻きながら地面の穴を見下ろしているところが写っていた。次のページでは全面に行方不明の三人、アグネス・ガーナー、セシリア・ランデ、ヨハンネ・カスパセンの写真が載せられていた。賢明にもクロコールもバーグマンと同じ線を考えているようだった。それもいつものように電話をかけてくることもなく。もう何度目になるかわからないが、バーグマンは一九四二年九月三十日付の〈アフテンポステン〉に載った三人の写真を見つめた。新聞のページの一番下には被害者に関して、あるいは事件全般に関して、何か情報があるようなら、クロコール宛に電話かメールで連絡してほしいと書かれていた。

幸運を祈る。バーグマンはそう胸につぶやくと、刺殺されたエチオピア人女性の画像を指して、こんなことをした悪魔は絶対に見つけ出すと熱弁を振るっているロイターを見やった。たった四週間まえの殺人犯でさえ追跡できないのに、どうやって六十年以上昔の犯人を見つけられる？

ここまで古い事件を解明するのはほぼ不可能ということは、バーグマンにもわかっていた。いつもならこんな事件などさっさと忘れて、眼のまえに次々と積まれていく事件に集中したことだろう。それがどういうわけか、殺された少女のことが頭から離れないのだった。彼女はなぜどのように殺されたのか。大人ふたりがどのように殺されたかについては不可解な点は何もない。アグネス・ガーナーは正面から額を撃たれており、ヨハンネ・カスパセンは横からこめかみを撃たれている。アグネスの頭には、七・六五ミリ・ブローニング弾が残っていた。ヨハンネの頭の左側には射出創が射入創と思われるものと同じ高さの位置にあった。弾丸(たま)――同じく七・六五ミリ・ブローニング弾――は骨が掘り出された穴の数フィート後方で見つかっている。

しかし、それもこれもすべては憶測にすぎない。それも憶測しやすいすじがきに基づいた憶測だ。バーグマンはロイターを見上げて、話し合いを聞いているふりだけはした。が、会議が続く中、やがて証拠品と一緒に〈クリポス〉に送るために書いた最終報告書に眼を通しはじめた。自らの客観的かつ官僚的な文章を精読した。三人の女性が六十年以上まえに殺された。当時は生身の人間だった。それが今では名前だけの存在であり、ノルウェーには彼女たちのことを知る者は誰もいない。バーグマンは国内で六十五人いるガーナー姓の中からひとり、アグネス・ガーナーについて情報を持っている老人を見つけていたが、大した収穫はなかった。わかったのは、アグネス・ガーナーはその老人の親戚すじだが、彼女の家族は一九二〇年代後半にイギリスに引っ越したということだけだった。若くして亡くなった父親以外、家族は全員がナチだった。ほかの親族がめったに――いや、決して――この一家のことを話題にしないのはそのせいだった。アグネスと彼女の姉は戦前にノルウェーに帰ってきたが、親族とは絶縁状態にあった。ナチであったこと、父親とほかの親族とのあいだにトラブルがあったこと、このふたつが原因だった。老人はすべてを悲劇と考えていたが、まちがった選択をすると往々にしてこうなるものだとも言った。アグネスの姉はドイツ人と結婚し、まだ生きているならオスロにいるかもしれない。母親は戦後まもなくイギリスで亡くなった。

〈ダーグブラーデ〉紙のフランク・クロコールたちは、ヨハンネ・カスパセンの親戚とされるハデランド在住の人々を捜し出していたが、その人たちは新聞に名前が載ることにしか関心がないようだった。クロコールはまた、グスタフ・ランデが一九四四年七月に首吊り自殺をして、莫大な遺産を弟に遺したことも調べ上げていた。弟はその二十年後に亡くなり、その子供たちはクロコールたちの取材を拒否していた。バーグマンも一度彼らに電話をかけたのだが、対応にあたる弁護士を教えられただけだった。彼らとしてはこの件にはいっさい関わりたくないのだろう。

突然の笑い声と椅子を引きずる音にバーグマンはわれに返って顔を上げた。何が起きているのかわからなかった。室内のほかの三十人と同じ惑星にいたとは思えなかった。窓が開けられ、夏の風が流れ込んでいた。外では雲ひとつない空がきらきらと輝いていた。冬のあいだ誰もが夢見たような一日だ。それはセシリア・ランデが二度と味わえない一日でもある。

新聞に眼を落とし、一九四二年九月三十日付け〈アフテンポステン〉紙の失踪記事の写真を見つめた。もし自分に子供がいたら、セシリアのような女の子だったらいいと思った。同じおさげと同じえくぼ、同じ繊細な眉を持つ女の子だったらと。

その夜もハジャは体育館にやってこなかった。サラもだった。普通はだいたい上機嫌で指導するのに、この日のバーグマンは不機嫌で無口だった。少女たちもそれに気づいたのだろう、おざなりの練習になった。まるで真夏のようなこんな暑い金曜日の夜には誰もこんなところにはいたくない。海に連れていって、泳がせるべきだったのかもしれない、と思いながら、バーグマンはそのかわりに練習を早めに切り上げ、外でのランニングはドラーブロスに任せた。全員の姿が見えなくなると、体育館の外に立ったまま、サラとハジャはどこに住んでいるのか考え、すぐにそんな思いを振り払い、自分の車に急いだ。

アパートメントに帰ると、レコードをかけて居間の床に寝転んだ。ジョニ・ミッチェルの古いレコードのA面が終わると、外から聞こえる音に耳をすました。クリケットのバットがボールを打つ音。ボールが建物のあいだのアスファルトに弾む音。壁に跳ね返って響くノルウェー語とパンジャブ語の入り交じった叫び声。

バーグマンの思いは、ハジャその人と体育館の外で風に吹かれた彼女のカールした髪からへーゲに移った。四月の終わり、街中でばったり彼女と会ったのだが、お互いほぼ初対面みたいに振る舞った。ふくらんだ腹が彼女を別人に見せていた。頬と頬を合わせて挨拶だけすると、バーグマンは触れた頬がまるで初めて彼女に触れられたときのように熱くなった。

そのとき彼女が言ったことばを彼女が言ったように繰り返してみた。こんなことばがまるで今でもこれからもあなたが好きだと言っているかのような、温かいことばに聞こえたのだ。

「で、今はどうしてるの？」

十八章

二〇〇三年六月八日　聖霊降臨日
ソフィエミール体育館
オッペゴール
オスロ　ノルウェー

南部のトンスベルグでの大規模の聖霊降臨カップに出られないチームのために、小規模のトーナメントが地元で開かれることになっていた。トミー・バーグマンはオスロのハンドボールの天才たちがくだしてくれたこの決定に安堵していた。これで精霊降誕祭に何をしようか悩まなくてもすむ。オスロ警察ではシフト勤務をあまりにこなしすぎると社会非適合者と見なされる。そのためシフト数には上限があるのだ。

チームで一番の選手、イサベルは家が裕福で、この週末は両親と一緒にクローゲロに建てたばかりの別荘に行くということだった。普段、調子が悪いときのチームの救世主になってくれるのが彼女なのだが、今日のチームはそんな彼女の助けをなにより必要としていた。というか、ほかの少女たちは最初からあきらめているみたいだった。コルボトンの二軍チームとの第一試合が始まってからたった十分で、七本のゴールを許してしまい、一方、挙げた得点は一点止まり。コルボトンが八本目のゴールを決めると、バーグマンはたまらずタイムを申し出た。

そして、ゴールキーパーのアティファの背中を軽く叩いて、よくやっていると声をかけてから、全員をサイドラインに集めて円陣を組んだ。

「早いところ試合を終えて遊びにいこうって決めたのか？」

「向こうが強いんだもの」サラがスポーツ用の水筒の水を口に流し込みながら言った。

バーグマンはひそかに彼女をチームで二番目にうまい選手に位置づけていた。サラは一瞬彼と眼を合わせてから、彼が母親のことをどう思っているか、まるでわかっているかのようにウィンクをしてきた。

「そんなに差はない。こっちがうまく対応できてないだけだ。みんな、脚を動かすんだ。それから腕を上げる。ただ突っ立って見ているだけじゃ駄目だ。アティファを助けないと。それから忘れるな、きみたちはこいつらを負かしたことがあるってことを」

「でも、イサベルがいなきゃ——」ひとりが言いかけた。

「人生はそういうものだ」とバーグマンは言った。「やるべきことをするのに人をあてにしちゃ駄目だ。今日はきみたちでイサベルの穴を埋めるんだ。いいな？」

コルボトンの一番うまい選手にはサラをつけることにした。それがいくらか功を奏し、ハーフタイムまでにそのあとコルボトンは二点しか追加できず、逆にバーグマンのチームはマティーネが四ゴールを叩き込み、五ゴール目をアシストした。

後半開始のホイッスルをレフェリーが鳴らす直前、バーグマンはエンドゾーン側の観客席に見慣れた姿を見つけた。ハジャはサングラスを頭に押し上げ、下の観客席にいる知り合いを探していた。そこでバーグマンを見つけ、手を振ってきた。バーグマンは自分がどれほど彼女の姿を見たかったのか、つくづく悟った。つい笑みがこぼれそうになり、自分を抑えた。彼女は観客席の最前列近くのコルボトンのゴールの真うしろに席を見つけた。その隣りに坐っていたマティーネの母親もまた、バーグマンが昨年の春のイースター・カップでひとり身になったことを明かした保護者のひとりだった。

後半はバーグマンのチームもコルボトンによくついていっていた。なのに、バーグマンは試合よりコルボトンのゴールのうしろにばかり気が向かった。結局、試合はかなりの点差で負け、バーグマンは少女たちに三十分の休憩を与えた。スタンドの保護者は別の二チームの保護者と入れ替わった。バーグマンはひそかにハジャを眼で追った。が、そのうち人込みにまぎれて見えなくなった。彼は体育館の通用口から外に出て、しばらく陽射しを享受した。大勢の人が試合の合間に陽射しを浴びているにちがいない正面入口に行こうと思ったところで気が変わり、裏に向かい、頭をすっきりさせようと地面に坐って壁にもたれた。

煙草を半分ほど吸ったところで、足音が聞こえた。

「こんなところに隠れてたのね」

ハジャが申しわけなさそうにと言ってもいいような顔でやってきた。そして、サングラスをはずすと彼の隣りに坐った。

「一本いただいてもいい？　完全にはやめられなくて」

バーグマンはパックから煙草を取り出す彼女の指を見つめた。彼女の手はちょっと曲がって手首についているように見えた。輝くようなオリーヴ色の肌のせいか爪がやけに白く見えた。バーグマンは彼女の煙草に火をつけた。そのとき彼女の左手が必要以上に長く自分に触れていたような気がした。

「昼食用のホットドッグ、もう買った？」と彼女はサングラスを弄びながら尋ねた。「売店で」そう言って、体育館の入口のほうを顎で示した。

バーグマンは笑わずにはいられなかった。

「昼はガソリンスタンドでしか食べないんだ」

「ああ、忘れてたわ」彼女は煙草を一服した。

「旅行してた？　日に焼けてる」

ハジャは微笑んだ。「ええ、モロッコへ。昨日帰ってきたの。サラはおばのところに泊まってたんだけど……練習、さぼったでしょ？」

彼女はまた微笑んだ。バーグマンは思った――ハジャがこんなふうに微笑みかけてくれるなら、サラが何度練習をさぼろうとかまわない。

「モロッコに家族がいるの？」

「ええ、まあ」と彼女は真面目な顔になって言った。「そう言っていいと思うけど……父が……」彼女はことばを切り、次に何を言おうか考える顔つきでまた煙草を一服した。

「正直言って、あんまり意味がなかった……長い話になるけど。最初から行かなきゃよかったのかもしれない」

「ふうん」そこでバーグマンの携帯電話が鳴った。ゆっくり立ち上がってショートパンツのポケットから電話を出して、見慣れた警察の通信指令部の番号をしばらく見つめた。

「悪い知らせ？」とハジャが尋ねた。

「たぶん」一瞬眼を合わせてから、バーグマンは電話を耳にあてた。

「通信指令部のカールスヴィクだ」電話の向こうの声が言った。

カールスヴィクの声の調子にバーグマンは反射的にハジャを見やった。

「どうした？」

「モンセンから電話があって……」カールスヴィクはそこでいったんことばを切った。

「ドクトル・ホルム通りだ。男がひとり殺されたみたいだ。でもって、とりわけ……」

「とりわけ……なんだ？」

「とりわけひどいそうだ」

「被害者（ガイシャ）は？」

「モンセンが言うには……カール・オスカー・クローグという人物らしい」

「カール・オスカー・クローグ？」これはとんでもないことになる。バーグマンはとっさにそう思った。レイフ・モンセンのクソ野郎。おれの眼のまえに手榴弾を投げやがった。

「おれは知らない名前だが、モンセンが言うには……」そこまで言ったあと、カールスヴィクの声は尻すぼみになった。

　この薄ら馬鹿が。バーグマンはひそかに胸につぶやいた。

「とにかく現場はとんでもないことになってる。発見者は家政婦。ロイター課長がスウェーデンのストレームスタードから向かってる。ロイターはモンセンに――」

「家政婦？」とバーグマンはさえぎって言った。そしてまたハジャに眼をやった。

　カールスヴィクは咳払いをしてから刺し傷の話をした。

　最初、バーグマンは聞きちがいだと思った。

「少なくとも五十の刺し傷？」聞きおえてから訊き直した。

「それに眼玉がくり抜かれてた」

　バーグマンは眼を閉じてからハジャに言った。

「行かないと」

彼女は眉をひそめた。

「そんなに悪い知らせ？」

「少し聞こえたかもしれないけれど、新聞に載るまで今の電話は聞かなかったことにしてほしい」

バーグマンは煙草のパックを差し出したが、彼女は首を振った。

「今日の分はこれで充分」彼女はそう言って立ち上がった。バーグマンは新しい一本に火をつけ、深く吸ってから勢いよく鼻から吐いた。

「ドラーブロスを捜してくれないか？」と彼は時計を見ながら言った。「仕事に戻らなければならなくなったんで、残り二試合は任せると伝えてほしい。何かあったら電話をかけてきてもいいけれど、ほんとうに大事な用だけにしてほしいと」

ハジャはうなずいて言った。

「また会えてよかったわ」

十九章

一九三九年八月二十四日　木曜日
〈セヴン・オークス・コート〉
ケント州　イギリス

この世に何種類の緑があるかと誰かに訊かれたら、アグネス・ガーナーはウェスターハムに行って数えてみたら？　と答えるだろう。最後にもう一度振り返り、彼女はヤナギの木が両脇に立ち並ぶ小径を眺めた。遠くの葉と葉のあいだにきらめく湖面が見えた。その小径の坂をのぼった先で愛犬のベスが彼女を待っていた。そこまで行けば、無限に広がる美しい緑が見られる。光を放つフランスギクやツリガネソウ、それらに群がって飛び交うさまざまな種類の蝶も。遠い地平線上には〈セヴン・オークス・コート〉も。アグネスはこの半年の大半をその赤煉瓦の屋敷で過ごした。

「きれいだ」背後から声がした。屋敷までの帰り道、クリストファー・ブラチャードはアグネスの数歩先を歩いていた。紳士は決してスカートを穿いたレディのあとから階段をのぼらない。坂道を歩くレディのうしろも歩かない。

アグネスは彼を振り返った。彼はまたしても何かを——おそらく互いに同じ感情を抱いているというしるしを——探すかのように彼女を見つめていた。スパイの養成官、とりわけ既婚の養成官には抱くことが許されない感情にもかかわらず。

〈セヴン・オークス・コート〉で最後の一日を過ごすというのは、そんな彼の提案だった。〝神の地〟と彼が呼ぶ、人里から七マイルも離れたその場所でふたりきりで過ごそう。アグネスの本能はもちろん彼女に警告を発した。でも、何ができる？　すでに自分の人生を彼の手に委ねてしまったからには。

ここ数ヵ月のあいだに彼女の身に何が起きたのか。それを知る者はわずかで、何をしているのか知る者はさらに少ない。彼女自身、何をしているのか自分でもわからなくなる日がある。つい一年ほどまえには、自分から意を決して決めたことだと思っていたのに、今ではただのなりゆきにすぎなかったようにさえ思えるときがある。

なんの催しだったのかももう忘れてしまった。いずれにしろ、彼女はノルウェー大使館で開かれたその催しに出席し、その席で自分の母親に対する率直な思いを吐露した。ノルウェー人の父の死後、母はイギリス人貴族と再婚したのだが、実のところ、その結婚相手は破産の危機に瀕しており、アグネスはその男を蛇蝎のごとく嫌っていた。忌まわしいイギリスのファシスト、オズワルド・モズレーの熱心な支持者だったのだ。そのことがイギリス人の血が半分流れる彼女を苦しめた。家族に対する彼女の絶望は、オスロにいる姉まで継父や母と同じ考えを持つようになったことでさらに深められた。
その夜のノルウェー大使館の催しには、オスロ駐在のイギリス大使館員も来ており、人を介してアグネスはその館員と知り合った。その館員はリチャードと呼んでくれとなぜか強く言い張った。催しのあとはそのリチャードに誘われ、父親が大使館高官の女友達と一緒に、さらにオックスフォード大学マグダレン学寮出身のリチャードの友人たちも加わって、開店したばかりのフレンチレストランに繰り出した。アグネスはリチャードに惹かれていた。そのためシャンパンを飲みすぎ、タクシーで家まで送ると言われたときには、彼とベッドをともにすることになってもかまわないとさえ思った。が、玄関ポーチまで彼女を送ると、彼は言い寄るかわりにただアグネスの手にキスをした。それでも、彼女がいくらか気まずい思いでなんとか鍵穴に鍵を挿し込むと、咳払いをして、明日も会えるかと背後から訊いてきた。

ブラチャードは彼女に手を差し出した。よく均(なら)された小径を歩くのにはなんの苦労も要らなかったが。いずれにしろ、そこでは舌を出しながら全速力で森から走り出てきたベスに助けられた。ベスはふたりのあいだを走り抜けると、〈セヴン・オークス・コート〉に向かって小径を駆けていった。クリストファーは微笑んで差し出した手を引っ込めた。ベスが好きでたまらない、とアグネスは改めて思った。ただ、ひとつ不可解なことがある。

どうしてブラチャードはここで三週間を過ごすのにベスを連れてくるように強く勧めたのか。ベスは父の死後すぐに母が彼女に買ってくれたイングリッシュセッターで、唯一アグネスの母に関するいい思い出だった。

「いつまでもこんなふうに過ごせればいいんだが」とクリストファーは言うと、グレーのリュックサックをおろして、ツイードのジャケットからハンカチを取り出し、額を拭いた。この暑さの中でも帽子を脱ごうとはしなかった。

アグネスは口の中だけで返事をした。眼は丘のてっぺんで待っているベスから離さなかった。あの先にはカシの木立があり、それを抜けると牧草地が広がる。そこから〈セヴン・オークス・コート〉までは三十分とかからない。

もう少しで丘のてっぺんに着こうかというところで、ありがたいことにブラチャードが確認しはじめた――オスロに帰ったらいつどこで連絡係と会うか、そのことをアグネスがちゃんと覚えているかどうか。

「相手にはきみが誰だかわかっている」とブラチャードは言った。〝だからきみはその可愛い頭を悩まさなくていい〟とでも言いたげな口調だった。

丘のてっぺんに着くと、ベスは木陰に寝そべっていた。アグネスはベスに声をかけ、愛犬と自分は故郷のオスロでもうまく生きていけるだろうかとふと心配になった。そもそもオスロはほんとうに故郷なのだろうか？　今はもう故郷などどこにもない気がする。

ベスは走ってやってくると、尻尾を振りながらふたりのまわりを嬉しそうに駆けまわった。ブラチャードはまた足を止めてしゃがむと、リュックから何か取り出した。リュックから吊り下げられている折りたたみ式のシャベルが砂利道にあたって音をたてた。アグネスは思った。ブラチャードが顔を上げると、またあのいつもの半ば誘うような笑みを見ることになるのだろうと。が、ちがった。いたって真剣な顔をしていた。顔の彫りの深さが真剣さをさらに強調しているように思えた。

　彼の手を見ると、彼はその手を開いた。

　赤いボールだった。犬のおもちゃだ。

　ふたりは顔を見合わせた。

「来い、ベス！」とブラチャードは大きな声をあげてひざまずいた。犬は尻尾を振って駆けてきた。

　何をするつもりなのだろう？

　ブラチャードは立ち上がると、ボールを木立に向かって思いきり遠くまで投げた。ベスはそのあとを追った。

「行こう」とブラチャードはアグネスを見ることなく言った。

　ふたりが数歩進んだときには、ベスがもうボールをくわえて戻ってきて、ブラチャードのまえにボールを落とした。ブラチャードはそれを拾うと、また木立のほうに投げた。ふたりは歩きつづけた。アグネスはことさら気にはならなかった。ただのお遊びだ。それだけのことだ。もうすぐ〈セヴン・オークス・コート〉が見えてくる。着いたらまっすぐ部屋に行って、夕食の時間まで体を休めよう。明日はロンドンに帰る汽車に乗る。ブラチャードベスがボールを追っている木立にふたりも足を踏み入れかけたところで、ブラチャードがリュックからまた何かを取り出した。

彼が手にしているものを見た瞬間、アグネスは空から太陽が消えた気がした。大きなウェブリーのリヴォルヴァーだった。

「木立にはいったら――」彼はまっすぐ前方を顎で示して言った。「犬を撃つんだ」

アグネスは口を開いたが、ことばが出てこなかった。足元で地面が大きく揺れている気がした。

「そんなこと……」と言うのが精一杯だった。

ブラチャードは何も言わず、ただ拳銃を差し出した。アグネスはこれまで豚を三頭撃ったことがある。そういうことができるということをただ証明するだけのために。しかし……この人は頭がどうかしている。

「きみがやらないなら私がやる」と彼は言った。

ふたりはベスが戻ってくるまで睨み合った。アグネスに考えられるのは今ここで泣くわけにはいかないということだけだった。

ブラチャードは左手を伸ばして犬からボールを受け取りながら、アグネスの右手に拳銃を押しつけた。ぎざぎざのあるグリップは冷たく、鋼鉄の重みに手首が耐えられず、思わず落としそうになった。ウェブリー・リヴォルヴァーには突進してくる雄牛を一発で仕留められるほどの威力がある。アグネスは振り向いて、ブラチャードが今投げたボールを追う痩せたイングリッシュセッターを見た。

ふたりの眼が合った。ブラチャードはかたく唇を結んでおり、帽子のつばの影が彼の顔色を灰色に変えていた。

「もう遅い、アグネス。今さら抜けることはできない」

アグネスは頰の内側を噛んだ。この人はわたしを殺すことも厭わないだろう。

ベスがまた戻ってきた。

脚の力が抜けそうになりながら、アグネスはベスに最後の抱擁をするためにしゃがんだ。この犬とは十年から十二年、結婚して子供ができるまで一緒にいられると思っていた。幸せな日々をともに過ごせるものと。

ベスは褒美（ほうび）を期待するかのようにアグネス、ついでブラチャードを見た。アグネスは最後にベスを撫でた。ベスは木立に向かって走っていった。

アグネスはあとを追った。深緑色の木の葉のあいだから、日光が細いすじになって射し込んでいた。ベスはシダの根元を前肢で掻いてボールを取ろうとしていた。

「おすわり」アグネスの真うしろ、ベスから五ヤードほど離れたところに立ってブラチャードが言った。アグネスは心の中で祈った。

ベスは言われたとおりおすわりをすると、首を傾げてアグネスを見上げた。

パパ、ああ、パパ。わたしを赦して。

アグネスは一歩まえに出て、さらに一歩進んだ。ベスは動かなかった。さらに首を傾げただけだった。〝どうしたの？〟とでも言いたげに。湿った土のにおいにアグネスは吐き気を覚えた。去年の冬に落ちて腐った葉が靴の下で音をたてた。聞こえるのはそれだけだった。鳥のさえずりも聞こえなかった。

犬のほっそりした頭が視界にはいった。拳銃はもう重くは感じられず、手も震えていなかった。わたしは病気だ。それもひどい病気だ。そんな思いが頭を駆け抜けた。

「今だ！」とブラチャードが囁いた。「考えるな。絶対に。考えると、一秒がとてつもなく長くなる」

銃声はこずえに混乱をもたらした。何千羽とも思えるほどのけたたましい鳴き声があがり、鳥が一斉に飛び立ち、地上の地獄から逃げていった。

犬の長くて形のいい頭の半分が砕け、血が——豚のときと同様、鮮血だった——残された口の部分からほとばしった。ベスは傷を受けていない眼でアグネスを見つめ、そのあと地面に崩れた。

アグネスは拳銃をおろした。

「もう一発だ」とブラチャードが低い声で言った。「まだ生きている」

アグネスは一歩まえに出た。自分の口の中が血でいっぱいになったような気がした。金気臭さが咽喉を通り、胃に落ち、気分が悪くなった。アグネスは喘いだ。一回、二回。それから拳銃を上げ、残っているベスの頭を吹き飛ばした。泣いては駄目だ。絶対に駄目だ。彼女はそう自分に言い聞かせた。絶対に泣かないこと。それは子供の頃、母に教わったことだった。

〝誰かに見られているときには絶対に泣いちゃ駄目。いいわね、アグネス、絶対に〟

ブラチャードはアグネスの手から拳銃をつかみ取ると、彼女を見つめたままうなずいた。

「あなたは頭がどうかしてる」とアグネスは蚊の鳴くような声で言い、眼を閉じた。が、頬を伝う涙はなかった。

ブラチャードがなにやら囁いた。が、アグネスは聞いていなかった。顔を上に向けて、木の枝のあいだを見つめた。鳥は一羽残らず消えていた、もう帰ってこないだろう。

「なんて言ったの?」と彼女は小声で尋ねた。

彼の手がいきなり彼女の肩に置かれた。重かった。彼はまるで素手で彼女の肩を握りつぶそうとするかのようにぎゅっとつかんで言った。

「数週間後。いや、もう数日後かもしれない」

「それで？」

「ヒトラーは国境を越えてポーランドに侵攻する。名誉を取り戻したければ、ノルウェーはそんなドイツに宣戦布告をしなければならない」

アグネスは何も言わなかった。口の中の血の味が今ではキャンディを思わせる甘やかな味に変わっていた。そもそも血とは悪いものでもなんでもないではないか。

「このさきに待ち受けている困難を生き延びられるのは、頭がどうかしている者たちだけだ」

「放して」と彼女は言った。「放して、この人でなし」

ブラチャードは彼女の顔を両手ではさむと、犬の死骸のほうに向けた。

「頭のいかれた者だけが生き延びる」そう言って、手を放した。

アグネスの左手に何かが押しつけられた。シャベルだった。

「さあ、埋めてやれ」

二十章

二〇〇三年六月八日　聖霊降臨日
カール・オスカー・クローグ邸
ドクトル・ホルム通り
オスロ　ノルウェー

トミー・バーグマンは足を踏んばり、足と足の幅も少し広げ、携帯電話を握る手の力を少し強くして、失いかけた体のバランスを取り戻すと、強ばる指で通信指令部の短縮番号を押した。

「きみたちふたりは通りを封鎖してくれ」青ざめた顔で子供のようにあとをついてきたふたりの制服警官にはそう言った。ふたりともこんな光景を見るのは初めてなのだろう。バーグマンはまえにも見たことがあった。そのときのことが自然と思い出され、さっきはいっとき息ができなくなったのだった。

「早く！」とバーグマンは怒鳴った。「それから無線は切っておけ」

行進のようなブーツの靴音が居間を通り抜けた。今さら現場を荒らすなと怒鳴りつけても無駄だった。彼らはすでに規則を無視して象のようにそこらじゅう歩きまわっていた。犬の茶色い眼がじっとバーグマンを見つめていた。バーグマンは遺体のまわりをまわり込んで、犬の死骸が横たわるテラスに出た。裏庭の奥まで伸びていた。塀の上を白い蝶がひらひらと舞っていた。犬をつないでいる鎖を眼で追った。視界から消えるまでバーグマンは蝶を眺めた。

部屋に戻ると、吐き気がした。最後にこういう思いをしてもう何年にもなるが、何年経とうと関係ない。頭から血が引く気がして、昨夜よく寝なかった自分を呪った。若い家政婦がペルシャ絨毯の真ん中に立ち尽くし、両手で顔を覆って泣いていた。バーグマンが家の中に足を踏み入れてから一度もその場を動いていなかった。ジーンズの膝が血だらけだった。死体のそばで膝をついたのだろう。

部屋の中央に不動産王にして元貿易相のカール・オスカー・クローグが倒れていた。咽喉を掻き切られており、痩せた体とほぼ直角に頭をのけぞらせていた。着ている水色のテニスシャツは裾のわずかな一部を除いて、血でどす黒く染まっていた。小便と糞便のにおいが部屋に充満しており、切り刻まれた顔はまるで鳥のくちばしにつつかれたかのようだった。瞼の残骸と思しいものが眼のあった部分に血とともにゲル状にかたまり、混じり合っていた。これがまちがいなくカール・オスカー・クローグだということは、家政婦のことばを信じるよりなかった。

どこより無残なのが胸だった。心臓とその周辺を何度も刺されたにちがいない。左側の肋骨のあたりは血まみれでただの塊と化しており、ナイフがクローグの左手のすぐ横に落ちていた。

バーグマンは廊下の来客用トイレまで行くと、便器の上に上体を屈め、ソフィエミールの体育館を出るときにハジャに言われたことを思い出した。〝また会えてよかったわ〟。連休中なのに、電話の電源を切っておくだけの知恵がなかったことを悔やんだ。

嘔吐しおえると、白い洗面台がピンクに染まっているのに気づいた。自分が証拠を汚染しているなどとは考えすらせず、蛇口をつかんで正面から鏡を見た。犯人もまったく同じことをしたかもしれない。出勤してきた家政婦とすれちがっているかもしれない。洗面台の横に置かれたハンドタオルには乾いたばかりの血がついていた。壁にも血と手形までついていた。殺人者は壁に寄りかかったのだ。血を見てめまいがしたのかもしれない。冷静になって、自分のしたことの異常さを悟ったのかもしれない。

バーグマンの背後で音がした。鏡越しにドアがゆっくり開くのが見えた。

恐怖に満ちた青白い顔が現われた。

その青白い顔が悲鳴をあげた。

バーグマンが家政婦を見て驚いたのと同様、彼女も驚いたのだ。まったく。

恐怖に顔を歪めながら彼女は叫び、白い壁についた血まみれの手形を指差した。

そのあと急に静かになった。彼女まで咽喉を切られたかのように。

「ナイフを——」と彼女はやっと聞こえるほどの小さな声で言った。「ナイフを見てください」

二十一章

一九三九年九月三日　日曜日
キングス・クロス駅
ロンドン　イギリス

汽車が動きだし、アグネス・ガーナーが身じろぎひとつせずホームに立っている男を見て思った――あの男を死ぬまで呪ってやる。

クリストファー・ブラチャードはガラスの天井越しの白い明かりを受け、ぼんやりと前方を見ていた。深夜の零時十分まえなどという時間にここに姿を現わしたことを決まり悪く思っているのかもしれない。が、その表情はまわりの人々と変わらなかった。彼もまた今や避けられなくなったことに苦い思いと悲しみを抱いているのだろう。ケントで過ごした最後の日に彼が言ったことは正しい。今さら抜けることはできない。イギリスももうあと戻りはできない。

〝みなに神のご加護がありますように〟。アグネスはチェンバレン首相の今朝のラジオ演説の一節をつぶやいた。クリストファーと眼が合った。と思うまもなく、彼の顔は消えた。あとはハンカチを振ったり、手を振って泣きながらホームを走ったりする見知らぬ人々の姿だけになった。

　コンパートメントの引き戸が開き、アグネスははっとした。年配の車掌が薄く微笑み、スーツケースを頭上の棚にのせた。アグネスと同年代の女性がはいってきて、コンパートメントのほかの男性の乗客に軽くうなずいてから、アグネスの正面に坐った。アグネスは、暖かかった今日の天気についてあたりさわりのない会話をその女性と交わしたあとは、それ以上口を利かなくてもすむよう窓に顔を向けた。クリストファー・ブラチャード、あなたが憎い。そう思い、ベスを思い浮かべた。砕けた頭、ぱっくり割れた頭蓋骨、どうしてこんなことができるのかわからないと言いたげにアグネスを見上げる眼。

　キングス・クロス駅の出発ホームの丸屋根はほとんど見えなかった。クリストファーはまだあの中にいる。アグネスは思った。彼のひげ剃りあとのちくちくする痛さはいつまでわたしの頬に残るのだろう？　耳に向かって囁かれた彼のことば。マウスウォッシュで隠そうとしていた口臭。あからさまな欲望。アグネスの養成官、クリストファー・ブラチャード。彼は自ら進んで駅のホームまで送ってくれた。まるで婚約者みたいに。まるでほかの人々と同じように耳元で〝待ってるよ〟と囁き、走りだす汽車と一緒にホームを走るか、歩くか、手を振る人々みたいに。実際には身じろぎひとつすることなく佇み、この暖さにもかかわらず、着込んだ分厚いツイードジャケットのポケットに手を入れたまま遠くを見つめていた。この週末は蒸し暑さをともなう激しい嵐に見舞われた。神が世界に、とりわけチェンバレンに、怒りの鉄槌をくだしたかのように。

アグネスと同じコンパートメントの乗客は男性四人と女性ふたりの合わせて六人で、誰もが不治の病を宣告されたばかりのような陰鬱な顔をしていた。男のうちふたりは中年で、前線に召集されるにはだいぶ歳がいっており、その日のチェンバレンの演説について低い声で話し合っていた。あとのふたりの男はアグネスと同世代で、ぼんやりと宙を見ていた。アグネスはそこでようやく自分が疲労困憊していることに気づいたが、こんな席で寝るのは無理だった。後方の寝台車の切符はとっくに売り切れていた。明日の朝、フェリーに乗れば眠れるはずだ。ノルウェー行きの最後のフェリー、タイン港を出てベルゲンに向かうMSレダ号の寝台席を予約してあった。

ベルゲンには行ったことがない。アグネスはノルウェー人だったが、オスロ以外の土地に行ったことはあまりなかった。眼を閉じ、車輪と線路が立てるカタカタという金属音と、規則正しい揺れに心を向けた。

眼を開けると、汽車はすでに田園風景の中を走っていた。少しでも眠ったのだろうか？戦場の曳光弾のようにたまに通りすぎる照明が窓の外の美しい景色を照らしていた。

アグネスは正面の若い女性を見つめた。視線を落としてスカートから何か払っていた。カールした黒い髪が顔の半分を隠しており、まるで誰かに見られるのを恐れているかのようだった。

アグネスはハンドバッグの中から煙草のパックを取り出し、また窓の外に眼をやった。汽車が速度を落としはじめた。明かりが増えてきたところを見ると、町に近づいているのだろう。そのとき、夢から覚めたかのようにコンパートメントの男たちの会話が耳に飛び込んできた。「戦争だ。ついに戦争が始まった」

ブラチャードがあのとき丘で言ったことだ。隣りの男に煙草の火をつけてもらいながら、アグネスは思った。戦争がノルウェーにまで及んだら、死ぬ覚悟をしなければならない。イギリスに戻ることももうないだろう。空気ブレーキのかかる音が車体の下から聞こえてきた。

わたしはこのために訓練を受けたのだ。この仕事はわたし自身の終わりを意味するかもしれないが、それでも自分から志願したことだ。彼女は今さらながらその事実に驚きながら思った。だからブラチャードは最後にわたしを無理やり抱き寄せて、耳元で囁いたのだ。〝きみの魂に神のご加護がありますように〟と。

二十二章

二〇〇三年六月八日　聖霊降臨日
カール・オスカー・クローグ邸
ドクトル・ホルム通り
オスロ　ノルウェー

トミー・バーグマンは努めてカール・オスカー・クローグを長く見すぎないようにした。クローグは大きなペルシャ絨毯二枚のあいだに横たわっていた。血だまりが片方の絨毯まで届いており、深紅の血が浸み込みかけていた。ソファの脇に歩行器があり、開いているテラスのドアと遺体のあいだに杖が落ちていた。バーグマンは犯行状況を想像した。犯人が家の裏手にまわり、テラスのドアから家の中に侵入したのは明らかだった。クローグはその逆方向、玄関のドアか廊下の電話のほうに逃げようとした。クローグについて読んだ資料によれば、現役時代はかなりの頑固者だったようだが、歩行器と杖を見るかぎり、今は体が弱っていたのだろう。

「ドアの鍵は閉まってたんですね？」とバーグマンは彼の脇を歩いている家政婦に尋ね

た。クローグ同様、彼女も全身から血が抜けてしまったような顔をしていた。

「ええ、閉まってました。クローグさんは整理箪笥のほうに向かおうとしたんだと思います。整理箪笥の引き出しの中に警報装置のボタンがあるんです。それか携帯電話か。それも整理箪笥の引き出しに入れてあるんです」

「警報装置は首に掛けておくことになっているのでは?」とバーグマンは尋ねた。

家政婦の頬を涙がひとすじ伝った。

「必要ないとおっしゃってました。そんなのは年寄りのためのもので、八十五歳の自分には必要ないって。携帯電話も夜の数時間持ち歩くだけでした。息子さんと娘さんにうるさく言われるのが嫌で、おふたりに勧められて、歩行器は受け取られましたが、一度もお使いになりませんでした。足腰はだいぶ弱くなられてたんですけれど」

「実際のところ、どんな状態だったんです?」答えはわかる気がしたが、バーグマンはあえて尋ねた。

「まあまあお元気でした。でも、持てるエネルギーのすべてを犬に注ぎ込むといった感じでした。そのせいでよくお疲れになってました。あのお歳でセッターを飼うのは無理です。それでも犬の散歩は一日も欠かしたことがありませんでした。その度わたしがお供をしなくちゃなりませんでしたけど」

「なるほど」とバーグマンは遺体の脇に膝をついて言った。「この血の痕はあなたがつけたんですね？」

家政婦はうなずいた。彼女の膝についた丸い血のしみを見れば、不要な質問だった。

「どうしてついたんです？」

「ただ……立っていられなかったんです」

バーグマンはうなずき、クローグの横の血だまりに落ちているナイフの上に身を乗り出してよく見た。

鉤十字。中ぐらいの大きさのそのナイフは血にまみれていたが、柄の真ん中のしるしは見まちがえようがなかった。バーグマンは改めて老人の遺体を見た。

誰がやった？　ナチか？　ネオナチか？

ナイフの柄には菱形の中に鉤十字が描かれていた。どこかで見た覚えのある模様だった。しばらく記憶をたどると、思い出せた。この惨状をまえにしても自分の脳が機能していることに彼は安堵した。

「ヒトラー青少年団（ヒトラーユーゲント）、だ」バーグマンは自分で自分にうなずきながらつぶやいた。何年もまえになるが、ネオナチから押収したものの中にこれと同じものが交じっていた。

遠くで車のドアが閉まる音がした。さらにもう一度。聞き慣れた声がした。モンセンとアーブラハムセン。

「ヒトラー――？」家政婦が小声で尋ねた。

「このナイフのことは誰にも言わないように」バーグマンはそう言いながら彼女を振り返った。彼女は宙を見つめていた。

「おいおい、シューズカバーをつけろよ」玄関のドアの脇からアーブラハムセンの咎めるような声がした。

「廊下の突きあたりのトイレに残ってるのはおれが吐いたものだ」とバーグマンは言った。

　言ったあと、何か嫌味を言われるかと思ったが、アーブラハムセンは何も言わなかった。

　モンセンは眼をまんまるにしていた。バーグマンは彼のそんな顔をこれまで見たことがなかった。アーブラハムセンまで体を硬直させていた。

「ロイターは今、別荘からこっちに向かってる」とモンセンが低い声で言った。

「爺さんは要らないんだけど」とアーブラハムセンが言った。

「門が開いてました」とだしぬけに家政婦が言った。

　モンセンとバーグマンは顔を見合わせた。

「どういうことです?」とモンセンが尋ねた。珍しく平静を失っているような声音になっていた。

「表の門です。普段は絶対に開けっ放しにしないのに今日は開いていました」

「門には誰も触らないように」とアーブラハムセンがほかの警察官に向かって言った。「誰も触るな、絶対に」そう言うと、キャスターつきのスーツケースを引っぱって外に出ていった。テラスの開いたドアからの風に玄関のドアがばたんと閉まった。

「毛布を探して遺体に掛けてくれ」とバーグマンはモンセンに言った。彼のほうが〈クリポス〉のチーフになったかのように。

四十五分後、周辺の訊き込みを始めるように制服警官に指示が出された。その日出勤している警察官は少なかったが。聖霊降臨日は殺されるのにもってこいの日とは言えない。誰もが知っていることだ。それより適していないのはイースターか。警察本部に人が少なくなるだけでなく、目撃者を見つけるのもむずかしくなる。特にこの界隈――ホルメンコーレンの高地――は学校が休みになるとすぐに、這うか歩くかできる者のほぼ全員が別荘へ出かける。そんな土地柄だ。

フレデリク・ロイターが前庭を歩いてくるのが見えた。バーグマンは三階の主寝室にいた。ロイターに手を振ってから、埃をかぶった写真に注意を戻した。写真の中でクローグは妻と手を取り合っていた。

廊下に出て、青いラテックスの手袋をはずし、三階全体をもう一度見まわした。三階には書斎、寝室四部屋、それにバスルームがあった。どれも異様なほどきれいだった。昨年クローグの妻が亡くなってから誰も手を触れていないのだろう。クローグ本人もほとんどこの階にはあがっていなかったのではないだろうか？　ここまで階段をのぼる気にはならなかったのではないか。

犯人も三階には足を踏み入れていないようだった。緑の壁紙が貼られ、重厚な木の本棚が並んでいる広々とした部屋——書斎だろう——にも手を触れられた形跡はまったくなかった。

カール・オスカー・クローグは金めあての犯人に殺されたわけではない、それは明らかだ。これは無人と思って忍び込み、人がいたことに驚いて殺人に至った物盗りの犯行ではない。また、頭のおかしな人間のいきあたりばったりの犯行でもない。クローグの残忍な殺され方から見ても、警察が相手にしているのはクローグ個人に対して強い殺意を持つ者の仕業だ。

居間では、ロイターが壁にもたれてアーブラハムセンのチームによる現場検証を見守っていた。チームのひとりがカメラのディスプレーに映した写真を見ながら別のひとりと小声でなにやら話していた。

バーグマンが部屋にはいってもロイターは振り向かなかった。

「まったく」とロイターはひとりごとを言って、そのあとアーブラハムセンに向かって言った。「ひどいもんだ。遺族のために遺体の修復は念入りにしてくれ。頼んだぞ。うまくやってくれ」

アーブラハムセンはテラスに出られる戸口に立って、外の景色を眺めていた。

「聞こえたかい、ゲオルグ?」

「簡単にはいかなそうだけど」とアーブラハムセンは振り向くことなく言った。

「まいったな」モンセンが部屋に戻ってきて言った。「まいったよ、ほんとに」母親の大事な皿を割ってしまった子供のような言い方だった。

「所在のわからない異常者がいないかどうか確かめるんだ」とロイターが周囲を見まわしてからバーグマンに命じた。休暇で日を浴びすぎたせいで、顔がロブスターのように真っ赤になっていた。頭のてっぺんの丸くつやつやした部分がことさらめだった。くたびれたサンダルに古いTシャツ、十年まえにはぴったりだったであろうショートパンツという恰好で、ひどく疲れているように見えた。

「煙草、あるか?」と彼はバーグマンのほうに手を伸ばして言い、バーグマンの運動着姿を疑わしげに見ながら、忙しげに指を動かした。「やけに吸いたくなった」そこで彼のショートパンツのポケットの中で携帯電話が鳴った。ロイターは鳴らなくなるまで放置した。

アーブラハムセンがヴォイスレコーダーに録音しているのが聞こえた。「頭は体からナイフでほぼ切断されている。かなりの力を要したと思われる。犯人は男である可能性が高い」彼はナイフを手に取り、さきを続けた。「凶器は刃と柄ともに、凝固血、残留細胞、骨破片に覆われている。刃には筆記体で〝血と名誉（ブルート・ウント・エーレ）〟と彫られている」さらにナイフを窓からの光にかざして言った。「上からＲ２Ｍ　Ｍ７／２　一九三七。ゾーリンゲン」

「ゾーリンゲン？」とバーグマンは尋ねた。

「ゾーリンゲンだ。ゾーリンゲンのナイフなどどこのキッチンの引き出しにもはいってるよ」

「よけいなことは言うな」テラスからロイターが言った。「よけいなことは。いいな？」

バーグマンはこれほど青ざめたロイターを見たことがなかった。ロイターは携帯電話を持ちながら首を振った。

「ヒトラーユーゲント。だろ？」ややあってバーグマンはアーブラハムセンに念を押した。

アーブラハムセンは黙ってうなずいた。ロイターがいきなり怒りを爆発させたせいだろう、急に無口になっていた。

「そいつを早く袋に入れろ」ロイターはまだ機嫌が悪かった。テラスから戻ってくると、携帯電話をショートパンツのポケットに戻し、また声を大きくして言った。「そのナイフを見たのは何人だ？」

「われわれふたりと家政婦、最初に駆けつけた警官ふたりだけです」

「よし。全員集まれ！」

五分後、現場捜査のあらゆる規則を破って居間は人でいっぱいになった。

顔色がどす黒い赤に変わってしまっているロイターが言った。「本日および今後数日内にこの家で起きることは、この家と警察本部内だけにとどめておいてもらいたい。凶器を見ていない者は何も訊かなくていい。見た者はその件について話すのはおれとだけにしてくれ。どうしてもという場合は見た者同士、おれのいるところで話すように。わかったかな?」

バーグマンは思った——ここにいる誰もがおれと同じことを思っているはずだ。この事件は社会に大きな混乱を生みかねない。フレデリク・ロイター警部が神経質になるのも無理はない。

全員が部屋を出たあと、ロイターはナイフのはいったビニール袋を手にバーグマンに言った。

「見ろ」そう言って、柄を示し、そのあとクローグの遺体に眼をやった。切り裂かれた咽喉から流れた血はすでに黒く変色しはじめていた。「指紋だらけだ。どういうことだ?」

「犯人は正真正銘のイカレ頭ということか——」

「あるいは捕まることを恐れていないということか」とロイターはバーグマンのことばのあとに続けて言った。

二十三章

二〇〇三年六月十日　火曜日
警察本部
オスロ　ノルウェー

トミー・バーグマンは新聞をめくった。〈ダーグブラーデ〉紙は十ページをクローグに割いていた。当然だろう。日曜の午後、どこかのパトカーに乗っていたヌケ作が無線でクローグの名を口にし、無線を傍受していたマスコミが一気に騒ぎだしたのだ。当然予測されたことだったが、この騒ぎはどう考えてもそう簡単に収まりそうになかった。騒ぎにならないほうがおかしかった。この上バーグマンを含め、少数の刑事と制服警官だけが知っている事実がマスコミに洩れたら、騒ぎはもっとひどくなる。クローグは元貿易相で、戦後の与党の大物だ。実際、〈ダーグブラーデ〉の記事にはこう書かれていた――〝ノルウェー国家を築いた功労者のひとりの命が残忍かつ無分別に奪われた〟。

一段と大きくなったフレデリク・ロイターの声にバーグマンは顔を起こした。室内の全員が同じ方向を向いていた。ロイターは背後のスクリーンに殺害現場の遺体写真が映し出

される と、効果を狙っていったんことばを切り、間を置いてから続けた。

「マスコミの相手をするのはボスだけだ。ほかの者はひとこともしゃべるな」

「パパだけですね」メモを取りながらハルゲール・ソルヴォーグが応じて言った。「おれはそれで全然かまいません」

「捜査の指揮は私が執る」とロイターは言った。「ハルゲールとトミーのチームには合同で捜査にあたってもらう」

ソルヴォーグが大きなため息をついた。ソルヴォーグとバーグマンはチームのリーダーという立場では同等だった。が、ソルヴォーグはバーグマンより上昇志向の強い男だ。バーグマンのほうは、むしろなぜ自分がチームリーダーに選ばれたのか、選ばれたときから怪訝に思っていた。ひとりか、必要ならもうひとり、多くてふたりで動くのが彼には性に合っていた。確かにリーダーになったおかげで給料は上がった。が、メンバー四人を束ねるには束ねるための時間が要る。それに四人が四人ともそりが合う相手というわけでもない。が、そんなことより今回はロイターが直々に捜査の指揮を執るという。それは異例のことで、あまりうまくいくとも思えなかった。過去にも同じようなことがあったのだ。それでも犯罪捜査課長としては行動力のあるところを見せたいのだろう。何かと不都合が生じることは誰もが知っているが、そのほうがマスコミには受ける。いずれにしろ、ソルヴォーグはがっかりしたかもしれないが、バーグマンは自分が指揮を執らなくていいことがわかっていくらか安堵した。おかげで求めてやまない自由が手にはいる。クローグが死んだのは聖霊降臨日。それだけで二十四時間が無駄に過ぎた。四十八時間近く経って、ようやくスタッフ全員が集まった。目撃したかもしれない人々も、被害者を知っていた人々も、別荘や外国からそろそろ帰ってきていることだろう。

クローグの別の写真がスクリーンに映し出された。五月八日にオスロのどこかで開かれた戦勝記念式典に関する新聞のインタヴューに応じたときのものだった。インタヴューがおこなわれたのは死のわずか四週間まえ、場所はバーグマン自身が二日まえに立ったテラスだ。ロイターはその写真に何点か箇条書きを添えていた。「クローグを知らない一九七五年以降生まれの諸君のために」ということで。そのうち若者向けには第二次世界大戦についても説明が必要になるかもしれない。ロイターはいずれそう考えるようになるかもしれない。誰が悪者で誰が英雄か、彼らはどうつながっていたのか。それはバーグマンが制服警官から刑事になったときにロイターから教わったことでもある。悪者がいなければ英雄も存在しない。実に単純なことだ。そう教わった。

「何か質問は？」ひととおり話しおえると、ロイターは室内の全員に尋ねた。「なんでもいい。どんな質問もくだらない質問というものはない」そう言って、鼻すじをつまみ、いっとき眼をつぶった。一日が終わるまで眼を開きたくないのではないかと思わせるようなつぶり方だった。

「検視の予備所見です」とソルヴォーグがテーブルに乗り出して、ファイルフォルダーを差し出しながら言い、歪んだ歯を見せて短く笑った。「頭を切り落とされてるのに、なんで最後にいつ何を食べたか調べなきゃならないのか」

ロイターはジョークと取ることにしていちいち反論はしなかった。黙って鷹揚に右手を出した。

「おれたちは誰が聖霊降臨日にカール・オスカー・クローグを切り刻んだか突き止めなければならない」とソルヴォーグはみんなに向かって言った。「なのに、検視チームが気にしてるのは胃に何が残っているかということだけだ。被害者が殺される数時間まえにベーコンエッグを食べたという事実に基づいて、殺人事件が解決できた経験のある者がここにひとりでもいたら言ってくれ」

ソルヴォーグはフォルダーを放るようにしてテーブルに置いた。

「もっと建設的なアプローチはできないのか、ええ？」ロイターは苛立ちを隠すことなく言った。今の様子だと、ソルヴォーグは捜査を途中で放り出しかねないとでも思ったのかもしれない。

「ひとつ関連すると思われることがあります」とバーグマンは言った。「それ以外関連するものは何も見つかっていない以上。個人的なトラブルも借金も何もない以上」

「関連すると思われる？」とロイターは顔をこすりながら言った。眼尻の細かいしわがなければ少年っぽいと言ってもいい顔だ。「どんな関連だ？」そう言って、湿気たバゲットを睨んでから気の進まない様子で一切れ口に運んだ。

「二週間まえ、女性ふたりと子供ひとりの白骨死体が森で見つかった件ですが――」

「何が言いたい？」とロイターはもうやめろとばかりにバーグマンに向かって手を振りながら言った。

「あの発見から二週間後にクローグが殺された。眼を抉り取られ、胸を切り刻まれ、首をほぼ切り落とされて。犯人はそれほど彼を憎んでいたということです。もしかしたら、犯人はアグネスかヨハンネかセシリアになんらかの関係のある人物ではないのか。ヒトラーユーゲントのナイフが凶器とすれば、考えられないことではありません」

「言いたいことはわかった。だったらその線で進めてみろ。しかし、実際のところどう進めるんだ？」

「そうですよ。なんで今になってクローグを殺さなきゃならないんです？」ソルヴォーグのチームの新人が言った。バーグマンはその新人の名前は覚えていなかったが、生意気な質問を繰り返すやつがひとりいることだけは覚えていた。

ソルヴォーグが片手を上げた。普段以上に注意を惹こうとしていた。

「犯人がナチだったら？」

「ナチなどもうどこにもいない」とロイターは言った。

「ヒトラーユーゲントのナイフをインターネットで買ったネオナチということは？」

「それはないな」とバーグマンは言った。「たとえイカレ頭のネオナチが戦時中にナチを殺したクローグを憎んでいたとしても、連中の今の怒りの矛先は外国人だ。だろ？」

「人は何歳ぐらいになると人を殺せるようになる？」とロイターが言った。

ソルヴォーグがにやりと笑って訊き返した。

「なんのことです？」

「よく考えろ。ノールマルカで見つかった三人は戦時中に殺された可能性が高い。もしクローグが彼らを殺した人物を知っていたとして、そいつがまだ生きていたとしたら？」

「そんな老人がクローグを殺した？」

「可能性は高くはないが、ゼロではありません」とバーグマンは言った。

「ああ、思うほど馬鹿げた話でもないかもしれない」そう言って、ロイターは自分のコーヒーカップをソルヴォーグのほうに向けて掲げた。ソルヴォーグはしかめっつらをした。ロイターはさきを続けた。「クローグは八十半ばまで生きた。三人を殺した人間が今も生きていてもおかしくはない。クローグと同年代で、まだ体力もあって健康な人間が彼を殺したとしてもおかしくはない」

「でも、なぜ今？」とバーグマンはまわりにというより自分に向かって尋ねた。

「クローグが逆に犯人を呼び出したのかもしれない」とロイターは言った。「白骨死体が見つかったことで脅そうとしたのかもしれない」

「ありえないことじゃないですね」とソルヴォーグが言った。

ロイターはソルヴォーグを無視して、バーグマンに顔を向けた。

「トミー、クローグの経歴をまとめて、明日の朝一番に出してくれ。残りの者は通常の手順に則ってやってくれ」ロイターは最後の画像を映した。そこには各メンバーの任務が大まかに書かれていた。ロイターはいつもの習慣でアマチュアのハンドボールのコーチがするように締めくくりに手を叩いた。

バーグマンは、ロイターが〈クリポス〉に依頼してつくらせた犯人の予備プロファイリングを声に出してぼそぼそと読んだ。「手口からわかるのは精神を病み、怒りを抱えていて、過度に暴力的ということ」顔を起こしてロイターに言った。「この件と白骨死体はただの偶然とは思えない。何かありそうです」

「クローグの直近三週間の通話記録を取り寄せるんだ。彼が電話をした相手全員だ」

大昔の殺人者が戻ってきたのだろうか？――バーグマンは思った――半世紀以上もまえの殺人者が。

二十四章

二〇〇三年六月十日　火曜日
ビグドイ
オスロ　ノルウェー

警察学校にかよっていた頃、〝戦略的捜査〟ということばが実にカッコよく聞こえたのをバーグマンは覚えている。それから十六年。今ではそれほどには思えない。現実にはただ基本的な見解を表わすことなのだから。それも紙の上で。戦略的捜査で扱うのは、通常多くても容疑者の集合のふたつの円だ。彼はロイターにそう教わった。人がまったく見ず知らずの相手に殺されるというのはめったにないことだ。だから犯人がわからず、目撃者もひとりもいないような事件の捜査は、まず被害者となんらかの関係がある個人、特に近しい親戚や友人を特定することから始まる。もし犯人――男であることが多い――がその集合の円内に見つからなければ、遠い親戚や同僚、知り合いから成る新たな円を描くことになる。

八十五歳の人間の場合、どちらの円も含めるべき人間はそう多くない。子供、孫、ひ孫を除けばすでに亡くなっている者が多い。

カール・オスカー・クローグにはふたりの子供がいた。息子はアメリカに住んでおり、バーグマンはその息子と二回電話で話した。その電話でバーグマンが考えていたことは多少なりとも裏づけられた。存命の友人は誰ひとり、少なくとも息子が知っているかぎり誰ひとりいなかった。妻は一年まえに亡くなっている。

今、バーグマンは娘のベンテ・ブル＝クローグと話していた。が、すでにわかっていること以外、大した情報は訊き出せなかった。そもそも会話自体スムーズにいかなかった。ベンテは時折話をやめて泣いたり、ぼんやりと宙を見つめたりした。バーグマンは彼女の家のテラスの椅子に坐り、今もまた彼女が気を落ち着けて話しはじめるのを待っていた。日曜日の午後に電話をかけたのだが、連絡がついたときには午前零時近くになっていた。彼女と彼女の夫はビグドイの広大な家のほか国内に二軒家を持っており、スペインのロンダ郊外にはブドウ園と馬の牧場があり、毎年そこで長期間滞在するとのことだった。ビグドイはまちがいなく風光明媚なところだが、携帯電話の電波状況は自慢できるものではなかった。

バーグマンは彼女からテラスのドアに視線を移した。そこにはフィリピン人のメイドが立っていて、バーグマンのまえのチークのテーブルに置かれたグラスをこっそり指差した。バーグマンは首を振った。アイスティはもう充分飲んでいた。

「ごめんなさい」とベンテが言った。「なんだか……信じられなくて」

　普段のバーグマンは、生まれつき恵まれている者に同情することは少ないのだが、今はベンテ・ブル＝クローグに心から同情していた。ここまでむごい殺され方をした父親の姿を確認しなければならなかった彼女を羨む気にはなれなかった。

「謝らないでください」とバーグマンは言った。

　ベンテはバーグマンを見ながら、マスカラがすじになって流れている頬を拭いた。その顔は実際の年齢より老けて見えた。彼女はテーブルに置いたデザイナーサングラスに手を伸ばした。

　訊くべきことはすでにすべて訊きおえていた。が、バーグマンとしても念には念を入れたかった。八十五歳の老人ともなれば秘密のひとつやふたつあるのが普通だろう。本人しか知らない暗い部屋、あるいは、少なくとも他人には見つけてほしくない空間があるはずだ。

「お父さんには誰もいなかったんですか？」

「どういう意味かしら？」と彼女は消え入りそうな声で尋ねた。

「失礼を承知でお訊きしますが、誰かほかの女性と関係があったというようなことはありませんか？」

　ベンテはサングラスをかけて顔をそむけた。

「それが何か関係があるんですか？」

「殺人というのは――」とバーグマンは言った。「強い嫉妬が動機となって起こることがよくあります」

彼女は首を振った。

「ばかばかしい。父は八十五だったんですよ。はっきり言わせてもらうけれど――」

「しかし、昔から八十五歳だったわけじゃない。若い頃はずいぶんハンサムだったそうじゃないですか。私はまったく見当ちがいのことを言ってますか？」

ベンテの顔に弱々しい笑みが浮かんだ。が、それはすぐに消えた。彼女はまた泣きだした。

バーグマンは待った。待ちながら、家と土地を見て、いったいどれぐらいの資産価値があるのだろうと思った。このようなところに来るといつも、向かいに坐っている人物と自分とのあいだの越えられない深淵を思ってしまう。町のこのあたりでは、家を買うのに千五百万から二千万クローネ出すのは普通のことなのだろう。バーグマンが生まれ育ったところ――オスロの大規模な公営住宅があるトゥヴェイタ――では千クローネでも大金だ。家族で住んでいたアパートメントには寝室がひとつしかなかった。自分の生まれ育ったところには誇りを持っているし、そこに住む人々も概して幸せに暮らしている。が、こういうところにやってくると、ノルウェー国内ですべてを持っているのは、ベンテ・ブル

＝クローグとその夫のような人々であり、富はほんの一部に集中しているということを思い知らされる。

「こんな話になるとは思いもしなかった。いえ、大したことじゃないけれど……」彼女はまた淋しげな笑みを見せた。そのあと笑い声をあげ、手を口にやって笑い声を抑えた。

「なんです？」とバーグマンは尋ねた。

「父に女性がいたかということでしたね？」

バーグマンは背すじを伸ばした。

「今思い出したんですが、母が父の浮気を疑ったことがあったの。父がライチョウ狩りに山に行っていたときに電話がかかってきて……母が出たんだけれど、相手は無言でした。ただ息づかいだけ聞こえたそうよ」

「で、お母さんはどう思ったんです？」とバーグマンは低い声で尋ねた。「脅されたと？」

ベンテは首を振った。

「さあ、わかりません。母は電話を切りました。わたしはその夜は出かけていたんだけれど、翌朝の朝食のときに母が話してくれたの。たぶん父と話したかったんだろうって言って、そのあと、お父さんは愛人を持つタイプに見える？　なんてわたしに訊いてきたわ」

「女性だったんですか？」

「母がそう感じたというだけ。わたしと母は仲がよくて……ああ、父がこんなふうに殺されたなんて、生きていたら母には絶対耐えられなかったでしょう」

ベンテはサングラスをはずすと、両手に顔を埋めた。

バーグマンはメモに眼を落とした。〝浮気？〟と大きな字で書き、そのうしろに〝夫の愛人？〟と書き足した。

「いつのことだか覚えていますか？」

「高校三年の試験期間中でした」と彼女は答えた。やけにすばやく。彼女は今でもこのことを時々思い出しているのだろうか。

「ということは……一九六四年ですか？」とバーグマンは尋ねた。ベンテは一九四五年十二月生まれだ。

彼女は首を振った。

「いえ、一九六三年です。わたしは一年早く卒業したの」

「お母さんは電話をしてきたのは女性だと思ったんですね？」

「息のしかたでわかったって言ってました。確かそう言ってたわ。女の勘というやつね」

「なるほど」

「でも、このことが父の死とどう関係するの？　このことが捜査の出発点になるわけじゃないんでしょう？」

「ええ。そういうことは何度かあったんですか？」

「いいえ」

ベンテは気持ちを落ち着かせようとするかのように深く息を吸った。そして、手早くサングラスをかけ直した。

「嘘をついていますね？」とバーグマンは言った。

「何が？」

「電話のことです」

ベンテは顔をそむけた。「ええ、何年も続いたわ」彼女の声はフィヨルドを走るモーターボートの音に掻き消されそうなほど小さかった。

「いつも同じ時期ですか？　おそらくは女性と思われる相手から、何年かにわたって同じ時期にかかってきたんですか？」

「いつも父がライチョウ狩りに出かけているときにね」

「それはいつです？」

「九月です」

九月。ふたりの女性と女の子が殺されたのが九月だ。

「いつも同じ日でしたか？」

「何が言いたいの？　覚えてません」

「九月初旬でしたか？　それとも下旬？」

ベンテはあきらめたようにため息をついた。「下旬だったと思います」

「どれくらい続いたんです？」

「数年。父がライチョウ狩りをやめるまで。電話のことは一度も話題にのぼりませんでした」

「なるほど」

「母がその話をしたがらなかったのよ。さっきも言ったとおり、ほかに女性がいると思っていたから。その人がちょっと頭がおかしいか、嫉妬に駆られているか、そう思ったんでしょう。わたしは父にそんな女性がいたとは考えたくなかったけれど。でも、どうしてそんなことが重要なんです？」

「申しわけないけれど、それは言えません」とバーグマンは答えた。ほんとうのところはどうして重要なのか、具体的には何もわからなかったからだが。時期には意味がありそうだが、ただの偶然ということもある。それでも、彼はボールペンで〝九月〟ということばを丸で囲った。

「誰か容疑者がいるの？　それとも……」彼女は最後まで言わなかった。

「お父さんの死はまずまちがいなく戦争に関係しているように思われます。とはいえほかの可能性も排除するわけにはいきません。おわかりいただけますか？」

「ノールマルカで見つかった三人の遺体のニュースを覚えていますか？　女性三人の遺体で、ひとりはまだ子供でした。一九四二年に殺されています。新聞に大きく載った事件です」

「ええ、わかります」

ベンテはうなずいて、フィヨルドのほうに顔を向けた。きらきらと光る青い海面に慰めを求めるかのように。

「その件のことでお父さんは何か言ってませんでしたか？　三人が戦時中に殺されたことについて」

彼女は首を振り、サングラスの位置を直した。

「なぜそんなことを訊くんです？　その事件と父と何か関係があるの？」

「わかりません。しかし、お父さんはレジスタンスの重要メンバーでした。だからもしかしたら当時何があったか知っていたかもしれない」

「なるほど」

「その三人がいつ殺されたかご存知ですか？」

ベンテは首を振った。

「九月です」

彼女は永遠とも思われるほど長いことサングラスの奥からフィヨルドを見つめつづけ

た。

「父と戦争のことを一番よく知っているのは大学教授の——」

「モーバーグですね？　トールゲール・モーバーグ」

彼女はうなずいた。

「その人なら父についてわたしや兄よりよく知っていると思います。たぶん母が知らなかったようなことまで」

「レジスタンスの元闘士で、お父さんと一番つきあいが深かったのは誰ですか？」

「今も存命なのはひとりだけだと思います。父は最近、老人ホームにいるその人を訪ねていました。その話をしていたのを覚えています」そう言って、また顔を手で覆った。

これだ、とバーグマンは思った。

「名前を覚えていますか？」

彼女は手をおろした。

「コルスタ。マリウス・コルスタ」

「どこの老人ホームかわかりますか？」

ベンテはグラスに手を伸ばした。バーグマンは金色の液体と彼女の赤い唇を見つめた。

「オスロの東側のどこかです」

彼女はグラスをテーブルに戻した。

「わかりました。正確には東側のどこでしょう？」

バーグマンは彼女の手首の金の鎖を見た。向かいに坐っているこの女性は、オスロの東側には行ったこともないのだろう。

「覚えていません。でも、それは大事なことなの？　コルスタという人が何か知ってるんですか？」

「わかりません。それでも調べる価値はあります。オスロの東側というと、集合住宅が集まっているあたりでしょうか？　それとももっと東？」

ベンテは深くため息をついた。

「ちょっと……そっちのほうは詳しくないの。でも、少なくともオスロの中心街ではなかったと思います。それは確かね」

バーグマンはいっとき眼を閉じて、自分の知っている病院を思い出そうとした。いや、今はいい。少なくともマリウス・コルスタという名前はわかった。どこに住んでいるか突き止めるのはさほどむずかしいことではないだろう。それでも言ってみた。

「ランゲルードゥ？」

「それはハンドボールのチームの名前？　昔、一九七〇年代によく聞いたような気がするけど」

「オップサルの近くの町の名です。いや、もしかしてその人はオップサルの施設にいるんでしょうか?」

「そうそう」と彼女はつぶやくように言った。「父が言っていたのを思い出したわ、そう、オップサルです」

バーグマンは腕時計を見た。大きな手がかりだ。願ってもない手がかりが思いがけず転がり込んだ。

二十五章

一九三九年九月六日　水曜日
マヨルストゥア
オスロ　ノルウェー

船板が裂ける音がアグネス・ガーナーの頭を貫通した。その音は次第に大きくなってそれ以外何も聞こえなくなった。悲鳴すらあげられなかった。気づくと、アグネスは巨大な船の下の水中を漂っていた。白いナイトガウンが体のまわりで渦巻いているのが見えた。巨大なスクリューは止まっているのに、船はゆっくりと遠ざかっている。彼女のさらに下のほうからどすんという衝撃音がかすかに聞こえる。肺にはもう酸素が充分に残っていないのがわかった。それでも水の中で向きを変え、チューブ形のUボートの群れが海上からの光に照らされながら海底を進むのを見た。左のほうで誰かが沈んでいくのが見えた。船内にいたユダヤ人の女の子だ。アグネスは裸同然で海底に向かい、少女の真っ白な手をつかもうとした。が、自分の腕を上げることすらできなかった。水中で黒髪を躍らせながら、少女は沈んで消えた。

アグネスは眼を開けた。眼のまえに広がっていたのは水ではなく白い天井だった。部屋にはなんの手がかりもなかった。自分がどこにいるのか、見当もつかなかった。

しばらく夢うつつで水底に向かって泳いだものの、何も見つからなかった。近くで子供が遊ぶ声がして眼が覚めた。数分後、起き上がって寝室のドアを閉めた。白いペンキを塗ったナイトスタンドの目覚まし時計を見ると、美容院の予約時間まであと一時間もなかった。

アパートメントの中を歩いた。自分の母親と同じくらいなじみのない自宅だった。バスルームの床が冷たいので、足の下にタオルを敷いて肩までの髪を梳かした。髪は切らないと。彼女は笑みを浮かべ、寝室に戻ると、二重底のスーツケースに隠してある青酸カリのカプセルをひとつ出してトイレットペーパーに包み、ハンドバッグに入れた。これを使うようなことにはならないだろうとは思ったが。それはただ自殺することが現実のこととは思えないからかもしれない。ノルウェーが中立を維持するかぎり、この任務で命を危険にさらすことにはならないだろう。それでも、アグネスは自分の——というよりクリストファー・ブラチャードの——ルールに従って、どこに行くにもカプセルを持って歩くことを忘れなかった。わたしは完全に彼に洗脳されてしまってる。内心そう思いながらも。

市街電車の停留所で改めて思った、なんて馬鹿げているのだろう。予約は彼女の名前で十二時で入れてあった。「でも、かまわない」そう声に出してつぶやいた。

十一時五十五分、ヘルゲ・K・モーエン美容室のドアを開けた。小さな町にしては大きな店で、オスロよりロンドンに似合いそうだった。アグネスは受付に行って名前を告げた。受付に坐っていた男性——これがモーエンだろう——が予約帳を確認するあいだ、ひそかに店内を観察した。大きな鏡のまえに椅子が六脚並べてあり、その半分に客が坐っていた。店内には全部で七人いた。アグネスを入れて客が四人、美容師が三人。受付デスクの奥にオフィスと洗面所、それにおそらく階段に出るドア。出口がひとつしかない建物は危険だ。部局の誰に教わらなくてもそれぐらいアグネスにもわかった。

待合エリアの窓ぎわの椅子に坐り、〈アフテンポステン〉紙をめくった。時折顔を起こして、椅子と椅子とのあいだをすべるように動く美容師たちをうかがった。彼らは白いスモックを着ており、髪を巻いたり切ったりする人というより、医師や看護師を思わせた。

「うちにいらっしゃるのは初めてですよね？」受付にいた中年男性が列の真ん中の椅子に案内して言った。

「ガーナーです。アグネス・ガーナー」

男は一礼して握手した。「ヘルゲ・K・モーエンです」

モーエンはおだやかな眼をしていた。そんな眼を見ていると、アグネスは自分が普通の客であるような気分になった。

「ガーナー？」

「十年まえに父がイギリスに移住したんです」

　モーエンはうなずいたが、何も答えることなく、さらに髪型の希望を訊くこともなく髪を切りはじめた。アグネスは深く考えていたわけではなかったが、思っていたよりいくぶん短く切られているような気がした。

　壁全体を占める鏡で店内を見たが、誰も坐っていない椅子と足早に通りを歩く人々以外、これと言って見るべきものはなかった。数分後、アグネスと同じ年頃の女性がふたりはいってきて椅子に坐り、脚を組んで順番を待ちはじめた。見るからに時間を持て余しているような風情のふたりだった。さらにお金も欲しいだけ持っているような。モーエンが髪を切りはじめて十分ほど経ったところで、アグネスは鏡のまえのテーブルに置いてあった雑誌を手に取り、パリの人々の写真を見た。パリっ子たちはまったくの別世界に住んでいるようだった。誰も他人を傷つけようなどと思わない、喜びと美に満ちた世界に。

　モーエンがカットを終えると、若いアシスタントがカーラーを入れたカートとスタンド式のドライヤーを引っぱってきて、髪のセットを始めた。アグネスは雑誌に載っていた映画スター、ゲイリー・クーパーの写真を見つめた。膝に置いたその雑誌には切った髪が散らばっていた。

　モノクロのゲイリー・クーパーの緊張した表情を見ながら、アグネスはいきなり凍りついたようになった。雑誌を持つ手に思わず力がはいった。アシスタントは両手にカーラーを持ったまま、客の不意の変化に動きを止めた。

アグネスは眼を上げて鏡を見て、鏡の左側に自分を凍りつかせたものを認めた。ほんの数分にしろ油断していた。店に出入りする人を確認するのを怠っていた。アシスタントがセットを続けるあいだ、アグネスは女性たちに交じって坐る男から眼を離さずにいた。その男は膝に帽子を置き、アグネスにもほかの誰にも眼を向けず〈アフテンポステン〉紙を読んでいた。

ここでいったい何をしているのだろう？　ここは女性向けの美容院だ。男は新聞をめくりながら、うしろに向かって撫でつけた黒い髪に手をやった。アグネスより年上に見えた。髪の生えぎわが後退していた。アグネスは平静を装ったものの、うまく装えていないのは自分でもわかった。

「さあ、準備ができました」アシスタントはそう言うと、アグネスの頭の上に来るようスタンド式ドライヤーの位置を調整した。急に耳の中で大きな音が響きはじめ、アグネスは集中できなくなった。新聞を読んでいた男が立ち上がり、鏡の中のアグネスをまっすぐ見つめた。アグネスはカーラーを巻き、大きなドライヤーをかぶっていた。そんな自分がまるで裸同然になったような気がした。男の表情は変わらなかった。ラックからコートを取り、受付テーブルについているモーエンに向かってうなずくと、チャコールグレーの帽子をかぶってドアを開けた。

歩道を歩いて立ち去る男を見ながら、アグネスは頬が火照るのを感じた。やがて男の姿は見えなくなった。アグネスは店の黒いケープの下から手を出した。あとどのくらいかかるのだろう？

「すみません」アグネスはアシスタントの腕をつかんで言った。「時間がなくなっちゃった」

アシスタントは怪訝な顔で彼女を見た。

五分後、アグネスはやっと椅子から立つことができ、モーエンにエスコートされて受付のところまで歩いた。モーエンはレシートを書くと、彼女に渡す部分を破いて、上質の紙でできた長方形の白い封筒に入れた。

「どうぞ。またお目にかかれるのを愉しみにしています」

モーエンはその幅広の顔を和ませながらも笑みはひかえて、ウィンクをした。

アグネスは気づくと顔をしかめていた。ヘアスタイルは気に入らないし、ヘアスプレーのにおいがきつくて、今すぐ外の空気を吸わないと失神しそうだった。

「ええ、また」そうつぶやくように言うのが精一杯だった。封筒はしかたなく受け取った。

外に出ると解放感を覚えた。歩道の空気はまだ夏のそれだった。モーエンに見られているのを感じながら、男が向かったのと同じ方向に歩いた。どこに行ったのだろう？　近くの広場を見ると、人々が慌ただしく行き来していた。アグネスは足を止めて、人々、市街電車、交差点で停まっているタクシーを眺めた。帽子をかぶった男は大勢いて、その誰もが美容院にいた男のように見えた。

が、男はいなかった。

陽射しから顔を守ろうと、アグネスが帽子のつばを引きおろすなり、すぐ背後から男の声がした。

「ガーナーさん」

アグネスは振り向いた。

「きみがどんな反応をするかと思ってね」美容院にいた男だった。クレイヴンA（イギリスの紙巻き煙草）の箱を差し出してきた。

アグネスは首を振った。

立ったまま見つめ合いながら、アグネスは彼がさらに何か言うのを待った。どこまでも真剣な表情をしており、どこか人を寄せつけないところがあった。自分と近しい人に関する秘密はどんな秘密も洩らさない。そんな風情でもあった。ハンサムではないが、おだやかで、相手をなだめるような眼をしていた。

「ホルトだ。カイ・ホルト」そう言って、男は帽子を取って掲げると、そのあと見るからに逞しい手を差し出した。太くて短い指をしていた。

アグネスは握手を交わしはしたが、自己紹介はしなかった。どうせ相手にはすでにわかっていることだ。

「きみについてはクリストファー・ブラチャードから強い推薦があった」とホルトは言って、煙草に火をつけた。

「クリストファーから？」アグネスとしてはそう訊き返さずにはいられなかった。一瞬、半分吹き飛ばされたベスの頭が脳裏に浮かび、クリストファーのひげ剃りあとが頰にあたる感触が甦った。

「オックスフォード大学マグダレン学寮。私たちはそこで初めて出会った。大昔のことだ」

「マグダレン。諜報部員の半数はマグダレンの出身者みたいですね」

「腹は減ってないかな？」

カイ・ホルトはすでに車道に踏み出してタクシーを停めていた。

一時間後、アグネスは〈グランド・カフェ〉でオープンサンドをふたつ貪るように食べていた。最後にこの店に来たのは何年まえだろう？　よく思い出せなかった。十年か十一年？　もっとまえかもしれない。ホルトが話しているあいだ、アグネスは近くの国会議事堂とアイズヴォルス広場を眺めていた。最後にここに来たのはまだ子供の頃で、両親も一緒だった。ほんの束の間、なんの苦労もなかった十歳の頃に戻ったような気分になれた。

室内に響く父の笑い声が聞こえた。仕事がうまくいったときの笑い声だ。そんなときの父の上機嫌はこの世の何物によっても損ねられることがなかった。

「どうしてあそこだったんですか？」ホルトを見ながらアグネスは尋ねた。彼はマッチの火を消し、薄い煙草のパックをアグネスに差し出した。アグネスは今度も断わったが、一時間まえに差し出されたときと比べればだいぶ彼に好感を持つようになっていた。

「ヘルゲは友人なんだ」

「美容師の？」とアグネスは思わず訊き返した。意図した以上に皮肉の込められた口調になっていた。

ホルトは子供を相手にするように薄い笑みを浮かべて手を差し出した。

「領収書をくれ」アグネスはおもむろに封筒を渡した。

ホルトは封筒の中から領収書を取り出すと、親指と人差し指で領収書をつまんで持って言った。

「あそこは情報の受け渡し場所だ。きみは週に一度あそこに行って、きみたち女性がよくするように髪を巻いてもらうなり、切ってもらうなりする。今のところ、きみの予約は毎週水曜日だ。私からきみに連絡をしたいときには、領収書にメッセージを書く。美容師はみな支払いのために受付まで客に付き添う。で、領収書はたいてい封をしていない封筒に入れられる。こんなふうに。きみの髪の担当はいつもヘルゲだ。わかるね？　店に行ってヘルゲがいなかったら、予約をキャンセルするといい。いいね？」

アグネスはおもむろにうなずいた。

「ヘルゲはわれわれの仲間だ」とホルトは体を乗り出して囁いた。人でいっぱいの店内は騒がしく、アグネスはホルトの声を聞き取るのがやっとだった。彼はアグネスの手に自分の手を重ねて強くつかむと言った。「行こう。二時に約束がある」

数分後、アグネスはカフェからすぐ近くの建物の三階にあるオフィスのソファに坐っていた。スプーンが陶器のカップに触れないよう注意して紅茶を掻きまわしながら、正面の大きな机の向こうに坐る奇妙なイギリス人の話を聞いていた。カイ・ホルトが言ったことを繰り返していた。アグネスに話すことは事前にふたりで打ち合わせていたのだろう。

「クリストファー・ブラチャードはきみを大変高く評価していたよ、ガーナーくん」アーチボルド・ラフトンはそう言うと、いかにも用心深そうな笑みを浮かべ、ネクタイをゆるめた。彼が顔を伏せると、つるつるの頭が汗で光っているのが見えた。アグネスはもうひとりのイギリス人と並んで窓のそばの椅子に坐っているホルトをちらりと見やった。この部屋までは足早に受付エリアを抜けて案内されたのだが、受付エリアには綿製品と紡績機のポスターが貼られ、ハエ一匹殺せないような若い秘書が受付デスクについていて、見るかぎりごく普通の輸入会社の受付だった。廊下にはほかにもオフィスが並んでおり、〈ドミニオン・テキスタイル〉というこの会社は、合法的な会社だというホルトの説明は嘘ではなさそうだった。が、実のところ、社長のアーチボルド・ラフトンはここオスロにおけるイギリス諜報部のトップだった。

「ドイツ人たちはもうここにやってきている」とラフトンは言った。「去年の秋からだ。オスロにもベルゲンにもハウゲスンにもナルヴィクにもいる。魚の貿易商という名目でやってきて、輸入会社を経営しながら、ドイツ大使館では商務官として働いている。やつらはわれわれの同胞にも眼をつけて、自分たちの側に取り込んでいる。それもイギリスで」

ラフトンは机の上にあった葉巻カッターで細い葉巻を切ると、それがドイツの諜報機関〈アプヴェーア〉が持ち込んだものでもあるかのようにしげしげと見つめた。

「ほんとうですか？」とアグネスは言った。

「ついでながら、そういうイギリス人のひとりはクリストファーの友人だった。これはもちろん極秘情報だ。少なくとも私から聞いたということは忘れてくれ。上層部としては聞きたくないだろうから。私が言いたいのはただひとつ、ドイツ人は悪魔だということだ」

ラフトンは火のついていない葉巻をくわえ、机越しに身を乗り出すと、抑えた声音で言った。

「連中はキツネみたいなものだ、ガーナーくん。オスロでの存在感はまだ大きくない。オスロ内のイギリスの会社を監視するほどにはね。大使館に眼を光らせるほどでもない。今はノルウェー当局に働きかけてるだけだ。それでも、二、三ヵ月後には必ず力を蓄えているだろう。連中はまさにキツネだ。あまつさえキツネというのは狡猾なハンターだ。獲物をおびき寄せるためなら死んだふりまでする。クリストファーはわれわれが彼の友人のことを突き止めたときには大いにショックを受けていた。だけど、いいかな、私から聞いたことはすべて忘れてくれ」

沈黙が流れた。ホルトは宙を見るような眼をしていた。アグネスは思った――ホルトはブラチャードの友人の件をすでに知っていたのだろうか。それとも知らなかったのだろうか。ブラチャードの機嫌が段々悪くなったのはこのせいだったのだろうか？　彼自身も罠に引き込まれるところだったのだろうか？　とはいえ、わたしは何もラフトンから動物のたとえ話を聞くためにわざわざオスロまでやってきたのではない。

「わたしにはどんな任務が与えられるのですか？」

ラフトンはつけたマッチの火を葉巻に移した。そして、まるで部屋には自分しかいないかのように無表情のまま数回葉巻をふかした。アグネスはホルトに見られているような気がして、ホルトのほうを見た。

「きみへの指示はカイと彼の部下がおこなう。われわれは大英帝国に甘いノルウェー人が好きでね。当然のことだが。ただ、ひとつだけ言っておこう。きみの外見からして、ガーナーくん、きみは任務には事欠かないだろう」

「あれはどう意味だったんです？」通りに出るなり、アグネスはホルトに尋ねた。

「もうラフトンに会うことはないだろう。きみが会うのは私とほかの数人だけだ。だから気にするな。信用しているというしるしだよ。ラフトンはきみと直接会いたがった。オフィスにわざわざ招いたのは、きみのロンドンでの評判を聞いていたからだ。彼の言ったことが気に入らなくても……まあ、今は我慢してくれ。それより今回こんなことをして、彼はリスクを冒しすぎた。おまけにしゃべりすぎだ。諜報機関の人間としてありえないことだ。われわれをオフィスに招くなんて。私自身、あそこへはこれまでで数えるほどしか行ってない。彼がこんなことをしたのはどう考えてもいいことじゃない。しかし、文句を言ってもどうにもならない。なんと言ってもラフトンがここでのトップなんだから」

〈グランド・カフェ〉が建つ角を曲がり、ついさっき食事をした窓ぎわのテーブルを窓越しに見ながら歩いた。ほかの歩行者の真ん中で、いきなりアグネスが足を止めた。ホルトは数歩を歩いて、アグネスが立ち止まったのに気づき、腕を差し出した。

「これからきみが直接報告する相手に紹介する」

「あなたがボスなんだと思っていました」まだ誰かに会わなければならないのかと思うと、アグネスは少し気が重くなった。それでもホルトに追いつくと、歩を合わせて歩きつづけた。

　ホルトは笑みを浮かべた。一瞬、彼の眼が少年の眼のようになった。

ふたりはホーン・ビルディングのまえで足を止めた。アグネスがオスロを出たあとに建てられたノルウェーで一番高いビルだ。ホルトは、ちょっと失礼、と言って男性服の店に立ち寄った。アグネスは堂々としたビルを見上げた。一番上に〈メトロ・ゴールドウィン・メイヤー〉と書かれた看板が見えた。このビルはこの市（まち）には高すぎる。

三階のフロリス・カフェはほぼ満席だった。落ち着いたざわめきが店内を満たし、レジの金属音と近くのテーブルからあがる笑い声が競い合い、煙草の煙が高価な硬材を使った天井の下で霧のようにぼんやりと漂っていた。ホルトはアグネスの肩に手を置いて、窓ぎわにテーブルが並ぶほうへ連れていった。

一番奥のテーブルにアグネスと同じ年頃のダークブロンドの若い男が坐っていた。眼のまえのテーブルの上に手帳を開いていた。そこには文字がびっしり書き込まれていた。講義のメモか何かのように。若い男は銀のフォークでケーキを食べており、彼の横にはくたびれた本が何冊も積まれていた。

ホルトは咳払いをした。男はいったん戸惑ったような顔でふたりを見つめたものの、すぐに警戒を解いて微笑んだ。アグネスは思わず顔が赤くなった。

「アグネス、巡礼者（ピルグリム）だ」とホルトが言った。店内のざわめきにまぎれてかろうじて聞こえる程度の小声だった。

一見するかぎり、スパイというよりボーイスカウトの生真面目なメンバーだった。着ているスーツもその証明のために着ているかのようだった。が、繊細な形をした眉の下の青い眼はこれまでにさまざまな経験をしていることをはっきりとうかがわせた。さらに微笑むと、少年らしい無邪気さは雲散霧消した。アグネスはその若い男のまえに腰をおろし、何がいいかと尋ねるホルトの声をぼんやりと聞いた。

「コーヒーを」と答える自分の声がした。

ピルグリムは、弁解するような、それでいて自信に満ちた笑みを浮かべながら本と手帳をまとめた。なんておかしなコードネームなんだろう。アグネスはそんなことを思いながら、外の通りに眼をやった。が、それは行き交う人々や車に興味があったからではなく、鏡を探したいという強い衝動を抑えるための所作だった。帽子でほとんど隠れているとはいえ、髪がうねりすぎている気がしていたのだ。アグネスはモーエンと彼の美容院にひそかに悪態をついた。ラフトンの馬のような黄ばんだ歯にも。彼があからさまに示した侮辱にも。ラフトンの口調は、きみは男たちと対等に向かい合って坐るためにオスロに来たのではない、男たちとベッドをともにするために来たのだとでも言わんばかりだった。

「オスロでの今の状況についてはどんな話を聞いてる？」とピルグリムはアグネスに尋ねると、店内を見渡し、カウンターのそばに立っているホルトを見やった。

「ほとんど何も」ラフトンの言ったことなどここで持ち出すことはない。思い出す価値すらない。

「変わった人だよ。この通りの先にいるあの人は」ピルグリムはよく微笑むタイプのようだった。その歯はラフトンとちがって完璧だった。歯医者の子供にしか見られないほど完璧だった。アグネスは彼の顔に、比率がおかしいにしろ、何にしろ、欠点を見つけようとしたが、ひとつも見つからなかった。

そんな彼のことばに黙ってうなずいた。言うべきことばが見つからなかった。もう何度目かもわからないが、こんな任務に就くことを志願した自分を今さらながら呪った。こんな子供みたいな人に会わされるなんて！

「ピルグリムはドイツの学校を出てる」とカウンターから戻ってきたホルトが言った。

「エンジニアになりたかったんだったかな？」

ピルグリムはうなずいて髪を搔き上げた。

「でも、きみはこの国でいったい何が起きてるのか、きっと聞いても信じないだろう」ピルグリムは無表情のまま身を乗り出してホルトの煙草を一本抜き取ると、ぼんやりと窓の外を眺めた。自分の世界に浸り、誰にも明かすことのない思いにふけっているように見えた。

三十分後、ホルトだけひとり席を立った。が、その時点でもアグネスの知識量は一向に増えていなかった。それにはホルトとピルグリムが主にアグネスの知らない人たちのことを話したせいもある。アグネスにはついていけない話ばかりだった。

アグネスとピルグリムは席についたまま通りを歩き去るホルトを見送った。

「ひとつ聞かせてください……」とアグネスは言いかけたものの、自分が何を言おうとしているのか途中でわからなくなった。

ピルグリムは窓の外を眺めつづけた。向かいの店の窓にカフェの看板文字が左右逆に映っていた。

「少し歩こう」とピルグリムは言った。

ふたりはアーケル通りをゆっくり歩き、人気（ひとけ）のない救世主墓地までやってきた。フェミニストの政治家ギーナ・クローグの墓を囲む木々が風に揺れていた。「もうすぐ状況はＣ段階になると思うけど、いずれにしろ」とピルグリムは言った。「カイは一号、きみは十三号だ。これからは本名は使わない。ラフトンはすでにこうした規定に背いてしまっているけれど」

十三号だなんて、とアグネスは思った。

「どのチームに誰が属し、全部で何人いるか知っているのはぼくのボスである一号だけだ。これは最悪の事態になったときのための予防線だ。きみはそのことだけ知っていればいい。今のところ、きみと連絡が取れるのはぼくだけだ」

「あなたはどうして……？」アグネスは近くのベンチに坐った。訊きかけたものの、ほんとうに知りたいのかどうか自分でもわからなかった。

ふたりはしばらく坐って見つめ合った。まるでふたりとも同じことを思っているかのように――いったい自分たちはここで何をしてるのか？

「ここにいるのはきみだけじゃない」しばらくしてピルグリムが言った。「もちろんわかっていると思うけど」

アグネスはギーナ・クローグの胸像を見ながらうなずいた。ピルグリムを見つめたくてしかたがないのに、彼のまっすぐな視線から眼をそらすことができてほっとした。

「いずれにしろ、仲間同士で殺し合ったりしないようにしよう」

アグネスは声に出さず笑った。

「あなたの本名はなんていうの？」

ピルグリムは答えなかった。ただ、ホルトがカフェに置いていった煙草を一本取り出し、風の中で苦労しながら煙草に火をつけると、ブリーフケースから紙の束を取り出してベンチのアグネスの横に置いた。

手に取らなくても何が書いてあるのか、アグネスにはわかった。

一番上のものは親ナチの国民連合の宣伝チラシだった。赤地に黄色い太陽十字というシンボルはまちがいようがない。ピルグリムはチラシの一番下に書かれた住所を指差した。

次に新聞の切り抜きを取り出した。どこかの弁護士がタイピストと秘書を探していた。

アグネスは何も訊かず、チラシと切り抜きをバッグにしまった。

「明日、国民連合の党員になってくれ。きみのお姉さんはすでに党員だからすんなりなれるだろう。それがすんだら、最高裁判所弁護士ウィルヘルムセンのオフィスの空きポストのどれかに申し込むんだ。それからレインボークラブにかよいはじめる。できれば毎晩がいい。何か質問は?」

「あなたの本名は?」アグネスはそれだけ尋ねた。

彼と眼が合った。濃いブルーの虹彩を囲む黒い輪がはっきりと見えた。彼の顔にかすかな笑みが浮かんだ。クレイヴンAの箱を取り出してアグネスに一本勧めた。アグネスはもらった煙草を唇にはさんだ。手が震えていた。煙草を吸うと、むせた。

「ピルグリム」と彼は低い声で言った。「ぼくの名前はピルグリム。ただそれだけだ」

二十六章

二〇〇三年六月十日　火曜日
オップサル
オスロ　ノルウェー

信号が青に変わった。うしろの車がクラクションを鳴らすのが聞こえたが、トミー・バーグマンは膝に置いた書類を読みつづけた。もう一度クラクションが鳴ると、ギアをロウに入れて、すぐ近くのバス停車帯に車を停めた。膝の上にのせていたのはネット情報のプリントアウトが三枚と、ここ十年の新聞記事のコピーだった。これまでのところ、クローグ関連で見つけられたのはそれだけだったが、これはたまたまではなさそうだった。調べた結果わかったことだが、クローグは自分の経歴を明かしたこともなければ、戦争に関する討論に参加したことも、戦争に関してどこかに寄稿したこともなかった。ただの一度も。インターネットの記事にリンクづけされていた一九九九年の新聞のインタヴューによると、戦後の回想録はほかの人々に任せたとのことだった。自分は単純な人間で、まず第一にエンジニアであって、ビジネスと政治は第二、第三の関心事だと語っていた。歴史学者などではもとよりないし、戦時中に自分と異なる選択をした人を批判するものでもない。クローグは記者のインタヴューにそう答えていた。

バーグマンがネットで見つけた三つの記事はどれも、著名な歴史学者で、第二次世界大戦研究の第一人者であるトールゲール・モーバーグの著書を参照していた。そのモーバーグによれば、クローグは一九四一年から一九四五年までノルウェーのレジスタンス組織〈ミーロルグ〉に所属しており、また、戦争が勃発するまえからイギリス秘密情報部のオスロでの諜報員を務めていた。が、それも一九四二年の秋にゲシュタポに正体を暴かれるまでのことで、文字どおり危機一髪でスウェーデンに逃亡する。その後一九四三年三月にまたノルウェーに送り込まれ、そのときには数多くの粛清に関わったとされている。粛清された者たちの中にはグットブラン・スヴェンストゥエンもいたが、これはグットブランがクローグと自らのチームをナチスに売ったとするイギリスの主張に基づくものだった。このの ち、クローグはストックホルムにおけるノルウェー人レジスタンスのコミュニティのリーダーとなる。ロンドンにも長く住んでいた。

またしてもクラクションに邪魔された。六十九番バスの運転手が両腕を振りまわしていた。まるでオスロ郊外ではなく、カラチの交通渋滞のど真ん中にいるかのようだ。

「マリウス・コルスタ」とバーグマンはつぶやいた。「マリウス・コルスタを捜さなければ」

オップサル老人ホームのある高層ビルのまえに立ち、バーグマンは最後にここに来たのがいつだったか思い出そうとした。何年もまえ、たぶん十年にはなるかもしれない。まだパトロール警官だった頃のことだ。まわりのアパートメントハウスやショッピングセンターを見まわすと、十年まえには老朽化していた建物が完全に近代化され、自分の生まれ育った場所であるのに、まるで知らない場所に見えた。

ビルの中にはいるなり、将来老人ホームの世話にだけはなるまいと心に決めた。たとえ個室にはいれて、夕食にはワインが飲めるとしても。あたりに漂うにおいだけですぐに出ていきたくなった。ここと病院とはちがう。死と背中合わせでも病院には生への希望がある。ここのよどんだにおいは、誰もここを生きて出ていかないという事実を弥が上にも思い出させる。このような場所で死を待つより恐ろしいことはない。母の死に方のほうがまだましだ。ただ、早すぎる死ではあったが。診断がおりてから死ぬまで三週間。末期に向けて身辺整理ができるぎりぎりの長さだった。

バーグマンは受付の若い女性に身分証を見せた。老人がうしろを通っていき、バーグマンは肩越しに振り返った。歩行器をつかむ手がかすかに震え、節くれだった指の関節が青みを帯びて光っていた。

「マリウス・コルスタさんと話をしたいんですが」とバーグマンは言った。

「コルスタさん？　お待ちください」受付女性の訓練されたプロの微笑にバーグマンはい

くらか気分がよくなった。香水のにおいもよかった。「ご用件はなんでしょう？　その……」彼女はバーグマンの身分証を指差した。その爪に齧(かじ)った跡があるのを見て、バーグマンはそれ以外完璧な彼女のその欠点を好ましく思った。

「殺人事件に関することです」

名札にリーサと書かれたその看護師は戸惑い顔でバーグマンを見た。バーグマンは真顔でうなずいて、嘘でも冗談でもないことを伝えた。

「まあ……。それは大変……」

「どうしてもコルスタさんと話がしたいんです。必要なら令状を――」

彼女は急に安心した様子になった。

「それは結構です」と彼女はコンピューターの画面を見ながら言った。「コルスタさんはウッレヴォル病院にいます。昨日搬送されたんです。すみません、忘れていました。一昨日から容体が悪くなって」

コルスタがこの手をすり抜けてしまう。バーグマンは自分の脈が一気に速くなったのがわかった。もう死んでいるかもしれない。

「訪問者のリストはありますか？」と彼は尋ねた。

彼女は青いフォルダーに手を伸ばした。

バーグマンはそれを受け取ると、壁ぎわの青い椅子に腰をおろした。

五分ほどでカール・オスカー・クローグの名前が見つかった。

五月二十日、三人の遺体が見つかった四日後に、クローグはレジスタンス時代の同志マリウス・コルスタを訪ねていた。

二十七章

二〇〇三年六月十日　火曜日
ウッレヴォル病院
オスロ　ノルウェー

集中治療室の外の廊下で、バーグマンはワックスをかけたばかりのリノリウムの床から努めて眼を上げないようにした。ヘーゲが働いているのは消化器外科だが、それでも彼女が今にも角を曲がって姿を現わすのではないかと思うと気が気でなかった。彼女に出くわしたくなかった。彼女の新しい人生については何も知りたくなかった。すでに起きてしまったことはそのまま理解すべきなのに、まだそれができていなかった。いや、これからもきっとできないのだろう。

音を立ててドアが開き、バーグマンは飛び上がった。男性看護師が出てきて左を向くと、足早に廊下を歩き去った。

眼のまえのドアを見つめた。白い両開きのドアは左右両方に舷窓のような丸窓がついていた。しばらく見つめてから大きなため息をつき、腕時計をちらりと見て、持ってきた捜査資料のファイルを開いた。

　クローグは一九四三年三月にグットブラン・スヴェンストゥエンを粛清している。スヴェンストゥエンに子供はいたのだろうか？　上着の内ポケットから携帯電話を出そうとしたところでまたドアが開いた。

「バーグマン刑事？」白衣を着た黒髪の女性が立っていた。その背後でふたりの看護師が低い声でなにやら話し合っていた。壁ぎわの椅子に年配の女性が坐っていた。その様子を見るかぎり、泣いているのを隠そうとしているようだった。看護師がひとりその脇にひざまずいていた。

　バーグマンはマリウス・コルスタがまだ生きていてくれることを切に願った。

　白衣の女性は力のこもった温かい握手をして、担当医だと自己紹介した。

「まあ、そのうちのひとりということですけれど」と微笑みながら彼女はつけ加え、コルスタはちょうど眼を覚ましたところだと言った。

　ドアがうしろで閉まった。集中治療室ではあらゆるものが廊下の二倍の速さで動いていた。看護師たちも足早に歩いていた。職場が生と死の境にある人たちの顔は厳粛そのものだった。

　コルスタはベッドに横たわっていた。半個室にいる患者は彼ひとりで、枕の上に酸素マスクが置かれていた。顔色は白より黄色に近かったが、肌は死期を迎えた老人の多くに見られるそれではなかった。革を思わせる硬さはなかった。頭骨と頬骨のあたりの皮膚もぴんと張っており、ところどころに肝斑が浮き出ているものの、ライスペーパーのように薄くて透明だった。血管は細く濃い青で、眼の下には黒い隈ができていた。片方の鼻孔に差し込まれたチューブが酸素を送り込んでおり、掛け布団の上に出された痩せこけた腕には点滴が打たれていた。どこから見てもマリウス・コルスタは死にかけていた。それでもその眼はこのさき長い人生が待っている少年のような明るい青に輝いていた。

バーグマンが顔を近づけると、頭を動かすことなく彼を見上げてコルスタは言った。

「あんた、煙草を吸うかね？」声はかすれていて、咽喉の奥から黒いタールが湧き出るかのようなごぼごぼという音がした。

バーグマンはうなずいた。

「煙草は続けろ。言われるほど害はない。ここじゃ大量にモルヒネを投与される。それも完全に合法的に。相手が警察官でもな」

コルスタはそこで喘ぎ、酸素マスクに手を伸ばそうとしたが、すぐにあきらめ、バーグマンがかわりに取ろうとすると、手を振って制した。

バーグマンは椅子を引き寄せて坐った。

「カール・オスカー・クローグのことだろ？　ちがうか？」とコルスタは静かに尋ねた。

バーグマンはうなずいた。コルスタはバーグマンの眼を見つめられるよう頭を動かして言った。

「まさに青天の霹靂だった」

　やはり知っているのだ、とバーグマンは内心思った。

「しかし、誰がカール・オスカーを殺すというんだ？」と彼は酸素マスクにまた手を伸ばしながら言った。その骨張った手を見て、バーグマンはアグネス・ガーナーの白骨死体の指とそっくりだと思った。

　コルスタは弱った肺に酸素を送り込むだけで一苦労のようだった。眼のまえで彼が死んだりしないことをバーグマンは切に祈った。

「死人は――」とコルスタは眼を閉じて言った。「死人は何も語らない」そう言って眼を開いた。

「ええ」とバーグマンは答えた。正確には何に同意したことになるのか自分でもはっきりしないまま。

「ひどい死にざまだったんだろ、ちがうか？」

　コルスタはそう言ったあと長いこと咳き込んだ。咽喉ががらがらと音をたてた。

　バーグマンはためらった。コルスタに明かしてもいいものかどうか。しかし、コルスタはもう長くない。

「クローグ氏は……ナイフで殺されていました」

コルスタはまた眼を閉じた。疲れているようだった。こうして話しているだけでも消耗するのだろう。

「ナイフ?」と彼は低い声で言った。息づかいが荒くなった。

「ヒトラーユーゲントの」

マリウス・コルスタは動かなかった。今耳にしたことがわかっていないようだった。

遅かったか——とバーグマンは思った。コルスタからは何も訊き出せないかもしれない。部屋を見まわしてから窓の外を見た。カバの木の葉の緑を見たら、急に外の新鮮な空気が吸いたくてたまらなくなった。

「とうとう彼を捕まえたわけだ。あのクソども。彼まで捕まるとはな」とコルスタは眼を閉じたまま言った。

「どういう意味です?」とバーグマンは身を乗り出して尋ねた。が、無駄だった、コルスタはまたうとうとしはじめた。それでも頭はまだ働いているようだった。

「死人は何も語らない」とまた言った。「知っていたか?」

バーグマンは壁の時計を盗み見た。コルスタの言っていることには意味がない。

「カール・オスカーは……カーレンが死んだあと身も心もぼろぼろになった」

「奥さんですか?」

コルスタはうなずいた。バーグマンは手帳に書きとめた。しばらくふたりともことばを発しなかった。聞こえるのは換気装置の静かな音と、外の廊下を歩く足音だけになった。

「あのクソどもというのは誰のことです？　ドイツ人ですか？」バーグマンは手帳のページをめくり、〝クソども〟と書いたあとに〝ドイツ人〟と書き加え、感嘆符をふたつつけた。

コルスタは点滴をしている腕を用心深く動かし、わずかに頭を動かした。うなずいたのだろう。

ドイツ人。バーグマンにはそれはあまりに短絡的すぎる気がした。ヒトラーユーゲントのナイフなどネットで誰でも手に入れられる。

「クローグは五月二十日にあなたを訪ねたようですが、それはまちがいないですか？ノールマルカで見つかった三人の遺体について何か言ってませんでしたか？」

「遺体？」とコルスタは訊き返してきた。が、バーグマンが説明するまえに言った。「ああ、あの三人か」それだけ言って、力尽きたらしく、白く大きな枕に頭を沈めた。そのあとしばらく喘いだものの、酸素補給マスクに手を伸ばすことはなかった。

ようやく彼の呼吸が整うのを待って、バーグマンは尋ねた。「彼らに関しては何も知らないんですね？」

「ああ」とかすれた声でコルスタは言った。「あの三人はドイツ人にやられたのかもしれない。何をしてもおかしくない連中だからな」

コルスタはまた眼を閉じ、まったく動かなくなった。心電図のモニターだけが、彼がまだ生きていることを示していた。バーグマンにはコルスタが今言ったことが理解できなかった。どうしてドイツ人が、親ナチとして名が知れていたノルウェー人の婚約者を殺さなければならないのか。

「ふたりで何を話したんですか？　あなたとクローグで」

「戦争だ。ほかに何がある？　彼とは戦争のこと以外話したことはないよ」

バーグマンが返事をするまえにコルスタはさきを続けた。

「いつもの昔話だ……このまえもな。だけど、カール・オスカーはあんたの捜査の助けになるようなことは何も言わなかった。わしにもわからん。いったい誰が……」

声がとぎれ、コルスタの頭がさらに深く枕に沈み込んだ。バーグマンはベッド脇のスタンドに吊るされた袋からブドウ糖液がしたたり落ち、チューブを通って生ける屍の腕に注入されているのを見やってから、またコルスタの顔に眼を戻した。心電図のモニターに現われる規則正しい脈拍で、彼が眠りに落ちたことがわかった。

バーグマンは帰ることにした。ここでできることは今はもうない。

が、立ち上がろうとすると、コルスタの冷たい手に腕をつかまれた。手には力がこもっていた。この老人の指にまだこれほどの力が残っているとは。

「ひとつだけ戦争に関して気になっていることがある。ほかのことはすべて折り合いをつけたんだが」小さな声だったので、バーグマンは耳を近づけないと聞こえなかった。

「カイだ」

「カイ?」

「カイにいったい何があったのか、あんたが調べてくれるといいんだが」

コルスタはそう言うと、咳き込みはじめた。モニターが示す脈が急上昇した。

「カイを殺したのもドイツ人だ。やつらは最後には彼も殺した――わしはそう思ってる」

カール・オスカーを殺したのも」コルスタの手には驚くほどの力が込められていた。

「カイ」

「カイというのは誰です?」とバーグマンは尋ねた。

「カイの遺体が見つかったと聞いて、カール・オスカーとわしはストックホルムに向かったんだ」

バーグマンはコルスタを見つめてうなずいた。コルスタはまた眼を閉じていた。

「わしらはあらゆることを試した。が、そのたびにやつらに阻止された」彼はバーグマンの腕から手を放した。が、心電図のモニターの示す脈はまだ速かった。白い患者衣の隙間から左胸にセンサーが取り付けられているのが見えた。

「何を試したんです……?」

コルスタはまた眼を開けた。そのあと喘いで、酸素マスクを示した。バーグマンは酸素マスクを手渡した。

「カイとは誰なんです?」思った以上に大きな声になっていた。

「カイ（Kaj）の〝イ〟は〝i〟ではなく〝j〟だ。忘れるな。カイだ」

「わかりました。〝j〟で終わるカイですね」

コルスタは酸素マスクを手で押さえ、頭を振って眼を大きく見開いた。心電図のモニターが甲高い音を発した。アラームだ。バーグマンは心の中で毒づきながらナースコールボタンを押した。カイとはいったい誰なんだ?

コルスタは充分な酸素を吸えたらしく、いきなりマスクをはずした。眼に涙が溜まっていた。左眼からこぼれ落ちた一粒の涙にそっと指をやって、彼は言った。

「悲しいのは――もう誰もカイを覚えていないということだ」彼はしわだらけの手をバーグマンのほうに伸ばした。「誰も。彼は一番優秀だった。誰もカイには敵わなかった。カール・オスカーもマックスも」

バーグマンが口を開こうとしたところでドアが開いた。

「お引き取りください。これ以上コルスタさんを興奮させないでください」バーグマンがコルスタを殺そうとでもしているかのように、厳しい声で看護師が言った。

コルスタは看護師のほうに手を伸ばした。その拍子に点滴のスタンドが引っぱられ、顔をしかめた。

「ふたりで話させてくれ。頼む」と彼は看護師に頼んだ。

「だったらここにいます」と看護師は言った。

コルスタはバーグマンにもっと近づくよう合図した。彼の声は聞き取れないほど小さくなっていた。

「スウェーデン人どもがわしらの訴えを取り下げさせた。カール・オスカーは何か怪しいと言っていた。実際、何かおかしかった。わしらがストックホルムに行ったのはカイの遺体が見つかった数日後だったんだが、これ以上詮索するなとスウェーデン当局に強く牽制されたんだ。カール・オスカーは真剣に受け止めていた、カイの死のことを。とても真剣にな」

コルスタは眼を閉じた。息が洩れる音とがらがらという音が咽喉から聞こえた。医師でなくても、心電図のモニターが示すところは理解できた。心臓が耐えられないほど脈が速まっていた。看護師がもうひとりはいってきた。

「今すぐ出てください」最初の看護師がバーグマンを見もせず言った。

「彼が言おうとしたことを聞かなくちゃならないんだ！」ほとんど叫び声になっていた。

この部屋に案内してくれた医師が来て、眼を見開いてバーグマンを見つめた。この日三度目のシフトで興奮誘発剤でも飲んだかのような顔をしていた。

「出て」と彼女は言った。「出ていきなさい、今すぐ」

かつて北欧一の規模を誇った病院の外は閑散としていた。車椅子の男がひとり、煙草を巻いていた。バーグマンは自分も煙草を取り出して、正面入口のそばの小さな緑地に置かれたベンチに坐った。煙草を吸ううち気持ちが落ち着いてきた。同時に、頭の中は手帳に書いた〝カイ〟という名でいっぱいになっていた。

その日の夕方、バーグマンはスーパーマーケットでカートに必要以上にものを詰め込んでいた。無意識のうちに孤独である自分を隠そうとしていた。レジに向かいながら、いったい誰から隠そうとしているのだろうと思った。自分自身か？　それとも若いレジ係か？

おそらくそのレジ係の女性に、自分を待っているのは早く開いてほしがっているポケットの中の小さな手帳だけだと思われるのが嫌だったのだろう。

アパートメントに戻ると、シチューの缶詰の中身を鍋にあけて火にかけてから、パソコンの電源を入れた。残りの食料品は玄関からはいったところに置いた。食べきれない量を買ったので、冷蔵庫に入れようと入れまいと意味がなかった。どうせほとんど捨ててしまうのだから。自分がマリウス・コルスタのように死の床に就くときには、枕元に誰がいるのだろうと思った。思ったそばからその思いを追い払った。

検索窓に〝カイ　第二次世界次大戦〟と入力した。

画面いっぱいに検索結果が出た。

〝カイ・ホルト　一九一三～一九四五年〟

これにちがいない。

〝ホルトは一九四五年五月、ストックホルムで謎の死を遂げた。カール・オスカー・クローグが一九四二年秋に命からがらスウェーデンに逃げたとき、ノルウェーのレジスタンス組織〈ミーロルグ〉、イギリス諜報部、オズワルド・グループ、ストックホルムのノルウェー公使館を唯一つなぐ存在がホルトだった。カイ・ホルトはオスロでのクローグの上司だった〟

コルスタに話を聞いたのは無駄ではなかった。一行目の謎の死というのがいかにも怪しい。ホルトの死を調べようとして阻止されたとコルスタは言っていた。カイ・ホルトはクローグ殺しの犯人を見つけるための切符になるのか。そもそもクローグとホルトはノールマルカで見つかった三人とどんな関係にあるのだろう？　偶然とは思えない。バーグマンは偶然を信じない。だからこれまでに信じたことは数回しかない。そのたび最悪の結果になった。

画面を下にスクロールして、また上に戻った。

何かが心に引っかかった。

〝カイ・ホルトはオスロでのクローグの上司だった〟

どこかで携帯電話が鳴っていた。

無視しようと思ったが、結局、廊下まで取りにいって電話に手を置いた。電話は鳴りつづけた。ディスプレーを見ると、同僚のベントからだった。が、話す気分にはなれなかった。今は誰とも話したくなかった。たとえ相手がハジャでも。

呼び出し音が止まった。バーグマンは携帯電話を持ってパソコンのまえに戻った。

「カイ・ホルト」ベントからの電話のことを忘れるためにわざと声に出して言った。

クローグ殺しとホルトの死には何か関連があるのだろうか？　可能性は高くはないが、ありえないことではない。戦後すぐクローグがホルトの身に何が起きたのか調べようとすると……

また電話が鳴りだした。

バーグマンは長々と悪態をついた。ベントは簡単にあきらめる男ではない。電話の電源を切ったら、直接ここまでやってくるだろう。

しかたなく電話に出た。

「元気か？」とベントは言った。「まだ仕事中か？」

以前のように親しくしたいのか、愛想のいい声だった。ヘーゲと別れてからベントとはほとんど話していなかった。

「まあな」とバーグマンは答えた。

「今、外にいるのか？」

「いや」と彼はため息まじりに答えた。「家だ。事件について調べてる」

バーグマンは居間を見まわした。ヘーゲが出ていってから指一本触れていないかのように見えた。彼女は何も持たずに出ていった。本一冊、壁のリトグラフ一枚持たずに。そのため骨董品の並ぶ博物館のように見えた。すべてがうっすらと埃をかぶっていた。

「腹は減ってないか？」とベントは訊いてきた。

「ああ……」ここでやっと彼はキッチンからシチューの焦げたにおいが漂っているのに気づいた。

「一時間後にうちで食べよう。マイケンがタパスをつくってる。そのあとテラスでビールでも飲もう」

バーグマンはコンピューター画面を見つめた。〝カール・オスカー・クローグ〟と表示されていた。が、集中できなかった。

「会うのを愉しみにしてるよ、トミー。やっとマイケンにも会ってもらえるし」

なんと言えばいい？　友人と呼べる相手はバーグマンにはもう何人も残っていなかった。あと二年で四十になるが、すでに長いことどん底を味わっている。孤独以外はほぼ何も思い出せなくなっている。顔をこすった。過去の情景が頭の中を駆け抜けた。よく一緒に過ごしたものだった。バーグマンとヘーゲ、ベントと彼の前妻のマリアンヌの四人で。ベントとのつきあいは長く、警察学校にかよっていた頃からだから、もう十七、八年になる。いわば歴史を共有する仲だ。だからヘーゲのことについてもベントには非難された覚えがない、たぶん。そのことを思い出し、バーグマンはベントに助けを求めようとしなかったことに今になってうしろめたさを覚えた。助けを求めていたら、彼はまずまちがいなく力になってくれたのに。おれたちの仕事に暴力はもちろんつきものだが、暴力は家庭に持ち込むものじゃない。そう言えば、以前ベントはそんなことを言わなかったか？

一時間後、バーグマンは自宅から徒歩十分ばかり、ステインリ通りにある最近改築された古い家のドアのまえに立っていた。手に持っているワインはヘーゲが何本も置いていったうちの一本だ。

女性がドアを開けた。長い茶色の髪を頭のてっぺんでまとめていた。バーグマンはその女性の若さに驚いた。が、どう考えても眼のまえのこの女性がマイケンなのだろう。彼女は力のこもらない握手をして、バーグマンが名乗っても自分のほうは名乗らなかった。何を考えているのかわかる気がした。バーグマンがどういう男か知っているのだろう。中に招き入れはしたが、よそよそしかった。バーグマンをディナーに呼ぶかどうか、夫婦で言い争ったのかもしれない。ベントが階段を降りてきて、やっとバーグマンも歓迎されているという気分になれた。ベントは心からの笑みを見せ、バーグマンをハグして背中を軽く叩いた。そして、また会えて嬉しいと言った。ベントのそんな温かい歓迎ぶりを見て、マイケンの態度も少し和らいだ。ぴったりしたトップスの下で腹が少しふくらんでいた。ほかの部分は引き締まっているので、妊娠していることは容易に知れた。

「いい家だな」とベントのあとについて居間にはいりながらバーグマンは言った。自分のアパートメントとはあまりに対照的だった。だから、どうやったらこんなところに住めるのか、などとは訊く気にもなれなかった。

「ほんとによく来てくれた、トミー」ベントは筋骨隆々たる逞しい腕をバーグマンの肩にまわし、インテリア雑誌から抜け出たような敷石のテラスに案内した。場ちがいなものは何ひとつなかった。インテリアに見合う花、選んだ者のセンスのよさがよくわかる統一感のある家具。むしろその場に似つかわしくないのはベントだった。特別作戦課に異動してから、彼はそこでの同僚同様、ごろつきのような外見になっていた。髪は伸ばし放題、ひげも剃らず、両腕はタトゥー——おそらく偽物だろうが——に覆われている。笑みと陽気な眼だけは以前のままだったが。それでもバーグマンは気になった、覆面捜査官の暮らしにどう耐えているのか。が、そんなことを考えたそばから思い直した。自分も似たり寄ったりではないか。

三人は日影になったテラスでタパスを食べた。主にベントが話題を提供した。マイケンは感じのいい女性だったが、バーグマンに対しては常に適度な距離を保っていた。確かに魅力的な女性ではある。それでも、バーグマンにはベントがマリアンヌと息子を捨ててまでマイケンを選んだ理由がわからなかった。特別聡明な女性とも思えなかったが、アーケル大学病院の看護師長に転職したばかりで、そのことからすると妊娠したのはあまりいいタイミングではなかった、という本人の説明を聞いて、バーグマンは彼女に対する評価を改めた。

「看護師っていうのは――」とベントが彼女の手を取って言った。「いなくなられたら困る職業だ」

そのとおりだ。看護師がいなかったらわれわれはどうすればいい？

ベントは、パトロール警官だった頃のことやSWATとの合同捜査に関する逸話を披露して場を和ませた。もちろん、バーグマンとともに経験したことを何もかも明かすような愚は犯さなかったが。警官の職務にはときに親しい者にも話せないようなことが含まれる。今のバーグマンの暮らしぶりについては、ベントもマイケンも極力触れないようにしていた。

一時間後、マイケンはサンペルグリーノを飲みおえ、体を休めに家の中に戻った。

ふたりでテーブルを片づけると、ベントは中にはいり、ビールを持ってまた出てきた。しばらくふたりはあたりさわりのないこと――昔の仲間のこと、最近ベントが手がけた事件のこと、それにカール・オスカー・クローグのこと――を話した。が、互いによく知る者同士、仕事のことには深入りせず、表面的で型どおりの会話に終始した。バーグマンにはベントがプライヴェートな話題を避けているのがわかったが、それで一向にかまわなかった。むしろありがたかった。

バーグマンが煙草に火をつけたところでベントがようやく言った。「最近ヘーゲと話したのか?」

バーグマンは親指をライターにかけたまま手を止めた。

「いや」そう答えてから火をつけた。

ベントは長い髪をうしろでひとつにまとめてからまたほどいてうなずきながら言った。

「ここに何度か来た。一応言っておくと、新しい男と一緒に」

「そうか」

「元気そうだった」

バーグマンは何も言わなかった。おまえはおれが元気かどうかは訊かないのか? そう思ってから首を振った。自己憐憫(じこれんびん)というのは概して醜いものだ。一方的に自分に非がある場合はなおさら。バーグマンはふと思った――ベントが今日おれをここに呼んだのは、今後もヘーゲとは友達づきあいを続けるつもりであることをおれに伝えたかったからだ。

「そろそろ帰ったほうがよさそうだ」これ以上耐えられなかった。次に何か言ったら、今すぐセラピストにかかれと言われかねなかった。

「おれたちが友達同士でいることは受け入れてくれ」とベントは言った。「おれとヘーゲのことだが」

バーグマンはあきらめたようにため息をついた。

「いや、おまえがため息をつかなきゃならないようなことじゃない」とベントは言った。「長居しすぎた。これでもやることがあれこれあってね」

「家で何が待ってるんだ？」

バーグマンには答えられなかった。

「今みたいな生活をいつまでも続けるわけにはいかないぞ、トミー」

ふたりは押し黙ってビールを飲んだ。もしかしたら、今ふたりが望んでいるのはまったく同じことかもしれなかった。すべてが昔に戻ることだ。バーグマンがヘーゲを殴ることも、ベントが別の女に出会うこともなかった昔に。

ベントはキッチンで食洗機に食器を入れた。長居しすぎたと言いはしたものの、バーグマンはすぐには帰る気になれなかった。ベントの言うとおり、家で何が待ってる？

「最後にもう一本どうだ？」とベントがテラスに戻ってきて言った。薄暮の柔らかな光が庭を覆っていた。木々が芝生に長い影を投げかけ、E6号線を走る車のかすかな音がカバの木の上でさえずるムシクイの鳴き声とハーモニーを奏でていた。北欧の夜の静けさが市を包んでいた。

バーグマンはベントからハイネケンの缶を受け取り、今はヘーゲのことは忘れようと心に決めた。

「カイ・ホルトって聞いたことあるか？　戦時中の人間だが」ベントが坐るとバーグマン

は尋ねた。

　ベントは首を振った。

　バーグマンはホルトについてわかっていることを話した。ベントは黙って聞いていた。

「関係があるというのはおれの気のせいかもしれない」

「確かになんとも言えないが、ひとつ役に立てそうなことがある。フレデリク・ロイターにはストックホルムの国家警察に親しい友人がいる。かなり上の人間だ。だから裏から手をまわせるかもしれない」

　わずかながらも可能性が出てきたことにふたりは乾杯し、バーグマンはその後もしばらく、あたりがさらに暗くなるまで居残った。いつかまた幸せになれるかもしれない、少なくとも昔程度には幸せになれるかもしれない。そんなことばを何度か心に念じた。マイケンのところへ行って、〝おれはほんとうはちがうんだ。きみがみんなから聞いてるような人間じゃないんだ〟と言いたい衝動を心のどこかに覚えながら。

　家に帰ると、明かりをつけずに玄関に佇んだ。ここにずっと立っていたら、彼女は出ていかなかったかもしれない。そう思った。

　五分ほどそうしてから、明かりをつけ、歯を磨いた。水を止めたとき、玄関から携帯電話のメールの着信音が聞こえた。

　一瞬ヘーゲかもしれないと思った。愚かなことに。首を振り、メールを開いた。

〝こんばんは、トミー。娘がいつもお世話になってることにお礼を言いたくて。サラはヨーテボリを愉しみにしていて、その話しかしないわ。ところで、突然だけれど、明日の夜はお暇ですか？　夕食をどうかしら。もしお暇なら、わたしは七時に仕事が終わるの。練習のあと、八時か八時半ぐらいでどうかしら？　お互いのことが少しはわかるようになるかも。　ハジャ〟

二十八章

一九四二年五月七日　金曜日
レインボークラブ
クリンゲンバルグ通り
オスロ　ノルウェー

給仕長の案内で大勢のドイツ人やノルウェー人のナチのあいだを通り抜け、アグネス・ガーナーはダンスフロアに面した最前列のテーブルについた。自国に忠実なノルウェー人をここレインボークラブで見つけることは、日々にむずかしくなっているが、今でもまだ双方が集い、自分が中立的な立場にいることが感じられる数少ない場所のひとつではあった。憎きドイツ人はもう二年以上もノルウェーに居坐っている。なのに、わたしなんかがいったいどんな役に立つというのか。アグネスは今もまた同じ無力感を覚えずにはいられなかった。

給仕長が椅子を引いて、「どうぞ、ガーナーさま」と〝さま〟を強調して言った。アグネスは笑みを浮かべてみせた。最高裁判所弁護士――ナチの規則に基づいてこの称号が与えられた――ヘルゲ・シュライナーが彼女の手に手を重ね、もう何度目だろう、きみは世界一美しいとまた言った。シャンデリアの明かりを受けて彼の結婚指輪がきらりと光り、その指輪の輝きにシュライナーは思い出してもよかった――夫が秘書と何をしているのか重々知りながら、夫の帰りを自宅で待っている妻がいることを。

「きみは誰より美しい」楽団がいなければ店内の全員に聞こえたかもしれない大きな声で、シュライナーは繰り返した。

今のことばが別の世界で、別のときに、別の男性から贈られた賛辞であれば、アグネスとしても同意する誘惑に駆られていたかもしれない。新しい黒いドレスがよく似合っているのは自分でもよくわかっていた。シュライナーの連絡窓口――おそらくはドイツの国家弁務官ヨーゼフ・テアボーフェンのスタッフに近い人物――経由でパリから取り寄せたものだった。が、彼女が今夜このレストランで自分をよく見せたいと思っている理由はもっと別なところにあった。シュライナーには絶対に知られてはならない理由だ。彼に買ってもらったダイヤモンドの指輪を弄びながら、アグネスは自分の置かれた状況を大いに恥じていた。自分は仕事をするためにここにいるのだ。シュライナーや、そのまえのウィルヘルムセンのような取るに足りないナチとベッドをともにするためではない。ウィルヘルムセンなど、有用な秘密情報をアグネスに流すという点では、シュライナー以上に使いものにならなかった。シュライナーのほうはまだ高官たちにコネがあるようだが。それでも、これまでのオスロでの自分の試みはすべて徒労だったのではないか。アグネスはそんなことを思いはじめていた――一号もピルグリムもわたしの仕事に満足しているようだが。アグネスには、自分がナチの弁護士から引き出した情報が連合軍のどんな役に立っているのかさえ知らされていなかった。シュライナーはオスロの行政官や一部のドイツ人上級将校とつきあいがあったが、アグネスが集めた情報の大半は、抱かれることに同意すれば誰でも入手できそうな普通の噂話だった。運が悪ければ、妊娠する可能性もある。そうなったら誰が助けにきてくれるというのか。課報部はアグネスを売春婦として利用したあと、責任を負ってくれるのだろうか？　ほんとうに彼らを頼りにしていいのかも彼女にはもうわからなくなっていた。課報部内のことはそもそも何もわからないことだらけだが、今では課報部自体がオスロとロンドンを結ぶただの細い糸のような存在にしか思えなくなっていた。現にアーチボルド・ラフトンたちは二年まえに逃げ出さざるをえなくなった。残った者たちもグットブランズダーレンでの悲惨な戦闘のあと、放り出されたらしい。しかし、それにしても狭い谷間で戦闘を始めるとは。そんなことを考えるのは、クリストファー・ブラチャードやその仲間のような無知な人間だけだ。失敗することぐらい子供だってわかる。あまつさえチェンバレン英首相が送り込んだのは、パイプをくわえて肩にライフルを掛けてポーズを取っているような、家族持ちの男たちの寄せ集め部隊だった。いずれ世界じゅうがヒトラーに媚びへつらうようになるにちがいないと不安を覚えるのは、それほど見当はずれなことだろうか？　近いうちにロンドンでもドイツ語が話されるようになるのではないかと思うのは。そんな重大局面にあって、ここでわたしがしているのは使い走りだ。隠れ家と職場を行ったり来たりしつつ、吐き気がしそうなあらゆるやり方でシュライナーに〝奉仕〟しているだけだ。アグネスは時々、一号とピルグリム、それにもちろんブラチャードを呪った。彼らは女にはこの程度のことしかできないと決めつけている。あの大酒飲みのブラチャードは数ヵ月にわたってわたしを貶め、身も心もぼろぼろにし、ベスを殺させ、最後にここオスロに捨てた。また会うようなことがあったら、平手打ちぐらいは絶対してやろう。

アグネスは心ここにあらずといった体でシャンパンを注文して、メニューを開いた。

「ボトルで頼む！」とシュライナーが大声をあげるのが聞こえた。今夜もまた彼はあの眼つきをしている。もうすぐ一緒にディナーをとるカップルがやってくる。彼らも初心で騙されやすいノルウェー人のナチだ。ああ、神さま！　思わず心の中で悲鳴が洩れた――実際のところ、今、わたしは進退きわまっている。ピルグリムはストックホルム経由でイギリスに渡る話をしていたけれど、わたしにも同じことができるだろうか。アグネスは内心そんなことを考えながら、シュライナーに彼を喜ばせる偽りの笑みを向け、トルコ煙草を一本受け取った。

楽団がジャズのナンバーを演奏しはじめた。シュライナーはジャズを黒人どもの音楽と呼びながら、それでもその音に活力を得たかのように、グラスのステムを持って中身を飲み干した。そして、いかにももの欲しげな眼をアグネスに向けて、ふたりのグラスに酒を注ぎ足した。アグネスはジャズの演奏を聞きながら、ドイツ人がこのクラブをまだ閉めていないことを奇跡と思った。とはいえ、彼らがノルウェーの愛国者を叩き出すのはもう時間の問題だろう。そう思い、アグネスは皮肉交じりにさらに思った——これだ！　これこそピルグリムと一号に流せる情報だ。レインボークラブは近々閉鎖される。今後ここで聞けるのは軍隊行進曲、食べられるのはキャベツのクリーム煮だけになる！　この事実をすぐチャーチルとトリグブ・リー（当時イギリスに亡命していたノルウェー政府の外務大臣）に伝えてちょうだい。そんなことを考えていると、もう少しで笑いだしそうになった。そのときちょうど食事をともにする相手がやってきた。アグネスはどうにか笑いをこらえた。

シュライナーは立ち上がると、同僚のロルフ・ヨーダルとあまり賢そうには見えないヨーダルの愛人ビョルグを大げさに迎え、べたべたとお世辞を浴びせた。アグネスは聞いているだけで気分が悪くなったが、どんなチャンスも逃すわけにはいかない。それにしても自分とビョルグはなんと似ていることだろう。お金のためにナチの中年男の俗っぽさを自ら進んで受け入れている彼女と自分はどこがちがうのか。

アグネスはほぼ満席になった店内を見まわした。テーブルは何列か並んでおり、楽団はひとつの壁の中央につくられたステージの上で演奏していた。客として来ているのは、ノルウェー人のナチ、数は少ないが、金曜日の夜をオスロ一のダンスクラブで過ごすために金を掻き集めてやってきたまっとうなノルウェー人、アグネスのような女性を引き連れたドイツ人将校。その三つのグループに分けられた。

アグネスは最近、第二のグループ――反ナチのまともなノルウェー人――に向かって叫びたくなる衝動をこらえきれなくなることがよくあった。立ち上がってこう叫ぶのだ――〝わたしはあなた方が思っているような人間ではありません。あなた方を助けるためにきたのです！〟と。もちろんそんなことはできない。これまでいったいなんのために耐えがたいまでの恥辱に耐えてきたのか。今となっては何もかもが空しいが。以前から知っているオスロの数少ない古い友人は、今では彼女に口も利いてくれなくなっていた。一方、ただひとりの身内である姉は、表面上熱心なナチになったアグネスの決断を愚かにも称賛してくれていた。いとこと名乗った男には一年まえ、まさにこの場所で唾を吐きかけられた。それ以外の親戚にはオスロに帰ってきて以来、一度も会っていない。ただ、彼女の実父はアグネスのよく知らない理由によって、彼女が幼い頃から一族と疎遠になっていたので、その点はありがたかった。今の自分を父の眼にさらさなくてもすんだだけでも。以前オスロに住んでいたときから長い年月が経っているので、アグネスを知っている者はそもそもほんのひと握りだったが、本物の愛国者は出歩くことが今やほとんどできなくなっており、その人たちと顔を合わせなくてもすんでいることも、ありがたいことのひとつだった。

アグネスは最初のうち、テーブルの会話に半分だけ耳を傾けて、時折ことばをはさんだりしていたが、頭の大半はほかのことに占められていた。だから、最初は術なげに料理をつつきながら聞いていたが、最後には興味のあるふりをすることすら面倒くさくなってきた。

ピルグリム。ロンドン。彼と一緒にロンドンに住むこと、そして彼を愛すること。彼女はそんなことを想像していた。ドイツ人はいない。ふたりだけの世界だ。どうにもならない彼への思いに彼女も二年近くは抵抗した。が、最後には抵抗しきれなくなり、昨秋のある朝、ふたりはひとつのベッドで目覚めた。まえの夜、隠れ家で一号とピルグリムと彼女の三人で飲みすぎたのだ。アグネスが尋問を受けた一九四〇年四月以降、一号に会ったのはその夜を含めてほんの数回だった。その夜、一号はやけに落ち込んでいて、神経質にもなっているようだったが、アグネスはあまり気にならなかった。一号がソファで眠りに落ちたらピルグリムをベッドに誘い込む――そのことしか考えていなかった。そして、それはあっけないほど簡単だった。ピルグリムのほうも彼女に、フロリス・カフェで初めて会ったときから愛していたと言った。えてして男はそういうことを言うものだ。アグネスもそれぐらい知っていた。それでも信じたかった。それに本気で言っているように思えた。嘘偽りないことばに。

まったく。アグネスは改めて思った。このふたりの男たち。戦争。ピルグリムにはもう二ヵ月会っていない。まる二ヵ月、彼なしで過ごしてきた。最初のひと月は耐えがたかった。毎週月水金、シュライナーと夜をともにしなければならず、ピルグリムとは会えなかった。三月以降、なんの連絡もない。一号に彼の居場所を訊くこともできなかった。

ほんとうは彼がいないほうがいいのかもしれない。彼と関係を持つなんて狂気の沙汰だ。自殺行為だ。

いや、最悪なのは二度と会えないかもしれないという思いにすでに慣れはじめていることだ。もしかしたら彼はもう死んでいるのかもしれない。

「ダーリン、どうした?」デザートが運ばれてくると、シュライナーが言った。照明が落とされ、ダンスフロアではイヴニングドレス姿の女性たちとタキシード姿の男性数人、それに軍服姿のドイツ人が踊っていた。

チョコレートケーキは模造バター——クジラの脂肪にちがいない——の味が強かった。シェフはそれを大量のヴァニラソースでごまかそうとしていたが、そのソース自体ヴァニラの味とはほど遠かった。

「なんでもないわ」とアグネスは答え、ケーキを押しやってシュライナーの煙草に手を伸ばした。シュライナーはライターを手に取り、心配顔でひかえめな笑みを浮かべた。そうして煙草を一服したそのとき、アグネスは誰かに見つめられているような気がした。表情を変えず、椅子の背にもたれ、シュライナーの手を握った。シュライナーはまさにそうしてほしくてテーブルの上に手をのせていた。

アグネスはダンスフロアのまわりに馬蹄形に並べられたテーブルの列にそれとなく眼をやった。アグネスたちのテーブルは壁の近くだったので、見通しはよくなかった。が、誰かに見られていたのはまちがいない。男に見つめられるのには慣れているが、今のはいつものそれとはちがう気がした。

「ねえ」とアグネスはシュライナーに言った。「ダンスを申し込んでくれないの?」そう言って、シュライナーを引っぱって立ち上がらせた。最高裁判所弁護士のシュライナーを言い表わすことばはいろいろあるかもしれないが、その中にダンスがうまいというのは含まれない。実際、眼もあてられなかった。アグネスはそんな彼と長く踊るつもりはなかった。シュライナーの無作法な手に腰を支えられながらぎこちなく何曲か踊るうち、自分を見つめている男が見つかった。

店内の反対側のテーブルで、何人ものドイツ人将校、民間人ふたり、若いノルウェー人女性数名と一緒に坐っていた。白髪まじりの髪をうしろに撫でつけ、着ているタキシードは真っ白で、襟がまだ光っていた。身動きすることなくじっと坐ったまま、アグネスの一挙手一投足を見つめていた。踊りながらそちらのほうに顔が向くたび眼が合った。テーブルに漂う煙草の煙越しにもその顔がひどく淋しげなのが見て取れた。アグネスは自分の称賛者をもっとよく見ようとシュライナーから一歩体を離した。レインボークラブにいるのに、見るからに憂鬱そうな顔をしていた。それでもアグネスと眼が合うたび顔が明るくなった。彼と同じテーブルのドイツ人将校たちは、シュライナーのドイツ人仲間が夢見るような高位の記章をつけていたが、その高位の将校たちすらタキシードの男には敬意を持って接しているのが傍目にもわかった。彼自身ドイツ人なのかもしれない。が、それは重要なことではなかった。重要なのは、彼がひそかに、しかし、明らかにアグネスに関心を持っていることだ。このチャンスを逃すわけにはいかない。

演奏が終わり、ダンスはもう充分だとシュライナーは言った。アグネスはシュライナーの背中に手をまわして、タキシードの男のテーブルのほうを向いていた。男はアグネスにグラスを掲げてみせた。一瞬笑みを浮かべかけ、そこで気が変わったようだった。アグネスのほうはすばやく微笑み、そのあとシュライナーに促されてダンスフロアを離れた。

またシュライナーと同じテーブルにつかなければならないのが苛立たしかった。大きなチャンスかもしれないのに。あの男はただ者ではない。アグネスは眼を伏せ、会話を長々と始めようとするシュライナーから逃れた。数分後、楽団はその夜二度目の休憩にはいり、アグネスにきっかけを与えてくれた。テーブルに戻る人々がいれば、店の一番奥のバーに向かう人々もいた。不意に視界が開け、タキシードの男のテーブルがよく見えるようになった。眼が合い、彼はまたグラスを掲げた。今回は微笑んだ。隣りに坐るドイツ人が彼に話しかけていたが、その眼がアグネスから離れることはなかった。

　やがてシュライナーもアグネスがほかの男と視線を交わしているのに気づいたようで、アグネスの手に手を重ねた。アグネスがあまり賢そうには見えないビョルグに顔を向けると、ビョルグはアグネスをまじまじと見て眉をひそめた。ヘルゲ・シュライナー以外の男に興味を持つなど、ビョルグには理解できないのだろう。

「きみは私とここにいるんだぞ」弁護士は食いしばった歯の隙間からことばを押し出すようにして言った。「なのに、きみはほかの男に色目を使ってる！」

「あれは誰なの？」アグネスはテーブルに身を乗り出して、煙草の煙に満ちた店内の反対側を示し、臆せず尋ねた。そのテーブルでは、ふたりのドイツ人上級将校が席を立ち、それぞれ若い女性をエスコートしてバーに向かっていた。

　アグネスの胸の内がわかったのだろう、シュライナーは急に不機嫌な顔になった。アグネスのほうは、将校たちの記章とタキシードを着た魅力的な男しか眼にはいらなかった。当然ではないか。アグネスはシュライナーの手を取りながら内心思った。彼はアグネスより二十歳年上だった。アグネスのバッグにはトイレットペーパーにくるんだ青酸カリがはいっている。これまで何度かパニックになって、アグネスはそのカプセルを下着の中に隠したことがあった。幸いシュライナーは紳士で、アグネスが服を脱ぐまでは下半身に手をやるようなことはなかったが。

「気の毒な人でね」とロルフ・ヨーダルがアグネスの質問に答えて言った。「あれはグスタフ・ランデだ。きみも名前は聞いたことがあるだろう？　数年まえ、奥さんを出産で亡くした。莫大な財産を抱えてひとり娘とヴィンナレンの邸宅に住んでいる」

アグネスは努めて興奮を抑えた。それでも腕に鳥肌が立ったのがわかった。ランデの名前は、この二年のあいだに数えきれないほど出席した国民連合の集まりで何度も聞いたことがあった。大半が内容のないただの噂話だったが、そんな噂からでもランデがあらゆるノルウェー・ナチから尊敬されていることは容易に知れた。彼は誰にも、そう、ドイツ人にさえ利用されない。数年まえ何もかもがクヴィスリング党首の思惑どおりに運ばず、国民連合が窮地に立たされたときには、党を助けたこともあった。そして、今はドイツの国家弁務官テアボーフェンと友好な関係を築いている。そんなランデのまわりにはそのおこぼれに与ろうという輩が群れを成して集まっている。

アグネスに向かって微笑んでいるのがそのグスタフ・ランデだったのだ。今は彼の顔もいくらか明るくなっていた。ハンサムというわけではなかったが、ヘルゲ・シュライナーとは段ちがいだった。はるかに垢抜けていた。

「きみは私と一緒にいるんだぞ」と言って、シュライナーはアグネスの太腿に手を置き、痛いほどきつくつかんだ。アグネスが脚を動かそうとするとさらに強くつかんだ。

「ちょっと歩いてくる」ロルフがそう言って、ビョルグを立たせた。

アグネスはシュライナーの手を太腿からどけさせた。意外にも彼は抵抗しなかった。このチャンスを逃すわけにはいかない。

「ヘルゲ」とアグネスは彼の手を握り、囁いた。「もうこれ以上無理。そのことはあなただってもうわかってる。ちがう?」

彼がどんな反応を示すかアグネスにはわからなかった。シュライナーはこのところ、妻が疑いを強めていることを次第に心配するようになっていた。そもそも妻が知らないとでも思っていたのだろうか?

見ると、シュライナーの眼が潤んでいた。今にも子供のように泣きだしそうだった。信じられない。アグネスはとことん軽蔑したが、あとしばらくは一緒にいるべきかもしれない。シュライナーは眼をしばたたいて謝った。が、もう遅かった。グスタフ・ランデがすでに彼らのほうに向かってやってきていた。黒いドレスの下で心臓の鼓動が大きくなったのがアグネスには自分でもわかった。ランデは近くで見るほうが魅力的だった。

「ご友人をダンスに誘ってもよろしいかな?」テーブルまで来ると、ランデはシュライナーに尋ね、返事を待つこともなく、アグネスに手を差し出した。

ランデに手を握られるとアグネスは安心できた。同時に、捕まったときの青酸カリの味をなぜか想像した。もっとも、それはこれまでに何度もあったことだが。いつか捕まるにちがいない。味はひどくまずいはずだが、さほど苦しまないそうだ。そこまで考え、すぐにそんな思いを振り払った。考えるだけでも恐ろしい。こんなにしょっちゅう考えていたら、ほんとうに現実になりかねない。

「彼はきみには歳を取りすぎてるんじゃないか？」ダンスフロアに出ると、ランデは言った。楽団はワルツを奏でていた。ドイツ人将校のリクエストか、あるいは命令ということもありうる。ランデはそこでつくり笑いを浮かべた。シュライナーと比べて自分もそれほど若いわけではない。そんなことはわかっている、とでも言わんばかりに。

ふたりはしばらく無言で踊った。シュライナーとちがってランデはダンスがうまく、自信たっぷりにアグネスをリードした。アグネスは思った——彼がここでわたしのバッグを探って青酸カリのカプセルを見つけたらどうなるだろう？　月曜日にシュライナーに解雇されてしまったら？　そんな思いが頭に浮かんだが、すぐに振り払った。かわりに、眼を閉じてランデに寄り添い、もっと愉しい空想に浸った。その空想の中ではすべてが終わっていた。そして、そばにいるのはランデではなくピルグリムにすり替わっていた。母はあの母ではない別人で、父はまだ生きていて、そして自分はピルグリムとふたりでどこか田舎の小さな家で暮らしている。ケント州のどこか、ウェスターハムのあたりとか。

「もう何年も踊っていなかった」曲が終わりに近づくと、ランデはアグネスの耳元で囁いた。アフターシェーヴローションと葉巻と酒のにおいがした。それが魅力的にさえ思えた。

「そんなふうに思わなかったけれど」

「次の曲も私と踊ってくれるかな？」

アグネスは黙ってうなずいた。

「まえにもきみを見たような気がしてならない」

神さま、どうか——

「それはありえないと思うけれど」

「たぶん夢の中でだな」奇妙なことにアグネスには彼の微笑みも魅力的に思えた。人を和ませる笑みだった。自分は危険ではない、怖がる必要はない。アグネスにそんな思いを伝えようとしているかのような笑みだった。

十五分後、シュライナーは消え、アグネスは怖がることはないと自分に言い聞かせながら、ランデのテーブルについて、ナチスの親衛隊少佐と、ノルウェー内部の敵を一掃するためにもユダヤ人を追放すべきだと話し合っていた。ランデはそのあいだずっとアグネスの背中にひかえめに手を添えていた。

「きみのおかげで生き返った気がする」と彼はアグネスの耳元で囁いた。テーブルの反対側から甲高い声があがった。客の誰かのことばに反応した若い女性の笑い声だった。ドイツ人将校たちも一緒になって、ここレインボークラブより戦場にこそふさわしいがさつな笑い声をあげた。

アグネスは微笑んで、ランデの手を強く握った。彼は自分のことばに決まり悪くなったのか、一瞬眼をそらした。アグネスはその横顔を見つめた。四十を超えてはいないだろうが、髪にはすでに白髪が交じっていた。顔にしわはほとんどなく、ハンサムとは言えなくても魅力的でやさしい眼をしていた。ナチなのに。

黒い空から小雨が降る中、アグネス・ガーナーは自宅のある通りに立っていた。レインボークラブから乗ってきたタクシーはすでに走り去っており、ハンメルシュタードゥ通りは静まり返っていた。バッグの中の鍵を捜していると、車が近づく音がした。誰かに尾けられていたのだろうか？　距離があと十ヤードほどになったところでヘッドライトがついた。鍵はまだ見つからなかった。酔いながらも自分でも考えられないほどの速さで建物の玄関のドアまでたどり着いた。

振り返ると、ブラックアウトライト（軍用車両に使われる水平方向を照らすライト）の下にふたつ弱いライトがともっているのが見えた。助かった。ドイツ人ではない。ドイツ人はダッジ——少なくともアグネスにはそう見えた——には乗らない。しかし、タクシーでもなかった。アグネスは帽子のつばで顔を隠そうと無駄な努力をした。それからドアのほうを向いて鍵を捜した。かすかな雨音の中、車が速度を落とすのがわかった。それからまたスピードを上げて走り去った。

やっと鍵が見つかった。

用心しながら三階まで階段をのぼった。三階までのぼったときには立っていられないほど疲れきっていた。しばらくアパートメントの玄関ドアのまえでふらつきながら立っていた。〝ガーナー〟と彫られた表札はかつて母が何を思ってつくったのか、高価な真鍮製だった。今日の光景が頭の中で渦巻いた。光を放つシャンデリア、ランデのにおい、アグネスに対するドイツ人将校たちのあけすけな振る舞い、シュライナーがどう出てくるかという不安。もっとも、その不安は次第に薄れていたが。なにより思い出されるのはもちろんグスタフ・ランデだった。口説こうとしたり、圧力をかけようとしたりといったことはいっさいなかった。ただ夜のひとときをともに過ごせた喜びを素直に表に出していた。帰らなければならないとアグネスが告げたときにも、引き止めようともしなければ、このあとヴィンナレンの彼の自宅で開かれる二次会にしつこく誘うこともなかった。タクシー代を払うほかに彼がしたのは、アグネスの頬を撫でて、最高に愉しい夜をありがとうと口にしたことだけだった。アグネスは彼がナチで、事実上ひとりでクヴィスリングの政治生命を救っただけでなく、党の財政も救った男だという事実をいっとき忘れそうになった。

やっとのことでアパートメントのドアの錠を開けて中にはいると、アグネスは泣きだした。最初に彼と踊って体を寄せたときにピルグリムのことを思った。それ以来、なぜかずっと泣きそうになっていた。

やめなさい。何を感傷的になっているの。人でなしのクリストファー・ブラチャードにベスを撃たされたときと同じように、アグネスは自分にそう言い聞かせ、頬の内側を噛んだ。その痛さに突然酔いが醒めた気がした。しっかりした足取りで寄木張りの床を歩き、ハイヒールを脱ぎ捨て、居間の大きな窓ふたつぶんの遮光カーテンを閉めた。ソファの横のフロアランプの明かりが眼を刺した。アグネスはその明かりに、なんのためにグスタフ・ランデのテーブルに行き着いたのか、そのことを忘れるなと釘を刺されたような気がした。

そこで振り向き、玄関のドアを閉め忘れていることに気づいた。

今のは何？

音がした。

階段のほうから。

玄関の床板に影が差した。

アグネスは思わず悲鳴をあげかけた。が、そこでやめた。男の輪郭が玄関を占領した。フロアランプの光はそこまで届かず、顔は見えなかった。階段の吹き抜けのほうにも明かりはついておらず、玄関は真っ暗だった。

影が手前に伸びた。バッグ、バッグを！　そう思いはするものの、体が言うことを聞かなかった。シュライナーではなかった。グスタフ・ランデであるはずもない。

「ぼくが見えなかった？」と彼はドアを閉めながら言った。「階段に坐っていたのに」そう言って、帽子を脱いで両手に持った。

懐かしい声にアグネスは腹を殴られたような衝撃を覚えた。まる二ヵ月、姿を消していた挙句、今夜、よりにもよって今夜、わたしのアパートメントの玄関に現われるなんて。

「どこに行ってたの？」とアグネスは言った。自分にもやっと聞こえるほどの小さな声にしかならなかった。あるいは、こめかみの脈の音に掻き消されて自分の声が自分の耳に聞こえにくくなっているのか。

ピルグリムは顔が変わっていた。この二ヵ月のあいだに何もかもが変わったのと同じように。前回彼が泥棒のように夜、忍び込んできたのはまだ冬だった。世界はもうどうにもならない。そんなふうに絶望していた頃だった。今はカバの木の枝に新緑が芽吹きはじめている。やさしい風が市を吹き抜けている。加えて、この世の悪にもいつか終わりが来ると思えるようになっている。

彼はアグネスの眼のまえに立った。

「帰ってきたのね」

彼は突然キスを始めると、アグネスのドレスを剝ぎ取った。

アグネスは血が出るほどきつく彼を嚙み、どこまでも深く彼を迎え入れた。彼の子供が欲しかった。それだけが望みだった。行為が終わっても彼は長いことアグネスの上に覆いかぶさっていた。ふたりの鼓動がひとつになり、彼がソファから降りて居間の床に脱ぎ捨てた上着を捜しにいこうとしても、アグネスは最初のうち彼を放そうとしなかった。彼は上着のポケットを探っていた。アグネスは奇妙なまでに少年っぽい彼の体を眺めた。彼は煙草を見つけると、アグネスに背を向けたまま火をつけた。

数分経っても振り向かなかった。アグネスはソファから立ち上がった。裸でソファにいたせいで体が冷えきっているのにそこで初めて気づき、彼の背後から腕をまわした。

「きみはアフターシェーヴローションのにおいがする」と彼は低い声で言った。「シュライナーのとはちがうやつだ」

アグネスは彼を自分のほうに向かせた。彼の眼は涙で濡れていた。泣いている彼を見るのは初めてだった。もっと言えば、感情をあらわにする彼を見ること自体初めてだった。

「どこにいたの?」

「誰かとデートしてるのか?」とピルグリムは尋ねた。アグネスは彼の顔を両手ではさんだ。相変わらず見事なまでに均整が取れた、女性的といってもいいようなハンサムな顔だった。ただ、眼の下の黒い隈と少しぼんやりしたような表情が何かがあったことを示唆していた。アグネスの知らない何かがあったことを、知りたくない何かがあったことを。

「グスタフ・ランデと一緒だったの」と彼女は声をひそめて言った。まるで建物じゅうの誰もが耳をすましてでもいるかのように。ドアを開けたままのバスルームのほうから水道管が大きな音をたて、そのあと上の階で男が用を足す音が聞こえた。

　ピルグリムは涙を拭いた。アグネスは彼の手から煙草を取って寝室にはいった。裸のまま上掛けの下にもぐり込み、煙草を二服した。ピルグリムは髪を指で梳きながら部屋の戸口に立っていた。ランデと比べるとまるで子供だった。

「グスタフ・ランデと一緒だったの」とアグネスは繰り返した。「どういうことかわかるわよね？」

　ピルグリムはゆっくり歩いてアグネスの横に腰かけると、永遠かと思われるほど長いことアグネスの髪を撫でてから、彼女の体に自分の体を合わせ、子供のようにしがみついた。彼女の中にはいり込んだらもう二度とこの世界には戻りたくない。そんな思いが全身から染み出ていた。アグネスはナイトスタンドに置いた煙草のパックから新しい煙草を取り出して火をつけると、そんな彼の背中をさすった。居間からのほのかな明かりの中、煙が天井に立ち昇った。

「あなたの名前は？」

　そう尋ねて、彼女は彼がいつものように大げさにため息をつくのを待った。が、どんな反応も返ってこなかった。わざと息を止めているようにも見えた。やがてまた息を始めると言った。

「グスタフ・ランデに近づけたんだろ？　もしきみが捕まり、きみがぼくの名を知っていたら――」

「教えて」

「カール。Cで始まるカールだ」

アグネスは笑いだした。最初は静かに、次第に大きく。自分が抑えられなかった。それまであらゆる名前を想像してきたのに、カールだけは一度も思いつかなかった。

「何が可笑しい?」彼はアグネスの咽喉のくぼみに顔を押しあてて言った。「正確にはカール・オスカー」そう言うと、立ち上がった。

アグネスは笑いすぎて、最後は上掛けの下に頭を埋めなければならなかった。ピルグリムが何か言ったが、聞こえなかった。彼は温かい上掛けを乱暴に剝いだ。

「カール・オスカー・クローグだ」無表情にアグネスを見つめながら彼は言った。「カール・オスカー・クローグ」

アグネスは笑うのをやめた。彼のほうは今言ったのがほんとうに自分の名前だと自分に言い聞かせようとしているかのように見えた。

そのあとベッドに腰かけ、じっとアグネスを見つめた。長いこと見つめてから、彼女の裸の体にまた上掛けを掛けた。

「あなたを笑ってるわけじゃないわ」とアグネスは言って、彼のほうに手を伸ばした。

「愛してる、カール・オスカー」

無精ひげの生えた頬に彼女の手が触れるまえに彼は顔をそむけた。

「どうしたの?」アグネスは体を起こした。胸がまたあらわになった。

雨は強くなっており、音をたてて窓ガラスを叩いていた。

カール・オスカー・クローグは煙草に火をつけ、窓辺に行った。遮光カーテンが開けられたままになっていたが、そのことにも気づいていないようだった。煙草をくわえ、しばらく外の雨を眺めた。

アグネスはベッドから降りると、彼のそばに行って腕をまわした。窓辺に立っていたせいで彼の体は冷えていた。

「こんなところに立たないで。誰かに見られるかもしれない」とアグネスは彼の耳に囁いた。彼は彼女を振り払った。アグネスはあきらめてため息をつき、カーテンを閉めた。クローグはまた開けた。

「どうしてこんなに長いこと、ここを離れていたの?」とアグネスは腕を組んで言った。

彼はため息をついて首を振った。

「一号に……」と言いかけ、そこで煙草を一服し、鼻から、次いで口から煙を吐き出した。「一号に、二、三週間身をひそめていたほうがいいと言われたんだ」

「八週間よ——」アグネスはまた彼の名を呼ぼうとしたが、そこで急に呼ばないほうがいいような気がした。アグネスの中では彼はやはりピルグリムだった。

「人を殺したんだ」その声には抑揚も英気もなかった。まるで意味のわからない声明文か何かを読み上げているかのようだった。「だから、きみから離れてなければならなかった」彼は窓を開けて煙草の吸い殻を放った。

アグネスは何も言わず、ただ彼の背中に体を押しつけた。

「聞きたくない」アグネスは子供のようにすべすべした彼の胸に手を這わせて思った。自分たちはまだ子供なのだと。なのに一号はその子供に人を殺させた。おそらくほかに選択肢はなかったのだろう。それはわかる。それでもそれ以上知りたくなかった。一号がピルグリム――カール・オスカー――をつぶしてしまうかもしれないなどということは考えたくもなかった。

「殺した相手はぼくたちの仲間だった」ひとりごとのように彼はつぶやいた。「子供もふたりいた。小さな子がふたりだ。ぼくはそういう相手を罠にはめたんだ。今、彼はエストマルカの地中に横たわっていて、もう永遠に還ってこない」

「知りたくない」とアグネスは言った。自分たちは大勢の人を失っている。それは彼女にもよくわかっていた。大勢の人たちを。組織は裏切り者に容赦がないということも知っている。それでも彼からはそれ以上聞きたくなかった。

「一号がぼくに指示を与え、ぼくは実行した。そしてこの手で埋めた」今やひとりごとになっていた。

「来て」アグネスは彼を自分のほうに向かせた。彼はアグネスから眼をそらし、ドアの隙間から射し込んでいる居間の明かりを見つめた。そして、最後にはアグネスとともに夢遊病者のようにベッドに戻った。

アグネスは夜が明けて灰色の光が寝室を満たすまで彼に寄り添っていた。ふたりともひと晩じゅう眠ることもことばを発することもできなかった。

「カール・オスカー」アグネスは肘をついて上体を起こし、三月以来初めて日の光の中で彼をよく見た。まっすぐな鼻すじ、続いて精悍な顎を指で撫でた。「結婚してくれる？すべてが終わったら」

「この戦争は決して終わらない」と彼は眼を閉じたままつぶやくように言った。

二十九章

二〇〇三年六月十一日　水曜日
警察本部
オスロ　ノルウェー

警察本部七階、関係者以外立入禁止区域内にある広い会議室。そこに集められた捜査員全員が頭をひねっていた。不動産王にして元貿易相のカール・オスカー・クローグはなぜ六十二個所も刺されて殺されなければならなかったのか。昨夜本部長が緊急記者会見をおこなって以降、この事件は国じゅうを騒がせていた。その会見は、本部長が警察庁長官に相談したか、あるいは長官から指示されたかしておこなわれたもので、長官は長官で法務大臣に助言を求めたはずだった。

「みなも気づいているとおり――」と猫背気味のフレデリク・ロイター捜査課長がスクリーンのまえに立って言った。「本件の解決についてはかなりの圧力がかかっている」そう言って、弱々しい笑みを浮かべた。トミー・バーグマンは思った。賭けてもいい、せいぜい二、三時間しか寝ていないのだろう。それもオフィスの簡易ベッドで。制服のしわがそのことを物語っていた。

「使われた凶器はまだ公表していない」ロイターはあくびを抑えながらボタンを押した。血の海に浮かんでいるヒトラーユーゲントのナイフのクローズアップがスクリーンに映し出された。「これを公にしたら、これまでに寄せられた情報など屁のつっぱりにもならないだろう」笑い声がそこそこあがった。が、それは可笑しかったからではない。重圧にさらされた人間は自分が危うい状況にいるという事実から注意をそらしたくて、よくいたずらに笑うものだ。

アーブラハムセンが検視報告を始めたが、バーグマンはほとんど聞いていなかった。細かい点には興味がなかった。クローグは殺された。それには理由があったはずだ。それだけのことだ。家の中から盗まれたものは何もない。それは断言できた。何ひとつ手を触れられていない。犯人は機密文書を捜していたわけではない。金やクスリめあてのヤク中の犯行でもない。そんな類いの事件ではない。干し草の中の一本の針を探すみたいなこの事件は、ノールマルカの古い遺体とウッレヴォル病院で死にかけている老人となんらかの関係を持つ事件だ。自分の番が来たら報告できることはそれしかない。バーグマンはそう思った。

アーブラハムセンが話すあいだ、これまでに集めた捜査資料をじっと見つめた。その中のふたつの文が眼についた。

〝ホルトは一九四五年五月、ストックホルムで謎の死を遂げた〟

〝カイ・ホルトはオスロでのクローグの上司だった〟

その記事にはバーグマンがまえに見たのと同じ情報源が挙げられていた。トールゲール・モーバーグ教授。さらにもうひとりの名前が挙がっていた。フィン・ニーストロム。聞いたことのない名前だった。バーグマンはふたつの名前を大きな丸で囲んだ。このふたりと話をしなければならない。早ければ早いほどいい。クローグはカイ・ホルトの謎の死を調べようとした。が、それはなぜか妨害された。モーバーグに訊けばその理由がわかるかもしれない。新聞のページをめくると、セシリア・ランデの頭蓋骨の写真があった。誰が三人を殺したのか、さらには誰がクローグを殺したのか、バーグマンにはその答えがこの二十ページ弱の資料のどこかにあるように思えてならなかった。

自分の名前が遠くから聞こえたような気がした。顔を上げると、ロイターが彼を見ていた。バーグマンにはこの場の全員が知っていることにさらにここでつけ加える持ち合わせはなかった。クローグはレジスタンスの主要人物だったが、自分がオスロやストックホルムで果たした役割についても、多くのナチや裏切り者の粛清への関与についてもほとんど語らなかった。戦後はブルジョア階級の出だったにもかかわらず労働党に加わり、そこで頭角を現わし、その後、貿易省の事務次官を経て貿易相にまでなった男だ。会社経営は公職を退いたあとも続けたが、その会社は一九八〇年代末にフィンランドのコングロマリットに売却していた。その額が巨額であったことは想像するまでもない。亡くなった時点でも金などあり余っていたことだろう。

「マリウス・コルスタはなんと言ってた？」とロイターはバーグマンに尋ねた。

バーグマンはメモのページをめくった。

「大したことは何も」それは正確さに欠く答えだったが、バーグマンとしては自分がつかんでいる情報を追うのはなるべく少人数に抑えたかった。ロイターにはあとで個人的に話せばいい。

ロイターは深々とため息をついた。

「なにより興味を惹かれるのは、一九四三年三月にクローグがレジスタンスを裏切ったグットブラン・スヴェンストゥエンを粛清した事実です」とバーグマンは言った。

「その六十年後にスヴェンストゥエンの子孫がヒトラーユーゲントのナイフでクローグを切り刻んだ？」

バーグマンは肩をすくめた。

「ハルゲール、調べてくれ」とロイターは言った。「スヴェンストゥエンに子孫がいるかどうか。ただし、あまりめだたないようにやってくれ」

ハルゲール・ソルヴォーグは、国じゅうの期待を一身に背負っているかのように律儀にメモを取った。

「ノールマルカで見つかった三人についてはどうだ？　おまえの考えじゃ、われわれの最後の望みだったんじゃないのか？」

今度はバーグマンがため息をつく番だった。

「アグネス・ガーナー、セシリア・ランデ、ヨハンネ・カスパセン。まだなんとも言えません」と彼は言った。「確かなことはまだ何も言えませんが、ただ、コルスタは自分もクローグもこの三人については何も知らなかったと言っています」カイ・ホルトのことは今はまだ自分の胸にだけとどめておくことにした。

ロイターの心の中の悪態が聞こえてくるようだった。両手で顔をこすると、ロイターはまるで何もかもあきらめてしまったかのような顔を全員に向けた。バーグマンは自分が彼の立場にいないことを改めてありがたく思った。年に数回は危険にさらされなければならない。それがロイターの立場だ。

「通話記録はどうだった、ハルゲール？　これも望み薄か？」

ソルヴォーグは前傾姿勢になった。ふたり以上と話すときに注意を惹くためによくやるいつもの姿勢で、尊大な声を張り上げて彼は言った。

「クローグは電話嫌いだったんでしょう。直近七週間で固定電話にかかってきたのは十本、携帯にかかってきたのは五本。そのうち二本はセールスの電話で、実の子供たちでさえあまり電話をかけないようにしていたそうです」

「要するに大した成果はなかったわけだ」

誰もが同じ気持ちだった。残っているのは〈クリポス〉による犯人の予備プロファイリングのみで、プロファイリングが示していたのは、彼らが相手にしているのは、ありていに言えば〝狂人〟、ロイターが無表情で言ったことばを借りれば〝急性精神病の発作に見舞われている人間〟ということだった。

バーグマンは新聞をめくって、ロイターが引用したプロファイリングを見つけ、それを読むまえに自分が立てた前提を改めて自分に言い聞かせた――クローグが殺されたのがノールマルカで白骨死体が発掘されたわずか数週間後だったことにはなんらかの関係があるはずだ。

〝急性精神病の発作に襲われるのは、一、二週間まえに受けたなんらかの心理的トラウマの結果である場合が多い。このため、以前は反応精神病、つまり心理的トラウマへの反応として発症する精神病と呼ばれていた。多くの場合、心理的トラウマを受けるに至った出来事が発作の原因となる。近しい人の死、破産、失業、泥沼化した離婚、あるいは、火事や大きな交通事故といった危険な体験がそれにあたる〟

昨日ロイターはなんと言っていたか――ノールマルカの三人を殺した人物がこれ以上クローグに探られないよう彼を殺したのかもしれない。しかし、それだけではさして手がかりにはならない。バーグマンは眼を閉じた。

反応精神病。カイ・ホルトの死とクローグ殺しとはなんらかの関係があるかもしれないと思ったのは、マリウス・コルスタから話を聞いたためだ。ホルトがノールマルカの三人を殺したのだろうか？　そんな彼がなぜ謎の死を遂げたのか？　〝謎の死〟などという書き方をするのは、それは執筆者が殺人を強く疑っているからだ。それ以外にそういう書き方はしない。

バーグマンは手帳の新しいページを開いた。三角形を描き、最初の角に〝ノールマルカ〟、二番目の角に〝クローグ〟、そして一番上の角に〝カイ・ホルト〟と書き込んだ。クローグが殺された理由はほぼまちがいなく、ホルトかノールマルカの三人に関係している。あるいは四人全員に関係する何かだ。とはいえ、白骨死体の線ではまだ何も追えていない。焦点を移すべきだ。カイ・ホルトに。コルスタは何を隠そうとしていたのか？　五月二十日にクローグと老人ホームで会って、戦争のことしか話さなかったなどたわごとだ。とうてい信じられない。

ホルトとクローグをつなぐ線をペンで何度もなぞった。クローグとコルスタが話し合ったのはこれではないか。ホルトとクローグとノールマルカをつなぐ細い線を見つめながら思った。

顔を上げると、部屋にはロイターしか残っていなかった。テーブルの上座に静かに坐ってバーグマンを見ていた。

「で？」と彼は言うと、残っていたコーヒーを飲み干し、手で口を拭いた。「何を話してくれるんだ？　話すことがあるんだろ？」

「もう一度マリウス・コルスタに会いにいきます」

「それはかまわないが、大した話は聞けなかったんじゃないのか？」

「カイ・ホルトという名前を聞いたことは？」

「ない」

バーグマンはホルトについてわかっているなけなしの情報を伝えた。

「どうしてその男にそんなに興味を持つ？　死んだ人間には人は殺せない」そう言って、ロイターは苦笑いを浮かべた。

「ホルトがどう関係してくるのかはわかりません。それでも、クローグとコルスタは終戦直後に彼の死を調べようとして阻止された。特にスウェーデン側が真相究明に消極的だった」

ロイターはうなずいて言った。

「これはとりあえずここだけの話にしておこう。いいな？」

バーグマンは幼い子供のように訊き返した。「どうして？」

「ホルトの件を探るのはハチの巣をつつくようなものだからだ。あのクローグが仲間の謎の死を調べようとして阻止されたんだぞ。われわれが調べたらどんなことになると思う？

戦後のクローグの地位を考えてもみろ。その頃の彼と比べたら、おまえとおれなんぞはゴミ同然の存在だ」

「課長にはストックホルムの国家警察に知り合いはいませんか？」とバーグマンは尋ねた。

ロイターはひとつ大きく息を吸ってから首を振った。

「そんなことは考えるな」

考えてはいないけど。バーグマンは自分のオフィスに戻りながら自分にそうつぶやき、携帯電話を取り出してハジャからのメールを見た。いったいその日何度見ただろう？前夜はそのメールのせいで明け方までほとんど眠れず、朝、シャワーを浴びてから返信した。

〝喜んで。じゃあ今夜。　トミー〟

自分の送信メールを見て、もっとましな書き方があったはずだとあとから悔やんだ。いや、これはこれでよかったか。いや、ほんとうに？　もう何もわからない。今夜になればわかる。そう思いながら、車のキーを見た。マリウス・コルスタはいつお迎えが来てもおかしくない。彼の口からもう少し秘密を引き出さなければ。そうしないと、墓場まで持っていかれてしまう。

三十章

一九四二年五月二十一日　金曜日
〈ヘルゲ・K・モーエン美容室〉
マヨルストゥア
オスロ　ノルウェー

ヘルゲ・モーエンは鏡の中のアグネス・ガーナーをちらりと見て、それとわからないほどすばやくウィンクした。秘密を共有する父と幼い娘さながら。

どうかしてる、とアグネスは思った。

モーエンはひとり微笑むと、口笛を吹きながら受付カウンターに戻っていった。

アグネスは革の椅子にもたれて眼を閉じ、アシスタントに髪を巻いてもらった。いや、どうかしているのはたぶん自分のほうなのだろう。戦時下の今、まわりの誰ひとり正気を保てていないように思える。彼女の姉は熱心な国民連合党員であるばかりか、ドイツ人軍曹と婚約し、従軍看護師の訓練まで受け、今はソ連の果てしない大草原のどこかにいるはずだ。その事実を聞いたとき、アグネスはほんとうに吐きそうになり、その週末はずっと気分が悪かった。

　もっとも、そうした姉がいることはアグネスにとってほぼ完璧な隠れ蓑にはなったが。実の母と姉が病的なまでに熱狂的なナチなのだ。家族の狂気が役に立つとは！　そう思うと笑わずにはいられなかった。

　アシスタントが髪を巻きおえると、アグネスは眼を開け、窓の外を歩く人々の流れを鏡越しに眺めた。人の流れはマヨルストゥ広場か、市街電車のホルメンコーレン線のほうに向かっていた。彼らは市中が新緑と生命にあふれる今年初めての蒸し暑い今日という日をどんなふうに思っているのだろう？　わたしと同じように思っているのだろうか？　わたしと同じように、今日はあらゆるものがこれまでになく暗く見えると思っているのだろうか？　ドイツ軍がセヴァストポリを占領するのはもう時間の問題だろう。血も涙もないUボートはニューヨークのロング・アイランドも通過しないうちからアメリカ船を沈めている。このぶんだと、千年帝国はそのうちノール岬からサハラ砂漠まで、ブレストからクリミアまでも勢力範囲を広げるだろう。その侵略は決して終わらない。そんな思いを振り払い、アグネスはもっとまえ向きな見方をすることにした。なんといっても夏がやってくるのだ。シュライナーには馘にされなかった。闇に隠れてはいるものの、ピルグリムは帰ってきた。任務のほうも今は信じられないような幸運に恵まれ、大きな突破口のとば口に立っている。

国民連合党員である中年の女性がアグネスの隣りの椅子に坐っていた。モーエンが離れると、彼女は読んでいた雑誌を置いてアグネスのほうを見た。ノルウェーの金の持ち主が変わりはじめた一九四〇年春から初夏以降、ナチの女たちがモーエンの美容院にかようようになった。最初、アグネスはそういったナチを見るだけで気分が悪くなったが、二年が経った今では、彼らが〝貴重な〟存在であることがわかるようになっていた。

「今日は何か特別なことでもおありなの、ガーナーさん？」冷たく、傲慢と言ってもいい声でその中年女性は言った。見るからに相手を見くだした表情を浮かべて。

「今夜グスタフ・ランデさんの招待を受けているもので」

女性は見るからにがっかりした顔になった。特別なことなど何もないといった返事を期待していたのだろう。アグネスがヘルゲ・シュライナーとベッドをともにしていることは、ナチの女の多くに知られていたが、相手がグスタフ・ランデとなるとまるで話がちがってくる。

アグネスは中年女性のほうを向いて、精一杯無邪気で蠱惑的な笑みを浮かべてみせた。

ただ、アグネスにもひとつ気がかりなことがあった。今夜はステン公園でピルグリムと会うことになっていたのに、それが叶わなくなったことだ。先週、ピルグリムは彼の正体を知らない友達から部屋が借りられるまでは、しばらく公園や玄関で会うだけにしようと言ってきた。が、ピルグリムに友達は多くなかった。一方、一号はふたりの関係を危険視して、アグネスと会いつづけることをピルグリムに禁じたのだろう。ふたりの仲を終わらせるため、アグネスのアパートメントと隠れ家には監視がつけられたとさえピルグリムは思っている。戦争に愛のはいり込む余地などない。ピルグリムは一号にそう言われたそうだ。実際、アグネスとピルグリムの仲が味方全員に危険を及ぼすことは大いに考えられた。

わたしたちには諜報活動のいろはもわかってない。そう言いたいのね――アグネスはそんなことを思いながら静かに玄関のドアを閉めた。玄関の鏡のフレームに挿し込んであったグスタフ・ランデからの招待状を手に取り、厚いカードの表面に指を這わせた。こんなご時世でもグスタフ・ランデには金縁のある真っ白なカード用紙を買うことができるのだ。〝親愛なるアグネス〟。カードにはそう書かれていた。〝忘れられない夜をありがとう〟。彼の署名は自信に満ち、洗練されていた。招待状を鏡の下のチーク材の書きもの机に置くと、腕時計をすばやく見て、仕度に何分かけられるか計算した。バッグを開けてヘルゲ・K・モーエンから受け取った封筒を取り出した。美容院の領収書を握りつぶして書きもの机に置いた。そして、封筒の底に入れられていた細い紙を引っぱり出した。鏡に映る自分を見てから帽子を脱ぎ、ヘアスプレーで固められた髪をよく見た。玄関の暗がりで顔が白く見え、まるでデスマスクのようだった。紙を開き、キッチンに向かいながら暗号のような短いメッセージを読んだ。カウンターの端の取りはずしできる床板をバターナイフでこじ開け、さらにその下の板を開けた。そのときにはもう一語一句が頭に焼きついていた。古いがらくたと埃の塊のあいだに暗号帳が押し込まれていた。アグネスは世界一貴重なもののように紙を持ってキッチンテーブルのまえに坐った。

〝キツネは狡猾なハンターだ。一号〟

マッチで紙に火をつけ、シンクに放った。それが灰になるまでの数秒、アグネスは努めて何も考えなかった。それから笑った。なんなの、このメッセージ？　笑いながら燃えかすを流すために蛇口をひねったところで、今のが誰のことばだったか突然思い出した。〝キツネは狡猾なハンターだ〟。オスロの諜報部トップだったアーチボルド・ラフトンがドイツ人について言ったことばだ――連中はまさにキツネだ。キツネは狡猾で、獲物をおびき寄せるためなら死んだふりまでする。

いろいろなことが立てつづけに起き、グスタフ・ランデと関わるべきかどうか、一号に確認することもまだできていなかった。ピルグリムの同意を一号の同意同然に考えていた。

これは一号の警告だった。アグネスがシュライナーの愛人でいるかぎり、ドイツ諜報部の関心を惹くことはないだろう。しかし、今後もグスタフ・ランデが彼女に好意を示しつづけるようなら、細心の注意を払わなければならない。そんなことはもちろんアグネスにも最初からわかっている。それでも一号からのその短いメッセージに彼女は改めて気を引き締められた。

　ついに始まるのだ。

　彼女たちは仲間を失った。それもつい一週間まえに。ピルグリムから聞いた。聞きたくなかったことだけれど。聞きたいのはゴーサインだ。それだけだ。正体がばれそうになって、ドイツ人の包囲網が狭まりはじめたら、一号たちが市からさらに国から脱出させてくれるだろう。正体がばれそうになる寸前にドイツ人の包囲網から逃れるという芸当は以前にもやっている。一九四〇年四月十九日にムレル通りのナチ本部で、ほかの多くのイギリス人とともに尋問を受けたのに、一時間も経たずに釈放され、ドイツ人から謝罪まで受けた。それから二年が経った。母と姉が熱烈なナチのおかげで、ナチ党員や国民連合党員ともこの数ヵ月楽に交流が持てた。その結果、今のところわたしの二重国籍は問題になっていない。

　それでも事態は深刻さを増している。今夜はどんな夜になるのか。グスタフ・ランデがわたしに好意を寄せていることはドイツ人にもわかっている。彼らはどうする？　きっとグスタフのそばに誰かひとり監視役をつけるだろう。

　死んだふりをして眼をみはり、耳をすます人間を。

　わたしはランデの家にはいった瞬間から監視されるだろう。もうすでにされているかもしれない。

火傷しそうなほど熱いシャワーの湯が、ラフトンのことばを思い出してからずっと消えなかった悪寒を和らげてくれた。彼女は思った――最初に採用されたときのわたしはなんと初心だったことか。

シャワーを止めて壁に頭を押しつけてつぶやいた。

「キツネは狡猾なハンター」

アグネスは水をしたたらせながら寝室に戻り、カーテンを引くことなく、白いタオルを床に落とし、ガラス窓に映るシャワーキャップだけの自分を立ったまま見つめ、そっとシャワーキャップもはずした。ヘアスプレーで固めた髪はちょっと直すだけでモーエンがセットしてくれたとおりに戻った。

二週間まえのレインボークラブと同じ黒いカクテルドレスを着ることにした。それは腰まわりが細すぎることがわかってしまうという欠点はあるものの、それ以外の彼女の長所のすべてを引き出してくれるドレスだった。玄関でまたランデの手書きの招待状に眼をやった。さきに飲みものが出されるならそれも悪くない。

化粧品入れを開けて口紅を塗っただけでもう、彼女は青白いデスマスクの女ではなくなった。そのときにはもうグスタフ・ランデを思いどおりに操れる悪女に変身していた。

グスタフ・ランデ邸はまさに夢のような家だった。建てられてからまだ十年も経っておらず、地下は車が二台はいる車庫で、機能的な造りの三階建ての家だった。ガラス煉瓦が半円を描いて正面の大部分を覆い、切妻壁のほぼ全体を埋めていた。建物自体は広大な庭に囲まれ、うっすらと明るい夜の光の中、裏手にテニスコートがあるのが見えた。アグネスはタクシーの運転手に料金を払うと、敷石の小径を歩いた。かすかに脚が震えていた。そよ風がやさしく頰を撫で、気持ちをいくらか落ち着かせてくれはしたけれど。ドアの開いた玄関への階段に向かうと、ゲートの近くで車が停まる音がした。振り返ると、副官がドアを開けるのも待たず、自分で車から降りてきたドイツ人将校の姿が見えた。副官は将校に胴間声で指示を与えられると、通りの真ん中に立って敬礼した。親衛隊のその黒い制服は見まちがえようがなかった。アグネスには正確な階級まではわからなかったが、その将校がただの参謀ではないのはオスロの諜報員ならずとも容易に知れた。

アグネスは青酸カリを入れたカプセルがバッグの小さなポケットにはいっているのを確認した。家にはいると、ひどく醜いメイドに迎えられた。そのメイドの鳥のような顔と生気のないグレーの眼は、これまで見たどんな顔や眼ともちがっていた。広い部屋には客があふれており、人の声と抑えたピアノの音が部屋を満たしていた。臨時雇いの給仕たちが空のワイングラスを銀のトレーにのせて、あたふたとキッチンに向かっていた。ダイニングルームに続くドアは開いており、中にいる人々が見渡せた。全員が笑っていた。誰かのジョークに笑いが止まらなくなったのか、ひとりダークスーツの男が腹を抱えていた。フレンチドアの両側のテーブルに花が置かれ、左のテーブルには国民連合の旗、右のテーブルには鉤十字章が飾られていた。

人の群れ——最初に思ったほど大勢でもなかった——に囲まれながら見ていると、鳥のような顔のメイドがダイニングルームから出てきた。アグネスは振り返り、ありがたいことにそこでやっと知っている顔を見つけることができた。グスタフ・ランデ。日に焼けた顔を引き立たせる白いタキシードを着ていた。もちろんピルグリムには敵わないが。それでもその堂々たる外見にはアグネスも充分印象づけられた。と同時に、ランデこそここで正体を見破られる恐怖から守ってくれる彼女の救い主のように思えた。奇妙なことに。

「ガーナーさん」ランデに両頰をキスされると、アフターシェーヴローションの強いにおいがした。眼を見ると、飲んでいるのがわかった。あるいは泣いていたのか。両方かもしれない。「これが私にとってどんなに意味のあることか、きみにはたぶんわからないだろう」彼はそう言って、アグネスの手に触れた。

「アグネスと呼んでください」そう言って、アグネスはこんなときでもなければピルグリムにしか見せない笑みを向けた。

「アグネス」とランデは言い直した。アグネスは、あとからやってきた親衛隊の将校がドアのそばでほかのドイツ人たちに引きとめられているのを視野の隅にとらえた。将校はアグネスのいるほうをちらりと見やった。アグネスのほうはすぐに背を向けてランデにさらに笑みを向けた。剝き出しの肩に掛けられたランデの大きな手の感触に、高まった脈が一気に下がるのがわかった。これで理路整然とまではいかなくても、少なくとも落ち着いてものが考えられる。親衛隊の将校が同じ部屋にはいってまだ一分にもならないのに、アグネスの持つ何かが早くも彼の注意を惹いたのは明らかだった。が、その視線はほかの男たちとはまるでちがっていた。欲望の視線ではなかった。アグネスは自分に言い聞かせた。知らず知らず神経質になっていたのだ。それを嗅ぎつけられたのにちがいない。そう思ったそばから彼女はその考えを追い払った。親衛隊の将校もやはり男に変わりはない。受け身になっては駄目だ。こちらから攻撃しなければ。それでもありがたいことにランデが彼女を将校から遠ざけてくれた。

四十人を超える人々に紹介された。その多くはノルウェー人だった。アグネスは名前を覚えようとした。その中にはモーエンの美容院で会う国民連合の女性もいたが、シュライナーとの関わりから知り合った人物はひとりもいなかった。ドイツ国防軍の高位の将校ふたりとも挨拶を交わした。ノルウェーにおけるナチのトップ、テアボーフェンその人がこの場にいてもおかしくないような集まりだったが、少なくとも今夜は招待されていなかった。

ゲスト用のバスルームに行くと、手が震えているのに気づいた。まだ紹介されていない客――その中には親衛隊将校もいた――に紹介されるまえに中座したのだが、冷たい水を腕にかけて努めて神経を落ち着かせ、また部屋に戻ろうとしたそのとき、彼女はふと足を止めた。背後から音がした。かすかではあったが、誰もいない廊下から聞こえるはずのない音がしたのだ。長い廊下で、両側の壁には、細長い木製の額に入れられた白黒のリトグラフが並んでいた。廊下の端は庭に面したガラスの壁で、木々の合間に隣りの家が見えた。左のドアがそれまで開いていたような気がしたけれど……いや、気のせいか。

彼女はまえに向き直った。

そして、廊下から出ようとドアの把手に手をかけると、うしろから声がした。「何か御用でしょうか？」

アグネスは不意を突かれてバッグを落としそうになった。

メイドが廊下の真ん中に立っていた。ガラスの壁から射し込む光を背に受けたその姿はまるで悪霊か何かに見えた。ほかの人たちはこんな人が家にいることによく耐えられるものだ。アグネスはそんなことさえ思った。〝生ける屍〟――そんなことばも頭に浮かんだ。

「いえ、女性用トイレの場所はランデさんに教わりました」アグネスはそう言いながらドアを開けた。この怪物のような女性から逃げられ、内心ほっとしたものの、さざ波のような震えが体を駆け抜けていた。しばらくは夢の中にいるような気持ちが消えなかった。ドアを開けようとしてもどうしても開かず、そのあいだにも透き通ったような鳥の顔を持つ黒ずくめのメイドが音もなく近づいてくる夢だ。

皮肉なことに、ほかの客の中に戻れて心底ほっとした。が、それも束の間、アグネスが席をはずしているうちに起きていても不思議ではないことが起きていた。ランデが給仕のトレーからグラスをふたつ取り、ひとつを親衛隊の将校に渡していた。制服についた三枚のカシワの葉が、彼の階級が少将であることを表わしていた。彼とランデはドイツ国防軍の将校とノルウェー人らしい中年の夫婦と話していた。もう避けては通れない。アグネスは彼らに近づいた。ランデが顔を輝かせ、笑みを浮かべ、もっと近くに来るように手招きした。

「アグネス。ゼーホルツ少将を紹介しよう」

「お会いできて光栄ですわ」とアグネスは手を差し出して言った――キツネは狡猾なハンターだ。だからひとことひとこと注意して話さなければ。そう自分に言い聞かせた。

ゼーホルツはアグネスのほっそりした手を取ると、口元まで持ち上げてキスをした。そのあいだ彼の眼はアグネスの眼からいっときも離れなかった。アグネスの反応を確かめているのはまちがいなかった。

「はじめまして(フロイト・ミッヒ)、お嬢さん(フロイライン)」そう言って、彼はアグネスの手を放した。アグネスは努めて彼の左手の指にはめられた髑髏(どくろ)の指輪（親衛隊の古参を顕彰するための指輪）を見ないようにした。が、そこで突然、彼がどういう人物なのか思い出した。ゼーホルツ。ノルウェーでゲシュタポを率いるハインリヒ・フェーリスの右腕だ。親衛隊の商業部門を指揮するために去年の秋にやってきた。アグネスは思った——これでわたしは天国の入口に立てるか、開いた地獄の門に呑まれるか、そのどちらかになった。

「ランデ邸は初めてかな？」アグネスが中年夫婦と挨拶を交わしおえると、ゼーホルツが訊いてきた。夫婦はランデの数あるプロジェクトに寄付しており、もちろん国民連合の党員だった。結党当初からの党員かもしれない。

アグネスはゼーホルツのことばに黙ってうなずいた。背中を支えていたランデの手が離れた。ゼーホルツは次にノルウェー人夫婦に向かって何か言ったが、アグネスには聞き取れなかった。ランデは「失礼」と小声で言うと、メイドについて階段のほうに歩いていった。

アグネスは急に心細くなった——わたしを置いていかないで。わたしをオオカミの群れの中に放りこんだままにしないで。

「お母さんはお元気かな？」ランデの姿が見えなくなると、ゼーホルツがまた訊いてきた。アグネスは立っている床が崩れ落ちるような感覚を覚えた。気づくと、薄氷の上をすでに歩いてしまっているような。あるいは重力を失ったかのような。アグネスがランデと知り合ってからの短いあいだのうちにさえ、ドイツ人たちは評判どおり入念な諜報活動をおこなったにちがいない。アグネスはまだ二十四歳の自分は何も知らないとでも言わんばかりにただ首を振った。

「チャーチルがお母さんの今のご主人を拘束していないといいのだがね」そう言って、ゼーホルツは残っていたシャンパンを飲み干した。「チャーチルには道理をわからせてやるつもりだ。徹底的にね」彼は給仕のトレーからグラスをふたつ取ってひとつをアグネスに渡した。そして乾杯しようとグラスを掲げた。

ふたりはグラスを合わせて乾杯した。近くに立っている人々はみな一様に口をつぐんでいた。

「今はむずかしいときです、少将閣下」とアグネスは言った。「ほんとうにむずかしいときです」

ゼーホルツは何も言わなかった。ただ、顎の筋肉の動きから奥歯を噛みしめたのがわかった。

「チャーチルが正気に返って、総統の共産主義者との戦いはイギリスにとってもメリットがあることを理解してくれればいいのに。イギリス人が苦しむのを見るのはわたしとしても辛いことです」

近くだけでなくまわりの会話がすべて消えたようにアグネスには思えた。あるいは、ただの背景音になったかのように。いや、ちがう。何も変わってはいなかった。人々のやりとりは、アグネス・ガーナーがゼーホルツ少将に詰問されようとしているという事実とは無関係に進行していた。ゼーホルツ少将には、指一本鳴らすだけでアグネスを逮捕し、拷問し、処刑さえできるというのに。

　彼は今、突き刺すような視線をアグネスに向けていた。が、その視線に敵意はなかった。どう解釈すればいいのか、アグネスにはわからなかった。

「ガーナーさん、きみの考えはよくわかる。きみのお母さんの今のご主人は、モズレーが首相になっていたら、かなりの地位に就いていただろう。それはまちがいない。それでもきみはどうしてノルウェーに帰ってくることにしたんだね？　ミットフォード嬢のようにドイツに渡るのでなく」

　ユニティ・ミットフォードは狂信的なヒトラーの称賛者で、彼女の姉のダイアナはモズレーの二番目の妻だった。アグネスが誰より軽蔑するイギリス人のファシストたち。アグネスの母もそんな社交グループに属している。残念きわまりないことに。いずれにしろ、ゼーホルツは、ユニティ・ミットフォードがチェンバレンの宣戦布告のあとミュンヘンで自殺を図ったという事実は無視することにしたらしい。

「母に言われたからです」とアグネスは答えたものの、答えたそばから後悔していた。それは事実ではあったが、こうして口に出すと、あまり事実らしく聞こえなかった。

　ゼーホルツはアグネスと眼を合わせようとして、彼女の顔をしげしげと見た。

　アグネスには自分の脈が一気に速くなったのがわかった。血管が糸のように細くなったような気がした。おそらく顔からも血の気が引いているはずだ。それでも努めて自信に満ちた表情をつくって、小さく笑みを浮かべた。どんな男も、少なくともゼーホルツのような男には抗いがたい類いの笑みを。

「失礼ですが、閣下、わたしのドイツへの忠誠心を試していらっしゃるの?」とアグネスは逆に訊き返した。自信をなくすまえに。

今度はほんとうに周囲が静まり返った。張りつめた静寂がさざ波のように部屋全体に広がった。ピアニストも気づいたらしく、それまで流れていた曲が途中で止まった。アグネスの隣りに立っていた男が落ち着かない様子で咳払いをした。

ゼーホルツ少将は意表を突くアグネスの問いに戸惑っているように見えた。

「わたしの父の先祖はドイツからノルウェーに移住してきました。一六四五年のことです。それはおそらく、閣下のご家族がドイツにたどり着かれるまえのことじゃないでしょうか?」

ゼーホルツはアグネスをまじまじと見た。どこかでグラスのぶつかる音がした。どこかで火をつけるライターの音がした。ゼーホルツはこれから突進しようとする雄牛のように顔をしかめて鼻から息を吐いた。それでも、口元には笑みのようなものが浮かんでいた。

「気に入ったよ、ガーナーさん。あなたは私に媚びを売ろうともしなければ、私を恐れてもいない。私は私のことを怖がる者には我慢がならなくてね」そう言って、微笑んだ。初めて本物とわかる笑みだった。そのあと笑いだした。黒い制服の中にいるのが生身の人間であることがアグネスにも伝わった。ゆっくりと室内に音が戻り、ピアニストも演奏を再開した。集まりそのものがほっと安堵の吐息をついたようにアグネスには感じられた。ピアニストはこの世で一番美しいメロディを奏で、今起こっているすべてがもはや現実ではないかのように思われた。

「わたしは国民連合の一員としてイギリスで迫害されました」とアグネスはさらに言い足した。気づいたときにはもうことばが出ていた。彼の関心を惹きつけておくためなのかどうか、自分でもよくわからないまま。「それは知っておいてください、閣下。一方、ノルウェーでは……ドイツでいい地位に就けてくださるなら、明日にでもここを出ます」アグネスは微笑んでゼーホルツの手に軽く手を重ねた。期待どおりの効果がすぐ現れた。彼はおだてに弱い。男はいつでもどこでも男だ。

「わかった。考えておこう」とゼーホルツはアグネスの手を握りながら言った。「ガーナーさん、どうか気を悪くしないでほしいんだが」そう言って、アグネスの肩に手を置いた。机で仕事をする人の手ではなかった。がさついていて、やすりのように肌がこすられた。

「私は好奇心が強くてね、生まれつき。私にとってもイギリスはいいところではない」そう言って笑った。顔が明るくなった。「少なくとも今はまだ」自分の冗談に笑った。アグネスは心からほっとした。そのとき、玄関のドアから一陣の風が吹き込んだ。

「なにより苛立たしいのは、共産主義者に対抗するにはわれわれと手を組むべきなのに、イギリス人には一向にそれが理解できないことだ。手を組まなければ負けてしまうのに。総統の第一の目的はモスクワのあの怪物とその信奉者たちに対抗して、われわれ善良な者たちを一致団結させることなのに」

そばにいたノルウェー人夫婦が大きくうなずいた。アグネスはもっともらしい返事を考えた。が、考えつくまえにゼーホルツは階段のほうに注意を向けた。アグネスやほかの者たちもそちらを振り向いた。

グスタフ・ランデが寝間着姿の子供を抱いて階段を降りてきた。少女を見るなり、アグネスは一気に感傷的な気分になった。初めて会ったレインボークラブでも、ランデは一緒に過ごした時間の半分を費やして娘の話をした。娘の話ばかりだった。

「美しい子だ（ダス・シェーネ・キント）」とゼーホルツが言って子供の頬を撫でた。親衛隊の指輪をはめた手で。アグネスは指輪の髑髏をじっと見つめた。

少女は父のタキシードのつややかな襟に頭を押しつけた。

「セシリア、アグネスにご挨拶するんだ」とランデは言った。セシリアはさらに父にしがみつき、顔を隠した。

「こんばんは。あなたがセシリアなのね」

セシリアは顔をそむけたままうなずいた。

「やあ、セシリア。眠れないのか？」とゼーホルツが怪しげなノルウェー語で言った。娘を上下に何度か揺すって、ランデが耳元でなにやら囁いた。セシリアは部屋じゅうの注目を浴びていた。人々はみなため息を洩らしていた。まるでグスタフ・ランデが新しいペットのお披露目をしているかのようだった。

「子供の頃、あなたと同じような寝間着を持っていたわ」とアグネスはセシリアに言った。そこでやっとセシリアと眼を合わせることができた。セシリアは恥ずかしそうに微笑んだ。セシリアがランデの心にさらに深くはいり込む道具になるのは明らかだった。

「このあとパパはここにいる人たちみんなと食事をするから、おまえはいい子にして、ヨハンネの言うことをよく聞いて、ぐっすり寝なさい」

「ずっと起きてくれていてもいいけど」とゼーホルツは今度はドイツ語で言った。そのことばに笑い声が起こった。

セシリアが父親になにやら囁いた。階段の中ほどにメイドが立っていた。アグネスを見つめていた。アグネスはなんだか落ち着かない気分になった。

しばらく考えてから、ランデが苦笑いしながらアグネスを見て言った。

「それは駄目だ、セシリア。これからみんなで食事をするんだから。ヨハンネが寝かしつけてくれるから。いいね」

セシリアは長く茶色い髪を顔から払いのけてアグネスを指差した。

た。

「読んであげるわ、もちろん」とアグネスは階段のメイドにちらりと眼をやりながら言っ

セシリアはまたアグネスを指差した。今度は最初の笑みをまた浮かべていた。

「セシリア、いい子だから。これからみんなで食事をするんだから」

「あの人に本を読んでほしい」小さな声でそう言うと、また父親の胸に顔を隠した。

ランデはあきらめたようにため息をついたが、その表情を見るかぎり、それこそまさに彼が望んでいた展開だったことは誰の眼にも明らかだった。

「ちょっと失礼するよ、エルンスト」と彼はゼーホルツに言った。

「気にしないでくれ、グスタフ。夜はまだ長い」とゼーホルツは答えた。

エルンストとグスタフ。アグネスは階段をのぼりながら思った。グスタフ・ランデはゼーホルツ少将とファーストネームで呼び合う仲で、わたしは今、そんな彼の娘を寝かしつけるために彼とともに二階に向かっている。メイドの横を通り過ぎた。メイドの眼は努めて見ないようにしたが、隠しきれない彼女の嫉妬がひしひしと伝わってきた。

二階に着いたとたん、セシリアは父の腕から飛び降り、明るい廊下をランデとアグネスにはさまれて歩いた。セシリアはわずかに足を引きずっていたが、レインボークラブで聞いた話から想像していたほどではなかった。壁にはランデのようなナチにしては進歩的すぎる現代絵画が何枚も飾られていた。彼のコレクションにはどのくらいの値打ちがあるの

を通り過ぎた。

だろう？　そんなことを思いながら、アグネスは廊下の中ほどのドアの開いた寝室のまえ
「ここはパパのお部屋」とセシリアが先を急ぎながら言った。

　ランデは笑い、笑顔をアグネスに向けた。

「あまり長く読まなくてもいいから、アグネス」セシリアの部屋に着くと、ランデは言った。「二ページで充分だ」

「わかりました」とアグネスは答えて、彼をドアのほうに軽く押した。

「あの子は疑いを知らない子でね。いや、私が言いたいのは――」

　アグネスは人差し指を唇にあてた。ランデは彼女の左手を取って軽く握った。アグネスはランデだけに見せる笑みで階下に戻るよう促した。

　沈みかけている太陽の柔らかな光が、セシリアの部屋に敷かれた二枚の大きなペルシャ絨毯の合間に見える寄木張りの床の杉綾模様を照らしていた。本棚にはテディベアと磁器人形が並んでいた。庭とテラスに面した窓の下の壁ぎわに小さな机が置いてあり、壁には三十代前半と見られる女性の写真が掛かっている。女性はつば広の夏の帽子の下から、カメラに向かって微笑んでいた。見た瞬間、アグネスはセシリアそっくりだと思った。愛らしい鼻、弧を描く眉、丸い頬、それに小さな口。

「さて。何を読む？」とアグネスは言った。

セシリアはすでにすり切れたおとぎ話の本を手に、天蓋つきのベッドにあがり、ヘッドボードにもたれており、本をアグネスのほうに差し出した。アグネスはベッドに腰かけ、上掛けをセシリアに掛けた。ページをめくると、奥付のページに子供っぽい字で名前が書かれていた――ページの右上に大きな字で〝ソンニャ・ブラッドバーグ〟と。

「お母さんの本なのね？」

セシリアはうなずいた。

「あなたのお母さんはまだ生きてる？」とセシリアのほうから訊いてきた。

「ええ」アグネスは答えながら、自分の母が死んでいて、セシリアの母が生きていればよかったのにと思った。

本を読みおえ、トロールが死んだあともセシリアが眠りに落ちるまでそばにいた。しばらくのあいだ少女を見下ろし、ゆったりした脈を感じるうちにアグネスの呼吸もそのリズムと同じになった。アグネスはセシリアの髪を撫でた。一階のテラスのドアが開いており、そこから騒々しい声やにぎやかな雰囲気が伝わっていた。グラスのぶつかる音と銀のナイフやフォークが何十枚という陶器の皿にあたる音から、ディナーの一品目がすでに供されたことがわかった。女性の甲高いおしゃべりに交じって、ゼーホルツの粗野な笑い声が聞こえた。断片的なドイツ語とノルウェー語が部屋を満たしていた。アグネスは窓の重厚なカーテンを閉め、どうするのがいいか迷いつつ、廊下に出るドアは開けたままにした。

広いダイニングルームにはいると、ヒロインのように迎えられた。三十分まえに初めて会ったばかりの女性たちもうなずいて、彼女に微笑みかけてきた。男たちはまるで彼女が生まれながらの妻であり、母親だとでも言わんばかりの眼を向けてきた。グスタフ・ランデはもう一度アグネスを紹介し直し、彼女のために乾杯しようと言った。アグネスの席はランデの向かい側だったので、ディナーのあいだアグネスが話せる相手はゼーホルツ少将しかいなかった。乾杯が終わると、ゼーホルツはディナーの相手——それもこれほどに麗しい理由で遅れた相手——の到着がこれほど待ち遠しかったのは初めてだとさえ言った。自分を魅力的に見せようとしているのが滑稽なほど透けて見えた。それでも、戦地でのちょっとした逸話や、場ちがいと思われない程度に〝洗練された〟ジョークは、四十人の客のうち少なくとも同じテーブルの十人には受けたようだった。彼はアグネスだけでなく彼女の母親と姉も誉めそやした。アグネスは努めて平静を装った。数日まえに姉から初めての手紙が届いており、従軍看護師というのがどれほど犠牲をともなう仕事なのか、くだくだと知らされていた。親衛隊の将校にいちいち言われるまでもなかった。

テーブルを見まわすたびにランデと眼が合った。前回会ったときより十歳近く若返って見えた。そう思うたび、アグネスは自分がここにいる理由を自分に思い起こさせた。飲みすぎないように気をつけなければ。とはいえ、用心しすぎてもいけない。ゼーホルツに逆に疑いを持たれかねない。

全員が食事を終えると、アグネスは席をはずした。が、バスルームには向かわず、隣りの書斎を抜けて、建物の反対側のテラスに出た。ひとりになって煙草を吸いながら頭を整理しようと、金属製の椅子に腰をおろした。

西の空から射す夕日を浴びた庭を眺めた。なんてきれいなんだろう。この庭もこの家も。やさしい夜風が頬を撫でた。煙草を深く吸って眼を閉じ、彼女にやたらとからんでくるゼーホルツからいっときでも逃れられた安堵を味わった。

うしろでドアが開いた。

グスタフ……そう思いながら、彼女はゆっくりと振り返った。

彼ではなかった。男はテラスに出ると、そっとドアを閉めた。アペリティフを飲みながらランデにその男を紹介されたのをアグネスはぼんやり思い出した。背が低くて痩せており、豊かな黒髪をポマードでうしろに撫でつけていた。紹介されたときにはことばを交わさなかったが、内気な人という印象を受けたことも次いで思い出した。

「気持ちのいい夜ですね」と彼はほぼ完璧なノルウェー語で言った。かすかなドイツ訛りからノルウェー人でないことはわかったが、アグネスがこれまでに会ったドイツ人の誰より流暢なノルウェー語だった。「そろそろカーテンを閉めなければなりませんね」アグネスの返事を待たずに彼は言い、イギリス軍機が何機も飛んでいるかのように空を見上げた。

実際にイギリス軍機が来てくれればいいのに。アグネスは内心そう思った。そしてわたしたちみんなを、わたしとピルグリムを、助け出してくれればいいのに。そうなれば、わたしたちの運命は決まっていないことが証明できるのに。わたしたちで、わたしたちふたりだけで、生きていけることがピルグリムに証明できるのに。

男はタキシードのポケットから銀のシガレットケースを取り出した。彼の上着はなぜかイギリスを思わせた。もしかしたら戦前に向こうで誂えたのかもしれない。アグネスはイギリスに帰りたくてたまらなくなった。

もちろん、ピルグリムを置いていくつもりはないが。その思いがたとえ死を意味しようと。

そう思うと、心臓が妙な鼓動を打った。今夜は彼を捕まえなくては。なんとしても。

「ほんとうにいい夜だ」と男は繰り返し、問いかけるようにアグネスの隣りの椅子を指差した。

「ええ、ほんとうに」アグネスはそう答え、坐るよう男に椅子を勧めた。

「ランデさんはいつもいいパーティを開かれる。ダンスと歌が多すぎるのが玉に瑕だけれど」

アグネスはひかえめに笑った。

「ゼーホルツ少将に騙されてはいけません。彼の仕事はランデ氏の工場で働かせる戦争捕虜を見つけることなんだから。女性のいない場ではなんともがさつで恥知らずな男です」

アグネスは驚いてただ首を振った。この人にはどうしてそんなことが言えるのか。

「会社はどちらでしたっけ？」とアグネスは訊いてみた。「ランデさんから聞いたはずですけど、なかなか覚えられなくて」アグネスとさほど歳は変わらないと思われる若い男は微笑んだ。アグネスは彼の手を盗み見た。親衛隊の指輪はしていない。上着の襟にも記章はない。

「ささやかな謎ということにしておきます」と彼は体を近づけて銀のライターの火をつけて言った。アグネスは煙草を吸いつづけた。一瞬ふたりの眼が合った。

彼は眼をそらした。

ダイニングルームに続くドアが開いており、そこから大きな笑い声が聞こえてきた。数人の将校が自然発生的に歌いだした。

「謎解きは好きです」とアグネスは言った。

「いいでしょう」と彼はズボンの脚から灰を払い落としながら言った。「ぼくはあるものをドイツに輸出している会社の責任者です。この国に豊富にあるものです。もっと正確に言うと、この国に豊富にあるものからつくられるあるものを輸出しています」

「魚」とアグネスは言った。

男性は静かに笑って、煙草の火を揉み消した。

「ちょっとちがうけれど、心配しないでください。民間の会社です。もちろん軍の統制は受けていますが」ポケットから銀のケースを出してまた一本煙草を取り出して火をつけた。

「会社が軍の統制を受けてるんですか？」アグネスは首を傾け、よくわからないふりをした。やりすぎない程度に。「それだけ聞いても見当もつかないわ」

「もう一度試してみて」と男は微笑みながら言った。彼の顔は、率直で少年っぽく、人なつこかった。しかし、それはあくまで表面上のことだ。この仮面の下に何が隠れているのか。闇と死。突然浮かんだその思いをアグネスは追いやった。

「きっとあたると思いますよ」と彼は髪を撫でつけながら言った。家を出たときと寸分たがわぬ状態であることを確かめるかのように。

「いいえ、ほんとうにわかりません」

「じゃあ、ヒントです。われわれドイツ人は注文を受けるのが大好きです。注文されるのは——」

「森。紙ね。紙を輸出してるのね！」アグネスは彼に身を寄せ、彼の腕に手を置いて笑った。

「あたりです」

アグネスは笑いおえると手を離した。

「お名前はなんておっしゃったかしら？　すみません。忘れてしまって――」

「ヴァルトホルストです」と彼は言って手を差し出した。「ペーター・ヴァルトホルスト」

「紙ね。とても興味深いわ。ノルウェーにはどれくらいいらっしゃるんですか？」

「一九四〇年の秋からです」

「ノルウェー語がとてもお上手だわ」

「外国でビジネスをするにはことばが鍵になりますからね」

「じゃあ、あなたはビジネスマンとして大成功していらっしゃるのね、ヴァルトホルストさん」

彼はアグネスのそのことばに礼を言って、いかにも信用できそうな少年っぽい笑みをまた浮かべた。

数人のグループが大声で話したり笑ったりしながらテラスに出てきた。ヴァルトホルストはそちらに顔を向けた。

アグネスはひそかに思った――ヴァルトホルスト。そう、あなたのような人こそアーチボルド・ラフトンが一番警戒するようにと言った人物よ。

三十一章

二〇〇三年六月十一日　水曜日
ウッレヴォル病院
オスロ　ノルウェー

フィンマルクス通りは混んでおり、ムンク美術館とトイエン公園を結ぶ歩道橋があるあたりで、トミー・バーグマンは渋滞に捕まった。煙草に火をつけ、ハジャからのメールをまた見た。早く返信しておいてよかった。今朝まで引き延ばしていたら、まちがいなく断わっていただろう。まえに進まなければ。今のままではいけない。

受付の看護師は自分の名を名乗ったあと、小首を傾げてバーグマンを見た。バーグマンは徐々に頭痛がひどくなり、こめかみのあたりがずきずきしだした。彼の両側とも人が次々と入れ替わっていた。彼自身は疲れ果てて家に帰ってきた旅行者さながら受付デスクのまえに突っ立っていた。昨日は淋しかった病院に今日は人が大勢いた。彼はそれにまず驚いた。次に看護師が彼に微笑みかけているのに驚いた。

「トミー？　覚えてない？」ゆっくり母音を延ばすヌールラン特有の訛りがあった。ポニーテールにまとめた黒い髪。縁なしの眼鏡に、温かみの感じられる黒い眼。どこかで会ったことがあるのは思い出せた。それでも気まずさを覚えた。そう、何度か会ったことがあり、自宅に招待されたことも二、三度あるヘーゲの友達だ。ヘーゲの親友とまではいかなくても、けっこう親しかったのだろう。ぎこちない沈黙が続いた。そのぎこちなさの一番の原因は、バーグマンが彼女の名前を思い出せないからだろうが、捨てられたのがバーグマンのほうだというのもあるにちがいない。あまつさえ、彼女は彼がヘーゲに暴力を振るっていたことを知っている。バーグマンはかつて誓ったことさえあるのに。ある子供のまえで――虐待を受けて殺された子供のまえで――絶対に女を殴るような男にはならないと。なのに、と彼は思った。今眼のまえにいるこの黒髪の看護師はおれがそんな男であることを知っているのだ。絶対に赦せないことをやってしまう男であることを。彼女の顔に浮かんでいるのは失望だ。当然だろう。彼女と会ったときにはいつもおれはどこまでも紳士的だったのだから。やさしくて魅力的で寛大な男だったのだから。しかし、それはすべて仮面だった。その下には怪物が隠れていた。そんな男を誰が赦せる？

「ああ、もちろん覚えてるよ」と彼は薄い笑みを浮かべた。誰かがうしろからぶつかってきた。振り返ると、老人が歩行器を押しながらカフェテリアから出てきたところだった。カール・オスカー・クローグの凄惨な遺体のそばにあった歩行器が自然と思い出された。

「どういう……？」まだ名前を思い出せない看護師が訊いてきた。

バーグマンは彼女が何を言おうとしているのかはっきりしないまま首を振って答えた。

「いや、マリウス・コルスタに会いにきたんだ。集中治療室にいる。彼とは昨日話した」

彼女はまた微笑んだ。バーグマンはさらに決まりが悪くなった。

「なんかの事件がらみなの？」と彼女は眼のまえのコンピューター画面を見ながら言った。

「いくつか質問したいことがあるんだ」

キーボードを叩く指が途中で止まった。おいおい、やめてくれ。バーグマンは心の中でつぶやいた。

「マリウス・コルスタは亡くなったみたい」と看護師は言った。「昨夜」

バーグマンはうめいた。

コルスタは死んでしまった。教えてもらうことができるなら、バーグマンとしてはすべてを差し出してもいいと思えるほどの秘密を抱えたまま。

「そうか。少なくとも、彼はもう苦しまなくてよくなったわけだ」彼はほかに言うことがなくそう言った。看護師はうなずき、そのことばに応じようとして何か言いかけたが、結局、何も言わなかった。

「ヘーゲに会ったらよろしく」

それ以上何も言わず立ち去った。が、出口を出かけたところで気が変わった、中に戻り、受付を素通りしてカフェテリアにはいった。コルスタには文字どおり鼻先で死なれてしまった。これも運命か。いずれにしろ、コルスタはクローグとはいつもどおりの話しかしなかったと言っていたが、それは嘘だ。とんでもないだぼらだ。

ニューススタンドでビックのライターと〈ダーグブラーデ〉紙を買った。

一面に大きく〝ショック〟と書かれ、その下に昨夜の会見での警察本部長とロイターの写真が載っていた。何が書いてあるのかほとんど頭にはいらないままざっと眼を通した。クローグは六十二の刺し傷を負って殺された。なんらかの情報を持っている人は通報してほしいと本部長は呼びかけていた。警察本部で取材した記者はこう書いていた――警察は捜査を一般からの情報に完全に頼っているのに、捜査内容については捜査中のため詳細を明かそうとしない。

バーグマンは買ったスタンドから数歩先のところに置かれていたゴミ箱に新聞を放り捨てた。

前回と同じベンチに坐って一服したあと、クローグの娘から聞いたことを思い出した。実の子供たちよりクローグのことをよく知る人物がいる。歴史学者のトールゲール・モーバーグ。彼の勤め先の大学はここからほんの数ブロックのところだ。

シルケ通りとソグン通りの交差点で渋滞に巻き込まれた。我慢しきれず、車に青い点滅灯をつけた。彼の車を通すためにほかのすべての車が道を空けてくれた。ただそれだけのことがそのときのバーグマンには輝かしい捜査の進捗に思えた。

三十二章

二〇〇三年六月十一日　水曜日
オスロ大学　人文学科
オスロ　ノルウェー

「ばかばかしい」とトールゲール・モーバーグは言った。「まったく馬鹿げている。カール・オスカー・クローグとカイ・ホルトの関係など、今回の殺人事件にはなんの関わりもない。ほかをあたってください。わかりました？」モーバーグが動揺しているのは明らかだった。甲高い声がさらに甲高くなっていた。バーグマンは首を振った。テレビで何度かモーバーグを見たことがあったが、常におだやかでひかえめな印象だった。何かを守らなければならない相手に対して攻撃的になるところなど一度も見たことがなかった。

窓辺に立ったモーバーグは人文学科と社会学科の建物のあいだの広場を見下ろしていた。三階下の広場の敷石の上を数人の学生が歩いていた。気まぐれで警察学校に願書を出すかわりにここで学んでいたら、自分の人生は今とどれだけ変わっていただろう？　バーグマンはふとそんなことを思った。

「つまりあなたは――」気を悪くしたところは努めて見せないようにして、バーグマンは改めて言った。が、どうしてもあきらめのこもったような声音になっていた。

「――つまり私は六十年近くもまえに死んだ男のことをあれこれつついてまわるのはやめるべきだと言ってるんです。そんなことをしてなんになるんです？　いつになったらカイ・ホルトは安らかに眠れるんです？」

モーバーグは悲しげな笑みを浮かべて振り向いた。大切なことをなんとか相手にわからせようとする者の顔になっていた。相手には理解するだけの知識がないことを承知しながらも、いたずらに努力している者の顔に。そのあと、頭にわずかに残っている髪同様真っ白なひげを撫でながらだしぬけに言った。

「コーヒーは？」大らかで愛想のいい声音に戻っていた。

次は何を言いだすのか。バーグマンは内心そんなことを思いながらただうなずき、手帳をちらりと見た。書いたことばはただひとつ〝ばかばかしい〟だけだった。

「これだけは教えてください。クローグはどうしてホルトの死について調べるのを阻止されたんです？」

「クローグはきわめて執着心の強い人だった。もちろん、親友――人生の極限をともに経験し合った親友――が勝利を勝ち取ったとたん、自ら命を絶ったわけですからね。それは大変なショックだったでしょう」

「謎の死だったということですが」

モーバーグは片手を上げた。額にしわが寄った。ふさふさした眉の左右の高さがだいぶちがっていて、それが彼を年齢以上に老けて見せていた。

「どこで読んだんです?」

「よく覚えていませんが、ネットです」

モーバーグは鼻から勢いよく息を吐くと、バーグマンが言ったことばを吟味するように言った。

「謎の死? そのままのことばで書いてあったんですか?」

「不審な死ということでしょうか」

「どこでそんな記事を読んだんです?」モーバーグは同じ質問を繰り返し、バーグマンの眼をとらえようとした。が、バーグマンはそのときにはもう額入り写真を飾った壁のほうを向いていた。バーグマンの想像が正しければ、その中にはカール・オスカー・クローグの写真もあるはずだった。

モーバーグの同じ質問を無視して彼は言った。

「クローグのような人間には多少の敵がいるものだと思いますが」

「思う?」モーバーグは笑った。「いいですか、カール・オスカー・クローグのような人間にはまちがいなく敵がいます。対立する意見を持つ者、かつてのナチ、ほかにもいるでしょう。それでもです。あんなことまでする人間となると……わかるでしょ？」

　バーグマンは手帳を見た。すでに書いたことばには新たに何かつけ加える余地すらなかった。ばかばかしい。しかし、そのひとことでモーバーグは自らを語っている。ホルトの件がばかばかしいわけがないのだから。

「つまりカイ・ホルトは殺されたわけではなかった。だからクローグはその件をつきまわすべきじゃなかった。そういうことですか？」

「いいですか、ホルトは躁鬱病――当時はそう呼ばれていた精神病を患っていたんです。今で言う双極性障害です。一九四五年五月に彼は妻のもとを去り、ベンチで寝たり友達の家に転がり込んだりといった日々を送るようになった。飲んで馬鹿騒ぎもした。ほかにもあれこれあったことでしょう。ホルトに関する研究資料なら個人的なものも含めてお見せできます。その中には戦前から一九四一年までのカルテもあります」モーバーグは両手を上げた。「彼は天才でした。ただ、自殺願望がきわめて強かった」

「しかし……」とバーグマンは言いかけ、そこで椅子の背にもたれた。

「しかし、なんです？」とモーバーグはかすかな笑みを浮かべて訊き返した。

「それならどうしてクローグはノールマルカで遺体が見つかったあと、マリウス・コルスタに会いにいったんです？」

　モーバーグは口を開いた。が、すぐにはことばが出てこなかった。

「いろいろと話があったんでしょう」ようやくそう言ったものの、本人が願ったほどには自信のあることばには聞こえなかった。

「彼らは誰の話をしたのか。誰の話をしたと私は思っているか。先生にはわかりますか？」

モーバーグは少年院送りにしなければならなくなった子供を見るような眼でバーグマンを見てから、ため息まじりに言った。

「カイ・ホルトでしょ？」

「ノールマルカで見つかった三人についても何もご存知ないんですか？　アグネス・ガーナーとあとふたり、グスタフ・ランデの娘とメイドのことも」

「ええ、何も知りません」

「あなたもですか」

「それが何と関係あるのですか？」

バーグマンは答えるまえにためらった。

「われわれは……」と言いかけたところでことばを切った。

「カール・オスカー殺しはノールマルカの三人、それにカイ・ホルトのいわゆる謎の死とも関係がある。そう考えておられるんですね？」バーグマンが言いかけたことをモーバーグが言った。バーグマンは彼を過小評価していたことに気づかされた。モーバーグは続けた。「ホルトのことは忘れてください。これが私にできる最良の忠告です。追ったってどこにも行き着きませんから」彼はそう言ってひげを撫でた。丹念に手入れされたそのひげは彼がうぬぼれ屋であることを物語っていた。

「ホルトのことはあまり訊かれたくない。そういうことですか?」とバーグマンは言った。

「いや、私としても……あなたには協力したい。いや、ほんとうに……」そこでことばがとぎれた。

「クローグを殺す動機のある者について考えもしなかったんですか?」

「ええ、考えませんでしたね」そう言うと、モーバーグは自分を見つめるバーグマンから眼をそらした。モーバーグは隠しごとのできるタイプではない。彼のボディランゲージを見ればそれは明らかだ。椅子の座面に突然とげが生えたかのように飛び上がると、大きな机のまわりを少し歩いた。そして、足を止めると、辛そうな顔でバーグマンを見てから机の端に腰かけた。

「ひどいありさまだったと聞いてます。ひどい殺され方だったと……」

「犯人の途方もない悪意が感じられる殺され方でした。それしかお話しできませんが、私がこれまでに見た中でも特にひどかった。これでもかなり場数を踏んでいるつもりですが」

モーバーグの悲しみに嘘はなさそうだった。机の端に坐ったまま身じろぎひとつすることなくしばらく床の一点を見つめた。

「カール・オスカー・クローグと最後に話したのは数週間まえでした」ようやくそう言うと、立ち上がって窓辺まで歩いた。「彼は今になってまたホルトの件に取り憑かれていました」

バーグマンは右手にボールペンを握った。〝ばかばかしい〟を横線で消し、〝ホルト〟と書いた。わずかな希望に気持ちが上向いた。

「クローグと話したんですか？」

「しょっちゅう話していましたよ」とモーバーグはいくらか憤慨したように言った。

「電話は向こうから？　それともあなたからですか？」

「私からです。カール・オスカーは何時であれ自分から電話をかける人じゃありませんでした。だからいつも私からかけていました。逆は一度もありませんでした」

「数週間まえ。もう少し正確なところはわかりませんか？」

「そう……二週間まえだったと思います」

「ノールマルカで遺体が見つかるまえですか、あとですか？」

モーバーグは眉をひそめ、息を止め、吐いた。呼吸練習でもするかのように。

「五月十六日のまえですか、あとですか？」

「あとです」

バーグマンは手帳をめくった。これで出発点に戻った。そう思いながら、手帳に描いた三角形を見た。ひとつ目の角には〝クローグ〟、ふたつ目には〝ノールマルカ〟、一番上の三つ目には〝カイ・ホルト〟と書いてあった。

「クローグはまたホルトの件に取り憑かれていたんですね？」

モーバーグはうなずき、声を低くして言った。「あなたはクローグが殺されたこととノールマルカの一件とはほんとうに関係があると思ってるんですか？」

「今のところなんとも言えませんが」

モーバーグには、ノールマルカで見つかった三人について訊きたいことがありそうだった。少なくともバーグマンはそう思った。

「あなたは三人についてはほんとうに何も知らないんですね？」とバーグマンは念を押した。「あるいは彼らを殺した犯人について」

「ええ、知りません」

「クローグもノールマルカのことについては何も言わなかった？」

「ええ」

「グスタフ・ランデは？　彼についてはあなたはどこまでご存知なんです？」

「新聞に書かれていることだけです。もっとも、記事の情報源の大半は私でしょうが。ランデは弁護士であり、実業家でもありました。国民連合の支持者で、戦前から親衛隊の経済活動に関わり、ドイツの商務官とも強いつながりを持っていました。クナーベン鉱山をはじめ、いくつもの事業を経営しており、ノルウェーのドイツ人にとっては重要人物でした。実際、ドイツのために自分の会社の門戸を開いて便宜を図っていました。大ゲルマン帝国構想を信奉していたんです。これ以上の貢献など考えられないといった貢献をしていた。自らの命を絶って人々の記憶から消えるまでは、多くの人々の視線を浴びていた人物だったということです」

「しかし、誰かが彼の婚約者と娘とメイドを殺した」

モーバーグはひげを撫でながら何度かうなずいた。

「グスタフ・ランデはドイツ人にとって重要な存在だった。そのため家族がレジスタンスの標的になった。その可能性は大いにある。そういうことですね？」とバーグマンは言った。

モーバーグは落ち着きなく体を動かした。

「そういうことです」

「当時の国家警察はこの件を〝テロリスト〟による殺人事件として捜査しました」とバーグマンは続けた。「その捜査では尋問を受けていた男が尋問中にナチの本部で自殺していますす。このことからもレジスタンスが三人をノールマルカで殺した可能性は高いと思いますが」

モーバーグは答えなかった。かわりに眼鏡をはずして両眼をこすった。彼は眼と眼のあいだがやけに狭かった。

「クローグは三人を殺した人物を知っていたと思いますか？」

モーバーグはまた呼吸練習を繰り返した。これから未知の深さにもぐろうとするスキンダイヴァーさながら。そのあと長いこと息を止めた。吐いたときには顔が真っ赤になり、息も荒くなっていた。

「これが大変デリケートな問題であることをわかっていただきたい。この国の最後のタブーといってもいいでしょう。私は一九七〇年代に出版した本の中でカール・オスカー・クローグがグットブラン・スヴェンストゥエンを粛清したと書きました。カール・オスカー本人はその私の説を否定しませんでした。つまり、間接的に肯定したわけです。しかし、それを除けば彼は貝のように口をつぐんだままだった。もっとも、人を殺したと自慢してまわるような人間などいないでしょうが。正直、この件に関して私には話せることがあまりないのです。嘘ではありません。実際、ノルウェーでは誰が誰を殺したということについてはあまり研究がされていません。デンマークなどと比べたらまったくないと言ってもいいほどです。特にレジスタンスの粛清については」

「これが粛清だったことはあらゆる事実が示しています」とバーグマンは言った。「その後何十年も経ってクローグが殺された。これまたなんとも〝デリケートな問題〟だ。むしろこっちのほうがデリケートかもしれない。あなたから正式な事情聴取をしなければならないとなったらなおさら」

モーバーグは両手を上げて言った。

「わかりました、わかりました。もし、もしですよ、その三人がレジスタンスに殺されたということなら、それは誰の仕業だったのか、カール・オスカーが知っていた可能性は高いでしょう」

「カイ・ホルトも知っていた可能性はありますか？」

モーバーグはうなずくと、コンピューターのまえに坐った。数秒後、背後のプリンターから紙が一枚出てきた。

「見てください。カール・オスカーのグループのメンバーでまだ存命の五人のリストです。あなたの役に立つようなことを話してくれるとは思えませんが」

バーグマンは紙を受け取って名前に眼を通した。何か忘れている気がした。

「ホルトは多くの情報を墓場まで持っていきました。歴史学者は誰でも彼を生き返らせることができるなら自分の右腕さえ差し出すでしょう。ええ、誰が三人を殺したか、ホルトが知っていた可能性は百パーセントです。もしほんとうに殺されたのだとしたら」

「最後に電話で話したとき、あなたはクローグにどんなことを言ったんです？」

「何かに取り憑かれている相手にはいつも言っていることです」とモーバーグは薄い笑みを浮かべて言った。

「というと?」

「夢中になりすぎると、逆に物事ははっきり見えなくなる」

「なるほど」

「あなたもカール・オスカーと同じ罠にはまらないでください。カイ・ホルトのことで時間を無駄にしてはいけません。彼が自殺しただけでも悲劇です。悲劇をさらに大きくすることはありません」

バーグマンはいっときモーバーグを見つめてから、リストに眼を戻した。生きているのはたった五人。それ以外の人々には名前の横に赤い×印がついていた。この五人の中のひとりがクローグを殺したのか。バーグマンは、クローグの通話記録とオップサル老人ホームの訪問者リストをつき合わせるよう誰かに指示すること、と手帳に書いて、手帳のまえのページをぱらぱらとめくった。この三十分のあいだに何かが頭に浮かんだのは確かなのだが、それはなんだったのか……

これだ。手帳のカヴァーと一ページ目のあいだにインターネットからプリントアウトしたものがはさまっていた。モーバーグの著書を参照して書かれたホルトの記事だ。ただ、もうひとりフィン・ニーストロムという著者も参照元になっていた。

「ホルトについて書かれた記事にフィン・ニーストロムという人の名前も出ていましたが――」

　そう言って、モーバーグを見やった。

　モーバーグは背もたれに頭をあずけていた。彼の右側の窓から射し込む日の光が彼の頬を照らしていた。が、表情は暗かった。まるでいきなり暗い怒りに襲われたかのように。あるいは悲しみか。バーグマンには判断できなかった。が、どこかおかしかった。

「ニーストロムさんはまだここで仕事をしてるんですか？」

　モーバーグは答えなかった。ただ遠くをぼんやり見つめていた。

　長い沈黙が続いた。外からも廊下からも物音ひとつ聞こえてこなかった。

「いいえ」とようやくモーバーグは答えた。「フィンはもうオスロ大学にはいません」

「今はどこに――？」

「一九八一年以降ここにはもういません」モーバーグはそこでようやく落ち着きを取り戻し、バーグマンに視線を戻して言った。「この件であなたが話を聞くべき相手は彼です。私じゃなくて」

「この件とは？」とバーグマンは手帳に書いたフィン・ニーストロムの名前のあとに感嘆符をいくつか書き足しながら尋ねた。

「もちろんカイ・ホルトのことです」

バーグマンには左のこめかみがずきずきと脈打つのがわかった。時間を無駄にはできない。なぜか急にそんな思いに駆られ、身を乗り出した。

「だったらどこに行けば――？」

「フィンですか？」モーバーグの顔にものうげな笑みが浮かんで消えた。「彼は博士論文でホルトを取り上げました。が、私以外、彼の論文に興味を示した者はいなかった。カイ・ホルト大佐は、第二次世界大戦に関して、ノルウェーで一般に広く知られている事件には登場しない人物でしたから。これからもそうでしょう。フィンの論文も大学の図書館のどこかでおそらく埃をかぶっていることでしょう。彼が持ち去ってシュレッダーにかけていなければ。しかし、乏しい情報を探し出して、ホルトを取り上げ、彼が博士論文を書き上げたのはもう奇跡と言ってもいい。彼はモスクワ、ロンドン、ストックホルムそのほかの場所に実に足繁くかよっていました」

「で、今はどこにいるんです？」

モーバーグは片手を上げた。水色の半袖シャツの脇の下が汗で濡れていた。

「フィンは私が指導した学生の中で最も才能に恵まれたひとりでした。私は若くして教授になりましたが、彼は……彼は独特でした。私はフィンを研究助手にして、二冊の本を共同執筆しました。正直なところ、二冊目は大部分が彼の書いたものです。ただ、彼にはあちこちに手を広げすぎる欠点があったけれど。いずれにしろ、学位を取ったあとは、研究助手から准教授になって講座を受け持ち、私と共同執筆するほか、大きな研究も進めていました」

「今はどこに？」

「知りません」モーバーグはそう言って立ち上がったが、ひどく疲れたみたいだった。あと数週間で退官ということだったが、もうすでに引退しているかのように見えた。また窓辺に立つと言った。「あの年の夏はひどく寒かった。覚えてますか？　一九八一年の夏のことです」

「いいえ」

「秋になってから思ったんです。あの夏が彼を叩きつぶしたんだと。彼と彼のプロジェクト、さらに彼の人生も。今どこにいるのか知りません。もう二十二年も会っていません。あの夏のあと、一度も戻ってきませんでした。研究室をきれいに整理して出ていったところを見ると、彼なりに何か計画があったんでしょう。彼のアパートメントにも何度か行きました。電話もかけました。両親は亡くなっていて、兄弟姉妹はいませんでした。軽いつきあいのガールフレンドがいただけです。何人かの。そう、フィンはいきなり消えてしまったんです。彼がよく出入りしていたところにも行きました。でも、見つからなかった」

「よく出入りしていたところ？　というと？」

「誰にだって弱点はある。フィンにもありました」

沈黙ができた。バーグマンは今はフィンの〝弱点〟について訊くのはひかえようと思った。

「彼の居場所については見当もつかない？」

「ええ、つきません」額を窓ガラスに押しつけ、眼を閉じたまま、振り返ることなくモーバーグは言った。「私はフィンが好きでした。誰からも好かれる男でした。私は彼のためにあらゆることをしました。なのに彼は消えてしまった。資料も、三年かけて取り組んでいた研究プロジェクトも、何もかも持ち去って」

バーグマンは立ち上がった。モーバーグはひどく疲れて見えた。

「では、こっちで捜してみます。亡くなっているとしても、少なくともそれを確認します」

ふたりは立ったまま見つめ合った。この男は信じがたいほど嘘の下手な男だ。バーグマンはひそかにそう思った。

「わかりました、わかりました。フィンは……山の中です。ええ、元気にしているはずです。でも、あなたには関わりになりたがらないんじゃないでしょうかね。もしかしたら、これをきっかけにまた調べはじめるかもしれないけれど……」そう言って、モーバーグはとても残念そうな顔をした。それを見てバーグマンは思った――彼がカイ・ホルトのことも、クローグがストックホルムでホルトの死を調べようとしたことも、今回の事件には関係ないと最初に言い張ったのも、おれをフィン・ニーストロムに近づけたくなかったからなのかもしれない。

「山の中と言いましたね？」

「ヴォーゴだかロムだかその辺の山です。それはそちらで調べてください」

バーグマンはドアの把手に手を伸ばした。眼のまえに一九八八年の古いカレンダーが掛かっていた。

「最後にひとつだけ。フィンの研究プロジェクトのテーマはなんだったんです？　姿を消したときに取りかかっていたプロジェクトというのは」

モーバーグは鼻から深く息を吸ってゆっくり吐きながら言った。

「粛清です」

三十三章

一九四二年五月二十二日　土曜日早朝
ランデ邸
トゥーエンゲン通り
オスロ　ノルウェー

グスタフ・ランデはアグネス・ガーナーの剝き出しの腕をやさしく撫でた。この世には自分たちふたりしか存在していないかのような触れ方だった。アグネスは眼を閉じて、この暖かい春の夜、自分と一緒に玄関ポーチに立っているのはピルグリムだと想像した。

「きみのおかげですばらしい夜になった」とランデは手を放して言った。飲んだわりにはしっかりとした声だった。「ほんとうにもう少しつきあってもらうわけにはいかないのかな？」

「もう帰らないと」アグネスは向き直ってランデの手に手を重ねた。彼はそれを両手で包んだ。

通りのどこかの家から騒がしい声が聞こえていた。叫び声が闇に流れ込んでいた。数人のドイツ人が酒宴の歌らしきものを歌っていた。ランデは首を振り、声が聞こえてくるほうをただ顎で示した。

アグネスは思った――わたしはグスタフ・ランデになんの反感も持っていない。十三歳も年上でナチの忠実な信奉者であることを除けば。

彼はまだアグネスの手を包んでいた。

「今度の金曜、サマーハウスに行く。土曜日にちょっとしたパーティがあるんだよ。一緒に来てくれないかな」彼はアグネスのもう一方の手を握ってすぐに放した。「セシリアもきみに会えたら喜ぶし。もちろんシュライナーが反対しなければの話だが」

アグネスはため息をつき、彼の腰に腕をまわした。

「彼とはもう終わったのよ、グスタフ」

ランデはアグネスをじっと見つめた。それから身を屈めると、アグネスの頬にキスをした。

「そうか。それはよかった」

「土曜日?」

「よければ、ぼくたちと一緒に金曜の夜に発たないか? セシリアが喜ぶ。もちろんきみがよければだが」

アグネスは彼に寄り添い、唇に軽くキスをして背中を撫でた。

「喜んでご一緒するわ」アグネスはそう言って彼から離れ、タクシーに向かおうとした。

「じゃあ、グスタフ……」

彼の荒い息づかいが聞こえた。彼は帰らせたくなさそうだった。それでもすぐに手を放した。

「電話してくれる？」アグネスはそう言い、彼のほうを振り向きながらタクシーのドアを開けた。

そして、タクシーのシートに身を沈めると、眼を閉じた。今夜のことすべてが脳裏を駆けめぐった。

「ハンメルシュタードゥ通りまで」とランデは運転手にそう告げると、紙幣を渡してタクシーの屋根を軽く叩いた。

車を出して、とアグネスは思った。お願いだから早く出して。

運転手がイグニッション・キーをまわすと、近所じゅうの人たちを起こしそうな爆音とともに八気筒のエンジンが始動した。

車が走りだしてようやくアグネスは肩の力を抜くことができた。脈が落ち着くのがわかった。危険は去った。

そう思ったのも束の間、ほんの十ヤードも走っていないのに、運転手があきらめたようなため息をついた。アグネスは眼を開けた。バックミラーに背後の車のヘッドライトが映っていた。こんなにうまく行くはずがない。眼のまえで一瞬にして自分の人生が燃え尽きたような気がした。

ばかばかしい。ただの車じゃないの。彼女は自分に言い聞かせた。いや、自分に嘘をつくのはよそう。車はドイツ車だ。わたしがタクシーに乗るのを待ちかまえていたのだ。ランデと一夜をともにすることになっていたら、ひと晩じゅうでも待ちつづけるつもりだったのだろう。実際、酔いに任せて一夜をともにすることも考えたのだけれど……

バックミラーに映るヘッドライトが数回光った。アグネスは心臓が飛び出しそうになった。暗がりの中、急に冷たくなった手でバッグにはいっている小さい箱を探った。蓋を開け、カプセルを手のひらにのせた。運転手は車を停めると、つぶやくように言った。「許可証、車検証、身分証」そう言って振り返り、アグネスを見た。

「お客さん、証明書を持ってます?」

人影が運転席側に現われた。やはりドイツ人兵士だった。運転手と話すために身を屈めた。アグネスはうんざりした顔をつくってまっすぐまえを見つめた。カプセルは右手でしっかり握っていた。もうひとりの兵士が後部席のドアを開けようとして言った。

「開けてください(エフネン・ズィー・ビッテ)」

ください(ビッテ)? 真夜中にタクシーを停めさせたわりにはずいぶんと丁寧なことばづかいをするものだ。運転手はうしろを向き、うしろのドアのロックをはずした。

「ありがとう」闇の中から声がした。アグネスにはその声の主がわかった。知らず知らずカプセルを握る手に力がはいった。

親衛隊のゼーホルツ少将が乗り込んできた。運転手が振り返って証明書類を渡した。

「いや、いや、車を出してくれ」ゼーホルツは手を振って言った。運転手は表情を変えることなくまえを向き、いったん切ったエンジンをまたかけた。車は大きく揺れながら発進した。冷静そうに見えても、運転手も動揺しているのだろう。

アグネスはゼーホルツに笑みを向けて言った。

「あなたでしたか、閣下」そう言って、すばやく左手を彼の手にのせて頭を傾げた。

「びっくりさせないでください。でも、嬉しいわ」

彼は顔をそむけた。その表情からは何も読み取れなかった。

アグネスは視野の隅で彼が窓の外を見ているのを確かめた。そのとき運転手と眼が合った。車内は暗かったが、状況がわからず、運転手は眉をひそめていた。アグネスはカプセルを握りしめている手の力をゆるめた。

「わたしは既婚者だ」とゼーホルツは言った。「だから心配は要らない」

どう考えればいいのか、アグネスにはわからなかった。それでもゼーホルツの口調は何か下心がありそうな口調ではなかった。

ふたりはしばらく押し黙った。車は並んでまどろんでいるような大邸宅群を左に、ホルメンコーレン線の黒い線路を右に見ながら暗い通りを進んだ。

「ハンメルシュタードゥ通りの何番地ですか?」と運転手がスピードを落としながら訊いてきた。カプセルを握る手が汗ばんできた。アグネスの心臓はなぜかまた大きな音をたてはじめた。ゼーホルツがタクシーに乗り込んできたのは、アグネスの住まいを知るためだったのだろうか。

「二十四番地よ」

ゼーホルツは彼女に顔を向けてうなずくと、また人気(ひとけ)のない通りに眼を向けた。アグネスは心の中で子供のように数を数えた。あっというまに十まで数えると、また一から始めた。さらもう一度。

アグネスの住む建物のまえでタクシーが停まると、ゼーホルツは彼女の左の手首を取った。どうすればもう一方の手を口まで持っていってカプセルを呑み込めるか、アグネスにはそのことしか考えられなかった。

「ガーナーさん、ランデさんとのことは真剣に考えてほしい」とゼーホルツは言った。「彼が傷つくのは見たくないんでね。ああ見えて、実は弱い男だ。だから弄ぶつもりなら……私の言っていることはわかるね?」

アグネスはどうにか笑みを浮かべた。

「きみに言いたかったのはそれだけだ」そう言って、彼は皮肉っぽい笑みを一瞬見せた。

まちがいなく愉しんでいる。アグネスは暗がりの中で悪魔そのものが隣りに坐っているような気がした。

「ここがあなたの住まいなんだね、ガーナーさん」ゼーホルツは建物がよく見えるようまえ屈みになった。「あててみよう。三階だ。ちがうかな?」

アグネスは一気に心が沈んだ。

それでも、動じたところなど見せまいと、ただ驚いたふりをした。ゼーホルツの反応を見るかぎり、その演技はうまくいったようだった。

「よけいなことを言ったかもしれないが、私はこの手の推理ゲームが得意でね。きみは三階に住むタイプの女性に見えたものだから」と彼はかろうじてそれとわかる笑みを浮かべて言った。

その瞬間、アグネスは気づいた――この人はわたしが一番恐れていることを今からしようとしている。予想どおり、彼はシートの上のアグネスの手からゆっくり手を放すと、彼女の右手に触れようとした。ランデ邸を去るときにも彼は彼女の手にキスをした。また同じことをしようとしているのだ。もし右手に持っているカプセルが見つかったら、それでわたしは死ぬことになる。

神さま、どうかどうかご慈悲を。

ゼーホルツの手はもう今にもアグネスの右手に触れそうだった。

アグネスは思った——最後に、最後にもう一度だけ、彼に会いたい。

「ちょっと待ってください」とゼーホルツはいきなり言うと、アグネスの手を取るかわりにシートに置いた黒い帽子を取り上げた。そして、自分の側のドアを開けようと彼女に背中を向けた。

アグネスはその隙にバッグを開けると、中にカプセルを落とし、その次の瞬間にはもう鍵を探すふりをしていた。鍵をつかんだとき、ゼーホルツがアグネスの側のドアを開けた。アグネスはそっとバッグの口を閉めた。彼はアグネスの右手を取った。つい今しがたまでカプセルを持っていた手は彼の手からすべり落ちそうなほど汗にまみれていた。ゼーホルツはいっとき動きを止めた。獲物の恐怖を嗅ぎ取る野生動物のように。が、それだけだった。彼はアグネスの手を持ち上げると軽くキスした。

あと二秒で死ぬところだった。彼に見られているのはまちがいないので、アグネスはできるだけしっかりした足取りで玄関に向かった。車のドアを閉める音はまだ聞こえてこない。通りは人も物も息をひそめているかのように静まり返っていた。

玄関のドアの鍵穴には一度で鍵を挿し込むことができた。お願い、震えないで、と自分の手に懇願し、エナメル質が割れそうなほどきつく歯を食いしばったおかげだった。

中にはいるなり、気を失いそうになった。ハイヒールが足の下で塔のように高く感じられ、頭から血が引いた。暗い玄関ホールでドアにもたれ、眼をきつく閉じてから三階までの階段をのぼりはじめた。三階の蔽光カーテンが引かれていない窓をゼーホルツは絶対に見張っている。カーテンが引かれていない窓は明かりがついていなくても引かれている窓とはちがって見える。

用心深く、静かに階段をのぼった。初めのうち自分のアパートメントのどこがちがっているのかわからなかった。狭い玄関ホールに佇み、まわりを見まわした。彼女の靴は帽子を並べた棚の下にきちんと置かれていた。二着のコートもいつもの場所に掛かっている。帽子もいつものところにある。居間のドアもいつものように開いている。

なのにいつもの暗がりとどこかちがって思えた。五月の夜というのは市全体が闇に包まれていても、どこかで必ずひとつは明かりが揺らめいているものだ。玄関の床をかすかに照らす明かりとか。家を出るとき遮光カーテンを閉めた？　いや、閉めていない。その場に佇み、居間に誰かいないか耳をすました。ゼーホルツに騙された？　わたしはゼーホルツに弄ばれているの？

通りから、オートバイが発進し、そのあと少将のメルセデスが走る音が聞こえてきた。そのささやかな行進が過ぎると、あたりはまた静けさに包まれた。

音をたてずに右の靴を脱ぎ、壁に手をついてバランスを取りながら左の靴も脱いだ。せめて銃があれば。それが逃げる手だてになるかもしれないのに。

アグネスは居間の戸口に立った。心臓が激しく胸骨を叩いていた。暗い居間をのぞき込んだ。実際、遮光カーテンは閉まっていた。こめかみと耳の奥で血管が大きく脈打っていた。悲鳴をあげてもその自分の悲鳴さえ聞こえないほど大きな音で。

誰が閉めたの？　誰が？　そこでやっとなじみのあるにおいに気づいた。アフターシェーヴローションのかすかな香りだ。

「どうして来なかった？」暗い居間から声がした。

アグネスは一歩あとずさりした。寄木張りの床が足の下で崩れるのではないかと思った。が、それもいっときのことだった。耳に響く脈の大きな音越しに聞こえてきたのが誰の声かわかるまでのことだった。

アグネスは手さぐりで照明のスウィッチを捜した。天井の照明がつくと、部屋の中を見まわした。ピアノ、ソファ、本棚の横の椅子。誰もいなかった。左を向き、まぶしい光を避けようと手を眼の上にかざした。彼が立っていた。アグネスが見たことのないスーツを着ていた。髪は切りたてで、ひげも剃りたてで、ゆっくりと休養を取ったような眼をしていた。いたずらっぽい笑みを浮かべて、彼は言った。

「公園のベンチに坐るのは嫌いじゃない。でも、ひとりは嫌だな」

「カール……カール・オスカー……」ためらいがちにまえに出て、アグネスはソファに坐った。「怖がらせないでよ」

ピルグリムは坐らなかった。

「会う約束をしていただろ?」

「あなたに連絡がつかなかったのよ。何日もまえから連絡を取ろうとしてたんだけど」とアグネスは言った。「グスタフ・ランデが水曜日に電話してきたの」

「ランデ?」とピルグリムは訊き返し、部屋を歩いて椅子に腰かけた。

アグネスは週末にサマーハウスに招かれたことも含め、何もかも話した。あともう少しでランデを操れるようになることも。

ピルグリムは椅子から立つと、アグネスのまえにひざまずいた。そして、彼女の顔を両手ではさんで微笑んだ。

「すばらしい。きみはすばらしい人だ」

あなたはどうかしてる。そんなあなたを愛しているわたしもどうかしている。

「もうここに来ちゃ駄目よ、カール・オスカー」アグネスは自分でも聞き取れないほど小さな声で言った。「わかってるの? 二度とこんなことはしないで」

彼はアグネスの頰を何度も撫でた。まるで彼女のほうが慰めを求めている子供のように。

「愛しいアグネス、大丈夫。怖がらせるつもりはなかったんだけれど、一号がちょっとおかしくなってしまって……そんな彼のことが心配になって……いや、なんでもない。忘れてくれ」

「カール・オスカー、もうここには絶対来ないって約束して」アグネスは彼の手を取り、坐ったまま背すじを伸ばして言うと、コーヒーテーブルの上に置いたケースから煙草を一本取り出した。

「どうして?」

「どうしても。約束して」そう言って、彼女はマッチをすり、炎を見つめた。

彼は黙ってうなずいた。

「口に出して言って」

「約束するよ」とカール・オスカー・クローグは言った。「信じてくれ、約束する」

「エルンスト・ゼーホルツ少将はわたしがここに住んでるのを知ってる。部屋が何階にあるのかまで」

アグネスは煙草と灰皿を持って寝室にはいった。ベッドに横になり、ピルグリムがシャワーを浴びるかすかな音を聞きながら、煙草を持った右手をナイトスタンドに置いて休め、左腕で両眼を覆って思った。わたしはあのときどこまで死に近づいたのだろう?

朝目覚めたときにはピルグリムはもういなかった。彼のにおいだけがシーツに残っていた。また彼を迎え入れてしまった。アグネスは寝返りを打つと、また眠った。

その朝また目覚めたとき、それまで見ていた夢を思い出した。テラスでたまたま出会った、表向きは紙を扱う会社の責任者という若いドイツ人の夢で、そのドイツ人と何度もダンスをしていた。が、まわりには誰もいなかった。音楽の聞こえない暗い部屋が見えるだけだった。最後にそのドイツ人はアグネスの首に両手をまわして絞めた。次第に強く。その男にはどこかひどく変わったところがあった。事務員のような優雅な手。鼻根の幅が妙に狭い眼。それでもきれいな眼だった。

なんという名前だった?

アグネスはナイトスタンドから紙を取り出し、バッグからペンを出した。

「ペーター・ヴァルトホルスト」そう書いて、紙をくしゃくしゃに丸めて寝室の床に投げ捨てた。いつまで死んだふりをしてるの? いつわたしに襲いかかるつもりなの?

天井を見上げた。何年もペンキを塗り直していなかった。一番遠い隅にクモの巣がかかっていた。そこに止まったハエが逃げようともがいていた。

もう無理よ、とアグネスは思った。

もう無理。

三十四章

二〇〇三年六月十一日　水曜日
ロフスルードゥホグダ
モルテンスルードゥ
オスロ　ノルウェー

トミー・バーグマンは〝トールキルドセン・ハジドサイド〟と書かれたインターフォンのブザーを鳴らした。返事はなかった。別にかまわない。バーグマンは年配のパキスタン人の男が鍵でドアを開けたときに一緒に建物の中にはいった。彼女はまだ帰ってきていないのかもしれない。バーグマンは腕時計を見た。八時五分。三階まであがったところで立ち止まり、彼女からのメールを読み返した。八時から八時半と書いてあった。バーグマンはさらに階段を六階までのぼった。最後の数段、アルネ・ドラーブロスとランニングをするときよりさらに脈が速くなっているのがわかった。

アパートメントは廊下の真ん中にあった。〝サラ&ハジャ〟と書かれたセラミックの表札が掛かっていた。サラが学校でつくったものだろう。いっとき眼を閉じてから、呼鈴を鳴らした。呼鈴のボタンが指の下で震えた。深く息を吸うと、なじみのないにおいが鼻腔を満たした。廊下にはあちこちの部屋からの夕餉のにおいが漂っていた。

ドアが開き、バーグマンは飛び上がった。

白の短いバスローブを着たハジャが立っていた。頭にはピンクのタオルをターバンのように巻いていた。彼女の背後の床に——おそらくバスルームから続いているのだろう——濡れた足跡がついていた。石鹼と香水のさわやかな香りが廊下に流れ出た。

「ごめんなさい」と言って彼女は笑いだした。バーグマンもつられて笑った。「いつもはこんな恰好でドアを開けたりしないんだけど、今日は交代の人が遅れて、大急ぎで買いものをしてシャワーを浴びて……わかってくれる?」食料品のはいった袋が見えた。三つ目の袋からはワインが二本頭をのぞかせていた。

「はいっても……?」とバーグマンはドアを指して言った。

「ああ、どうぞどうぞ」彼女は数歩うしろにさがった。「わたしが招待したんじゃないの」

しばらくふたりは玄関に立っていた。自分たちはこんなことをするほど互いにまだよく知らない。ふたりともおそらく同じことを考えているはずだ。そこでふと思いついたようにハジャがバーグマンに近づいてハグした。ハグしているあいだ、彼女はバーグマンの背中をさすった。

「来てくれて嬉しいわ、トミー」

彼女の眼のきらめきにバーグマンは招待を受けたことを後悔しかけた。彼女の期待に応えられるかどうか、急に自信がなくなったのだ。

「わたしのことを馬鹿だなんて思わないでね」とハジャは言い、ターバンを取って笑った。そんな彼女を見ているうち、バーグマンのほうも緊張が解けてきた。

「きみは馬鹿じゃないよ」最高だ！　とバーグマンは心の中で叫んだ。

「ワインを飲んでて。わたし、着替えるから。いい？」

彼女は二本のワインのうちの一本を買物袋から出してバーグマンに渡した。

「それから夕食の準備になるけど。帰ってくるのがすごく遅れちゃったのよ……でも、あなたは料理が上手なのよね？」

「プロ並みだ」バーグマンはそう言って、サラの部屋のドアを見た。十代のアイドルたちのポスターがところ狭しと貼られていた。バーグマンの知らないアイドルばかりだった。

ワインの壜を持って居間にはいった。寝室はひとつでも広々とした明るい居間と眺めのいい広いバルコニーのあるアパートメントだった。グレーの張り地のソファの背後の壁に表現派の白黒の大きなリトグラフが掛けられていた。バーグマンはそのまえに立ってしばらく眺め、そこで音楽がかかっているのに気づいた。部屋の角の本棚に新しいモデルのレコードプレーヤーらしきものが置かれていた。古いＪＢＬのスピーカーからラドカ・トネフが歌う『マイ・ファニー・ヴァレンタイン』が低く流れていた。彼女のアルバム『フェアリーテールズ』のジャケットが床に落ちていた。バーグマンは首を振った。

「何？」うしろからハジャが言った。軽いサマードレスを着た彼女は裸足で、首を傾けて彼を見ていた。

「なんでもない」とバーグマンは言った。「見たら思い出したんだ」

「何を見たら？」

「本棚とかレコードプレーヤーとか……おれはこういったものの中で育った」実際、流れている曲にここと同じようなアパートメントで過ごした子供の頃が思い出されたのだった。夕食にはロンゲモース（牛や豚の内臓、特に肺や心臓をつぶして香辛料で味つけしたもの）とブラッドソーセージ、本棚にはフェミニスト雑誌の『シィレーネ』。室内には煙草の煙のにおいも薄く漂っていた。ラドカ・トネフやジョニ・ミッチェルの曲が流れ、壁には何年も節約して手に入れたのにちがいない高価な版画と、ハジャの母親――ハジャと同じような黒髪――にちがいない女性の写真。バーグマンは微笑まずにはいられなかった。

「母がよくそのレコードを聞いてたのよ。別の曲にするわね。なんだか気が滅入るものね」

「そんなことはないよ」バーグマンはそう言って彼女の腕に触れた。「これで全然かまわない。ラドカ・トネフは好きなんだ」愛しいハジャ。バスルームに戻っていく彼女をこっそり眺めながら思った。お互いの母親がおれたちふたりを結びつけてくれる? 片方のスピーカーの横の写真が眼にとまった。黒髪の女性がソールランネかどこかの桟橋に立って、三、四歳のおそらくハジャを抱いていた。いかにも一九七〇年代らしいパステルカラーの服を着て、カメラに向かって微笑んでいた。

料理――昨夜からチャラモーラ(北アフリカ料理で使われるソース)に漬けてあったラムチョップ――の準備ができたときには、ふたりともワインをもう二杯ずつ飲みおえていた。バーグマンはほろ酔いでバスルームに行くと、顔に冷水をかけて思った。おれたちは見た目はまるで似ていない。一見しただけでは。だけど、どこか深いところでつながっている。あるいは、それはただ単に彼女の何かがおれをリラックスさせてくれ、愉しませてくれているからだろうか。ハジャのおだやかで自信に満ちた話し方に接しているだけで、自分がまったく別人になったような気になれる。タオルで手を拭いていると、鏡の下の棚に睡眠薬の箱がふたつ置いてあるのが眼にはいった。珍しいことではない。バーグマンは自分にそう言い聞かせた。おれ自身、シフトが終わったあと、昼間眠れるようにヘーゲの薬を飲むことがあったではないか。それにハジャは准看護師だ。飲んでいてもなんの不思議もない。

食事はバルコニーでとり、ハジャは自分のことをありのまま包み隠さず語った。まるでバーグマンが何年もまえからの知り合いであるかのように。バーグマンも話した。時折質問をしたり、自分のことを少しだけ話したりもした。が、ほとんどハジャが話した。そんなハジャを見て、バーグマンは内心思った——なんでも話してくれるということはおれを信頼してくれているということだ。そう思うと、そのぶん彼女がきれいに見えると同時に、少しばかり気まずくもなった。それでも、自分のことはほとんど話さなくてすんだのにはほっとした。

「わたしが十五歳のときに母が自殺したのよ。それで父とわたしのふたりだけになった。そのあとわたしが黒人とのあいだの子供を身ごもってアメリカから帰ると、父はわたしと縁を切った。要するに偽善者なのよ。モロッコで父は都合のいいときだけイスラム教徒になって、機嫌がよければモスクにも行くけれど、うちに帰ったらお酒を飲むのよ。わかる？」

バーグマンは彼女の煙草に火をつけた。

「こんな話、退屈よね」

バーグマンは首を振って、グラスを空けた。もう十一時半になっていたが、外に坐っていても寒くはなかった。下で子供が数人遊んでいた。ワインと、ハジャがバルコニーで育てているジャスミンとラヴェンダーの香り、ハジャの姿。彼女が裸足の足をバーグマンの膝に乗せたこと。それらすべてにバーグマンは頭がくらくらした。ハジャのふくらはぎを上下に軽く撫でた。こんなに早い展開はまったく想定外のことだった。

「母が生きているあいだは父はリベラルなイスラム教徒だった。うちはアーティストの家だったけど、父はレストランを経営していて、母の浮気を見て見ぬふりをしていた。母は絵描きで、アパートメントにはいつも大勢人がいた。でも、母が亡くなると、父は変わってしまった。わたしが母みたいになるのが怖かったのね。それで、従順なイスラム教徒の女子らしく振る舞えなんて、急に口うるさくなった。わたしは叔母の家に家出して、地元のカトリックの高校にかよった……」ハジャはそこでことばを切ると遠くを眺めた。それから数分何も言わず、煙草が勝手に燃えるのに任せた。

「どれくらい結婚していたの？」だいぶ経ってから彼女がいきなり尋ねた。

「結婚はしてなかった」

「関係を終わらせたのは彼女のほう？」

バーグマンはためらってから答えた。

「ああ」

「馬鹿な人ね」

ハジャはバーグマンの手を取った。

最後に誰かとキスをしてからどれぐらい経つのか、バーグマンには思い出せなかった。ヘーゲが出ていったのは去年の八月だ。ということは一年か。

「初めて会ったとき」とハジャは静かに言った。そのあとバーグマンにまたがると、それ以上何も言わなかった。ただ、体を近づけてバーグマンに腕をまわした。息づかいが荒くなっていた。

　バーグマンは何も考えないことにした。

　居間のソファに横になったときも努めて何も考えなかった。ただ、明かりをひとつずつ消してまわる小柄な半裸の女を見つめた。アパートメントの明かりがすべて消えると、最後には夏の夜の光だけになった。

三十五章

一九四二年五月二十八日　金曜日
クリスティアン・アウグスト通り
オスロ　ノルウェー

アグネス・ガーナーは、国家警察のパトロール警官が通りを王宮のほうに歩いていくのを窓から眺めた。黒い制服姿のその警官はどこか意を決したように歩いていた。そのあとには若い民兵が子ガモさながら列をつくっていた。みな警官からくだされる命令を遂行したくてうずうずしていた。少人数のドイツ人兵の縦隊が逆方向に向かって行進していた。三台のトラックが連なって走り過ぎた。一台にはドイツ国防軍の兵士が大勢乗っており、歩道の女の子たちに手を振っていた。警官は挨拶がわりに片手を上げると、さらに少し進んだところで、立ち止まって煙草を吸っていたふたりの若い男を執拗に尋問しはじめた。

アグネスは窓ガラスに額を押しつけ、そのふたりがちゃんとした身分証を持っていることを祈った。国家警察は、身分証をすみやかに提示しない者には発砲する権限を警官に与えており、この警官はその権限をいささかの躊躇(ちゅうちょ)なく実行に移しそうに見えた。アグネスは小さく悪態をついた。ノルウェーのナチとベッドをともにするのではなく、彼らを殺してもいいのならどれほどいいか。実際、彼女はこれまでピルグリムと一号――話せる機会はめったにないが――に自分にできることはそれだけなのかと何度も尋ねていた。もっとほかにできることはないのかと。鉢植えの向こうにある重役秘書の机で電話が鳴り、アグネスはびくりとした。ヘルゲ・シュライナーのオフィスのドアは開いていた。彼はまだ昼食をとりに外に出てはいなかった。あの電話を取らないわけにはいかない。

四回鳴ったところで、シュライナーが戸口に現われた。アグネスとの関係が終わったことが四六時中彼の心を苛んでおり、それを彼は隠せずにいた。それでもそのときの表情は事務的だった。

「電話に出てくれるかな?」そう言ってドア枠にもたれた。

アグネスはうなずいて、受付エリアの奥にまわった。

「シュライナー＝ヴィロム弁護士事務所です」懇願するようなシュライナーの眼から逃れたくて、アグネスは窓の外に眼を向けた。彼はどんな些細な命令にも従いたくて飼い主の足元にひれ伏す犬みたいにそこに立っていた。ふたりの若者はさきほどの警察官に連行されたらしく、もうどこにもいなかった。

電話の向こうから声がした。「きみに会えたのがぼくの人生最大の喜びだ」

「グスタフ」とアグネスは何も考えずに反射的につぶやいた。

シュライナーの顔に落胆の色が浮かんだ。しばらくぼんやりとアグネスを見つめたあと、虚勢を張って自分のオフィスに戻っていった。

「運転手を迎えにやるよ」とグスタフ・ランデは言った。「それでよければ」

アグネスはためらってから尋ねた。「わたし……わたしは何を持っていけばいいかしら？」

「週末を過ごすのに必要なものを。不便な思いをしてほしくないからね。家にいるみたいにくつろいでほしい」

「あなたのことをずっと考えていた」

なんと答えればいいのか、ランデにはすぐにことばが見つからないようだった。

「私もきみのことを考えていた」ややあって、やっとの思いでそう言った。

こんなときじゃなかったら。そしてこんなところじゃなかったら。

アグネスは三時半に仕度をして待っていると約束した。あきれたことに気持ちはすっかり浮かれていて、その足でシュライナーのオフィスに行くと、申しわけないが、早退しなければならなくなったと告げた。シュライナーは負け犬のような顔でうなずき、ぼそっと言った。

「グスタフ……ランデ」

三時半になる直前に、ドアをノックする音がして、アグネスは飛び上がった。運転手ではなくてゲシュタポだったらどうしよう？　ばかばかしい。すぐにそう自分に言い聞かせた。口紅を塗りおえ、最後にもう一度鏡に映る自分の姿を確認した。またノックが聞こえた。

ドアを開けると、青白い顔の若い男が立っていた。襟の記章で伍長であること、制服で国防軍の普通の部署の所属であることがわかった。親衛隊の一員ではないとわかり、アグネスは心底ほっとした。

「フロイライン・ガーナー」と伍長はブーツの踵をかちりと合わせて言った。「ヘル・グスタフ・ランデのサマーハウスへお連れしにまいりました」

「ええ。ありがとう」

「失礼いたします」伍長はそう言ってアグネスのスーツケースを持った。

クリストファー・ブラチャードに今のわたしを見せてやりたい。スコイエンの検問所で車が停まると、アグネスはそう思った。伍長は、黒のＢＭＷがまちがいなくドイツ人名義の車であることを確かめるために窓から頭を突っ込んだ兵士に、無造作に書類を渡した。アグネスも自分の書類を兵士に渡し、無頓着を装い、退屈そうな眼を兵士に向けた。

そのあとふたりを乗せたＢＭＷはルータンゲンに向かった。伍長はひとことも話しかけてこず、バックミラーをのぞくようなことも一度もしなかった。アグネスにとってこれ以上都合のいいことはなかった。眼を閉じてまどろみ、車が凸凹道にはいったときに眼が覚めた。道は急な坂をくだり、やがてその先の深い森の中に白いアルプス風の家が見えてきた。さらにその先には水に浮かんで揺れるヨットのマストが見えた。

それからしばらくのち、アグネスは桟橋の突端に立ってことばを失っていた。彼女の肩にはグスタフ・ランデの手があった。アグネスはセシリアと手をつないでいた。すべてが現実とは思えなかった。うしろを振り返り、大きな白い家と二軒のビーチ小屋、桟橋と庭のあいだに広がる赤みを帯びた岩地を見た。そこにはさまざまな果物の木が育てられていた。これが全部自分とピルグリムのものだったら、とアグネスは思わずにはいられなかった。さらに今この手に握っている少女がピルグリムとの子供だったらと。

「あそこだ」とランデが言った。「あれがホルメストランだ。ラング島とビャルク島の向こうに見える」彼はアグネスの肩を撫で、パイプを口から離してさらに指差した。「ビャルク島の向こうが――」

「たれ尻島（グース・ランプ）」セシリアがそう言って、アグネスの手を放し、口に手をあててくすくす笑いだした。

「ほんとうに？　ほんとうにそんな名前の島があるの？」とアグネスは訊いた。

「ほんとうよ」

「ほんとうに？　そんな名前をつけたのはあなたじゃないの？」

セシリアのくすくす笑いが大笑いになった。ふたりもつられて笑った。グスタフは眼をきらきらさせていた。アグネスは罪悪感を覚えた。彼はこの茶番を信じている。これから何度もこの桟橋に立ち、三人で笑い合う未来を思い描いているのにちがいない。フィヨルドから吹く海風。明るい陽光を受けて輝く白い家のスレート屋根。暖かい風にそよそよとはためくノルウェー国旗。隣りに立つ、永遠に自分のものである若い女性。そんな将来を彼は思い描いているにちがいない。

アグネスは徐々に耐えられなくなってきた。といって、それは最初の客が到着したときに自分の役割を完璧にこなせなかったからではない。セシリアが彼女のほうを見たり、彼女に対する素直な情愛を見せたりするたびに、胸が痛くなるからでもない。何もかもが嘘だという思い。その思いが徐々に彼女の心を蝕みはじめていた。

セシリアと一緒に泳いで、小さなビーチに戻ってくると、ゼーホルツ少将が家のほうからやってくるのが見えた。夏用の薄手のスーツを着て、まったく似合わない麦藁帽をかぶっていた。アグネスは彼の妻というにはだいぶ若すぎる連れの女性と彼に向かって手を振った。それからセシリアの母親のものだったバスローブを羽織り、セシリアの豊かな髪を乾かすと、セシリアをタオルでくるんで自分のほうに引き寄せ、冷たい足をこすって暖めた。セシリアの髪からは海水のにおいがした。

「まさにここはヴァイキングの海だね、ガーナーさん」ゼーホルツは桟橋までやってくると、帽子を脱いでそう言い、そのあと連れの女性を紹介した。アグネスとほぼ同じ年頃のドイツ人秘書で、アグネス同様重要人物ではないのは明らかだった。ゼーホルツは長い桟橋の先端につながれて上下に揺れている大型ヨットを見にいった。秘書もついていき、ヨットの中をよく見るためにゼーホルツに抱え上げられ、甲板に降ろされると、嬌声をあげた。

グスタフ・ランデが数人の客を連れて芝生を歩いてやってきた。アグネスはセシリアを抱くと、岩場を歩いてそそくさとビーチ小屋に向かった。グループの一番うしろに二度と会いたくない男がいたのだ。会わないわけにはいかないことはもちろんわかっていたが。客を連れて桟橋に向かうランデは見るからに上機嫌だった。この八年で一番幸せな時間を過ごしているのではないか。アグネスはそんなランデから、青いブレザーに明るいスラックスという恰好で、グループのすぐうしろを歩いているハンサムな男に眼を移した。その姿を見ただけで自分を騙す気が一気に失せた。今のこの状況にもひとつぐらいどこかに真実があるのではないか、などという幻想など雲散霧消した。男は桟橋のまえまで来ると、そこで躊躇して向きを変えた。ほかの人々と離れて、アグネスが白いペンキの塗られた柵にタオルを掛けているビーチ小屋にまっすぐやってきた。

サングラスがきらきらと反射していた。その反射はペーター・ヴァルトホルストの黒髪を固めているつややかなポマードといい勝負だった。彼は近づくとサングラスをはずし、胸のポケットに入れた。アグネスは、水をしたたらせ、グスタフ・ランデの亡くなった妻のバスローブをまとい、ランデの娘に脚にしがみつかれている今の自分が、いかにも無防備に感じられた。彼がそんなタイミングを狙ってやってきたことはまずまちがいなかった。

「ガーナーさん、またお会いしましたね」ヴァルトホルストはそう言って、アグネスと握手した。「きみがセシリアだね？」

「ヴァルトホルストさんにご挨拶なさい、セシリア」

「ペーターでいいですよ」彼はしゃがみ込んでセシリアを見た。家の中で少し飲んできたのか、彼も上機嫌だった。アグネスは少し落ち着いて、桟橋のほうに眼をやった。客たちはランデが戦前にアメリカで買ったＪクラスのヨットに乗っていた。ヴァルトホルストが青いブレザーのポケットに手を突っ込んで言った。

「ほら」

セシリアは一歩あとずさりして、アグネスの脚にいっそう強くしがみついた。

「きみの耳にはいってるのは何かな？」ヴァルトホルストはそう言って彼女の耳にやった手を開いた。手のひらに五十オーレ硬貨がのっていた。セシリアは嬉しそうな声をあげ、アグネスの脚から離れた。

「きみの耳の中ではお金が育つってこと、知らなかった？」

セシリアは濡れた巻き毛を左右に揺らして首を振った。

「これはきみにあげよう。どっちみちきみの耳から出てきたんだから」彼は硬貨をセシリアの手にのせ、指を閉じさせた。「もう片方の耳にも何か育ってると思う？」

「ううん」とセシリアは言ってアグネスを見上げ、アグネスは少女の生き生きした表情を見て、またしても心が痛くなった。アグネスの心の中で本人は認めたくない感情が育っていた。

アグネスはセシリアの髪を撫でて言った。

「もう行かないと」

「ちょっと待って」ヴァルトホルストはそう言って、また五十オーレ硬貨を出した。「信じられる？」

それから立ち上がると、煙草に火をつけた。ランデ邸のテラスで見たのと同じ動きだった。ペーター・ヴァルトホルスト、素敵な素敵な紙の輸出業者。

「その恰好でディナーに出るわけじゃないですよね？」彼はそう言ってアグネスにウィンクしてみせ、そのあとセシリアの鼻をつまんだ。セシリアは喜んで身をよじらせた。

「あの人、あなたにも同じことをした？」ビーチ小屋で着替え、窓からヨットを見ながらセシリアが言った。ヴァルトホルストはほかの客に交じって、美しい船の前甲板を眺めていた。

「いいえ」アグネスは答え、ひそかに思った――彼がわたしのためにに考えているのはまた別の手品だ。

服を着てから、セシリアの着替えを手伝い、草の上を裸足で家に向かいながら彼女は思った——この子といれば一番安全だ。この子といるかぎり、彼らにしてもわたしを連れ去ることはできない。テラスでセシリアにジュースを注ぎ、彼女たちのほうに戻ってくる客たちを見やった。ヴァルトホルストだけが桟橋に残ってビーチ小屋のほうを見ていたが、ややあって彼もアグネスとセシリアがテラスにいるのに気づいた。アグネスはすぐに彼に背を向けると家の中にはいった。

その夜——あのメイドはまた非難めいた視線を向けてきたが——セシリアを寝かしつけていると、一番訊かれたくないことをセシリアに訊かれた。「ずっとここに一緒にいられる？」

アグネスはセシリアの隣りに横になった。開いた窓にかかるカーテンが揺れていた。地平線はピンクに変わりかけており、下のテラスのざわめきと夜に向けてホルムスブーに寄港する一隻の漁船の音が交ざり合って聞こえた。漁船のまわりをカモメが飛び交い、母鳥を待つカッコーのヒナたちのように甲高い声で鳴いていた。アグネスがそっと腕を放すなり、セシリアは眼を開けた。

「寝なさい、セシリア」とアグネスは囁いた。

「いつまでもここにいてほしい」とセシリアは小さな声で言った。

咽喉元に熱い塊が込み上げたのがわかった。アグネスにはただうなずくことしかできなかった。それでも最後にセシリアの額を撫でながらなんとか言った。「考えてみるわね」

そう言いながら、心の中ではこう思っていた――わたしはここから逃げたくてたまらないの。あなたのお父さんじゃない、別の人と。とはいえ、彼女を逃がす計画など今はどこにもないことぐらい彼女にもわかっていた。いったいノルウェーにレジスタンスのグループはいくつあるのか。今アグネスが関わっていることが危険すぎるとわかったら、彼らはアグネスをスウェーデンに逃がすか、西海岸からイギリス行きの船に乗せるかしてくれるのだろうか？　アグネスは古いパイン材の床を歩いてカーテンを閉めた。テラスでペーター・ヴァルトホルストがアグネスの知らないドイツ人の民間人と話しているのが見えた。

螺旋階段を降りていくと、ランデとゼーホルツも家に戻っていた。アグネスがセシリアを寝かしつけているあいだに戻ったのだろう。アグネスは足を止めて、その声に耳をすました。ふたりの声はキッチンか、隣りのグスタフの書斎から聞こえていた。階段を降りきって廊下に向かうところで、ゼーホルツの連れの若い秘書がテラスでヴァルトホルストの膝の上に坐っているのが見えた。ゼーホルツはそういうことをまるで気にしないのだろう。ゼーホルツの粗野な声が聞こえた。時折その声をさえぎるランデのおだやかな声も。アグネスはテラスの誰にも気づかれていないことを確かめてから、向きを変え、キッチンに急いだ。

「そういうことだ。もう一隊配置しなければならない。わかるだろ、グスタフ？」ゼーホルツの声が開いている書斎のドアの向こうからはっきりと聞こえた。

どちらかが紙をめくっているらしい音がした。書斎からほのかな明かりが暗いキッチンの中に扇形に射していた。

「これを見ろ」とゼーホルツは言っていた。「対空拠点が必要だ。ここところに」紙にペンで何か書く音がした。高射砲に囲まれた建物の絵でも描いているのだろうか？「それも至急」

「金がかかる」とランデの声がした。

「それはあんたが心配することじゃない。地下室も要る。あそこはまわりから丸見えだからな。イギリス軍に徹底的に爆破されるのも時間の問題だ。そうなったらどうする？立て直すには何年もかかる」

グスタフ・ランデは答えなかった。

アグネスは息を殺した。書斎まで聞こえてしまうのではないかと思うほど脈が激しく打っていた。ここにただ立っているわけにはいかない。アグネス、自分から出ていくのよ！　何かするの！

「ヨーロッパで最大のモリブデン鉱山なんだぞ、グスタフ。わかってるのか？」

「いつかきみの要求に応えられるようになればいいとは思っている」とランデは言った。「確かにヨーロッパで最大の鉱山だよ。鉱石の質は低くても。それでももうすぐいいニュースを伝えられると思う」彼は声をひそめた。誰にも聞かれたくないのだろう。少なくともアグネスには。しかし、すでに充分聞いてしまった。うまくすれば、ヘルゲ・シュライナーのもとでの二年間よりはるかに大きな成果が挙げられるかもしれない。

用心深く一歩さがると、敷居が音をたてた。

アグネスは一瞬凍りついて、窓の外に並んで停まっている艶のある黒い車を見つめた。書斎のふたりは囁き声になっていた。それでもまだ会話の断片は聞こえた。どこかの調査部長に関する話をしていた。

アグネスの背後に誰かがやってきて、床板が音をたてた。ヴァルトホルスト？　なんて言えばいい？　もし彼だったら。バッグは二階の自分の部屋だ。なんと愚かな……。

聞こえてきたのは女性の咳払いだった。どうかうしろにいるのが臨時雇いのメイドか、ホルムスブーから来た給仕でありますように。アグネスは祈った。が、振り返ったアグネスが眼にしたのは、ランデのメイド、ヨハンネの鳥のような顔だった。

書斎のふたりはまだ話を続けていた。

アグネスもヨハンネも何も言わなかった。ヨハンネは苛立たしげにアグネスの横をすり抜けると窓辺まで行って遮光カーテンを閉めた。そして、水に浸けてあった皿をシンクから取り出しはじめた。

アグネスはランデがオフィスのドアから顔を出すまえに急いでテラスに出た。どうやってここから逃げればいい？

手すりに手を置いて美しい景色に心を集中させた。ふたりの会話を盗み聞きしていたのをメイドに疑われたことは、努めて考えないようにした。ヨハンネはまちがいなく気づいたはずだ。少し危険を冒しすぎた。見られてはならないところを見られてしまった。どんな代償を支払わされることになるのだろう？　ヨハンネが並はずれて鈍感なメイドなら問題はないだろうが、とてもそうは思えない。

しばらくそこに立っていると、誰かが隣りにやってきた。背後でカーテンが閉められる音がした。それだけでテラスは一気に落ち着いた雰囲気になり、人々の声もより抑えられた、真剣な声になったような気がした。

「素敵な夜ですね」ヴァルトホルスト。ウィスキーのグラスを手すりに置きながら彼は低い声で言った。あたりが暗くなってきた中、彼の顔が白黒写真のように見えた。「ランデさんはこんな美しいサマーハウスを持ってるわけです。そんな彼に惹かれたからといって、誰もあなたを責めたりしませんよ」そう言って、ヴァルトホルストはアグネスと眼を合わせようとした。アグネスは顔をそらし、テラスの脇で花をつけているライラックの茂みをじっと見つめた。

「ライラック」アグネスの視線をたどって、ヴァルトホルストが言った。「こんな魅力的なものを創造しておいてわずか数週間しか生かしておかないとは神も残酷なものだ」

その夜、アグネスはなにより安全なことをした。何室か離れた部屋ではほかの客が寝息をたてていた。彼女は下着を脱ぐと、ナイトガウンのボタンをはずし、自分の部屋を出てそっとドアを閉めた。そして、廊下を忍び足で歩いた。廊下の先の窓越しに太陽が地平線から顔を出しているのが見えた。ナイトガウンも脱ぐと、グスタフ・ランデの寝室のドアを開け、裸で寝ている彼の横に身を沈めた。

三十六章

二〇〇三年六月十二日　木曜日
スティンブー・ロッジ
ヴォーゴ　ノルウェー

一度も休まず二百マイル以上運転したのは、トミー・バーグマンにしてもずいぶんと久しぶりのことだった。高速道路十五号線から五十一号線に分岐するヴォーゴ湖で坂をのぼっているときには睡魔と戦った。そんな思いをしながら、心のどこかではまったくの時間の無駄だと思っていた。クローグの昔の仲間で、まだ存命の五人の居場所を捜し出すのには丸一日かかり、すでに三人と会って話を聞いたが、その骨折りの成果は、ウッレルヌ・オーセンに住む海運業の老人からコーヒー一杯とクッキーをごちそうになったことぐらいだった。

速度を落とし、きついカーヴを通り抜け、星に届くまで続いているのかと思われるほど上にまっすぐに延びている山道をのぼった。やっとスティンブー・ロッジに一番近い出口にたどり着いて高速道路を降りると、そこから先は狭い砂利道になった。

しばらく走って小さな建物の横に車を停めた。車を降りると、山の冷たい空気に迎えられた。時間は午後十一時半、気温は零度近いはずだ。鳥肌が立った。管理棟と思われる建物の正面へ続く坂を降りたところに湖があり、バーグマンはその暗い湖面に映る月影をしばらく眺めた。物音ひとつ聞こえなかった。外には五、六台の車が停まっていたが、ロッジのウェブサイトにある〝おいしい食事とくつろぎのひととき〟を求めてここまで来た人々は、早々に眠りについたようだ。どの窓にも明かりはともっていなかった。ふたつの玄関灯と〝ステインブー・ロッジへようこそ〟というネオンサインを除けば、白夜のノルウェーにしてはこれ以上ないほど暗かった。広々とした空を見上げると、なんだか急に感傷的な気分になった。

管理棟のほうから音が聞こえ、バーグマンは振り返った。大きな人影が入口の両側に円柱のように立っている、切りっぱなしの木材のひとつによりかかっていた。

「都会の人だね」とバーグマンのほうに近づきながら男は言った。二匹のイングリッシュセッターが彼に挨拶をしに走ってきた。フィン・ニーストロムはがっしりとした体格で、バーグマンより頭半分背が高く、その握手は力強かった。モーバーグから六十歳と聞いていたが、ほのかな明かりの中で見る彼はそれよりずいぶん若く見えた。ふさふさとした長髪をポニーテールにまとめているせいかもしれない。

「ずっとひとりで運転してきたのかね？」とニーストロムは尋ねた。

バーグマンはうなずいた。

「ここじゃきみが法そのものということになるかもしれないけれど、宿帳には名前と電話番号を書いてくれ」

「実のところ、今夜のうちに帰るつもりだったんだけれど」

「だったらすぐ中にはいってくれ。今夜は早じまいするつもりなんでね。夜っぴてここで話してるわけにもいかないだろう」

バーグマンは迷わないよう、アイスランド・セーターを着た彼の背中をじっと見つめ、夢遊病者のように歩いた。そんな彼のうしろを二匹の犬がついてきた。

ふたりは管理棟にはいった。丸太の壁には趣味のいい落ち着いた雰囲気の版画が飾られていた。受付デスクの奥を見るかぎり、全体の半分ほどのルームキーが出払っているようだった。ロッジの経営状態はまあまあなのだろう。バーグマンはもうじっと立っているのがやっとだった。酔っぱらいのように体が揺れた。

「ちょっと待っていてくれ」そう言って、ニーストロムは受付デスクの向こう側にまわると、大きなカバの板でできた机にルームキーを置いた。「疲れてるみたいだね。二〇四号室だ。きみが車を停めたところのすぐそばの小さなキャビンだ」

バーグマンは疲れているどころではなかった。キーをちゃんと持つのも一苦労だった。それでも、フィン・ニーストロムにはどこか見覚えがあることに気づく程度には注意力がまだ残っていた。ドアまで戻ったところでニーストロムに呼び止められた。

「何か要るものは?」ニーストロムは書類仕事から顔も上げずに尋ねた。受付エリアは薄暗かったが、バーグマンはそのときどこかで彼を見たことがあることを確信した。

訊かれたことにはただ首を振って答えた。ニーストロムは顔を起こすと、短くとも親しげな笑みを向けてきた。バーグマンは思った――最初はモーバーグもそうだった。ニーストロムもまたおれをヌケ作と思っているのだろうか。

「山の空気の中だとよく眠れるはずだ」書類に視線を戻して、ニーストロムは言った。「窓を少し開けておくといい。角の生え変わり期のトナカイみたいにぐっすり眠れて、朝には生まれ変わったみたいな気分で目覚められるよ」

「あなたはテレビに出たことはありませんか? ここ数年のあいだに」

ニーストロムは笑った。

「テレビ? 私が出た番組のあのチャンネルはもう存在しないけどね、バーグマンさん。それでも訊かれたから言っておくと、一九七〇年代の終わりに一度だけ出た。昔のことだ。もうほとんど忘れてたよ」

バーグマンはただ首を振っただけで何も言わなかった。

寒いキャビンのベッドに横たわり、上掛けを引っぱり上げ、最近熟睡とはどれほど無縁だったか思い知らされた。最後に朝まで一度も目覚めることなく眠れたのはいつのことだったか、思い出せないくらい久しぶりのことだった。片腕を口と鼻の上に乗せてにおいを嗅いだ。ハジャの咽喉のくぼみの香水の香りがした。

庭で吠える犬の声で眼が覚めた。カーテンの隙間から射し込む太陽の光が顔を照らしていた。部屋の内装はシンプルで、質素と言ってもいいほどだった。壁は紙のように薄く、隣りの部屋で女性がシャワーを浴びながら歌っているのも、男が規則正しいいびきをかいているのも聞こえた。しばらくベッドに横になったままでいると、砂利の上を歩く重い足音が聞こえた。そのあとキャビンの外側のドアが開き、ブーツの音が近づいた。部屋のドアが二回ノックされた。

フィン・ニーストロムがはいってきた。

「起きてくれ。もう九時になる」

「もうちょっと時間をください」バーグマンはしわが刻まれ、日焼けしたニーストロムの顔を見て言った。昨夜ほど若くは見えなかった。テレビに出たことがあるか尋ねたのを急に思い出し、恥ずかしくなった。日中の光で見れば、見たことがないのは明らかだった。名前も今回の捜査を始めるまで聞いたこともなかったのに。ニーストロムは昨夜と同じセーターとズボンで、ベルトに重いサーミナイフを差し、新品のハイキングブーツを履いていた。ロマの血が混じった、少し見栄っぱりのアウトドア派。そんな雰囲気の男だった。テレビか新聞で見たと思った男とはまるでちがっていた。

「釣りは好きかな?」ニーストロムはひげを剃ったばかりの顎を撫でながら言った。かすかにシェーヴィングクリームのにおいがして、子供の頃、アーレン・ディーブダールの家に泊まったときに、父親がひげを剃ってる姿を見たことを思い出した。ジレットの赤と白の容器に溜めた石鹸液の泡をブラシにつけて顔に塗っていた。そのときには、父親が毎日家にいて、毎日このにおいを嗅がされるというのはどんなものなのだろうと思ったものだ。「よし」とニーストロムは言った。「朝食は十時までだけれど、それに間に合わなかったら何か用意してあげるよ」

「カイ・ホルト」バーグマンは起き上がると、氷のように冷たいリノリウムの床に脱いだままのジャケットから煙草を探しながら言った。「カイ・ホルトのことを聞かせてほしい」冷たい山の風が開けた窓からはいってきて、バーグマンは思わず身震いをした。

「朝食がさきだ」とニーストロムは言った。「釣り竿は貸してあげるよ。一番いいやつを」

バーグマンは「それはどうも」と答えて窓に顔を向けた。カーテン越しに陽光が射し込み、部屋の中で戯れていた。

「こいつじゃ駄目だな」ニーストロムは大きな右手でバーグマンの古いスニーカーをつまみ上げ、また床に置いて言った。「サイズはいくつだね?」

「四十三」

「四十三?」とニーストロムは呆れたようにおうむ返しに言った。音楽学校の入学希望者ならいざ知らず、大都市の警察官にはありえないサイズだとでも言いたげだった。

「着替えたら朝食を食べてくれ。三十分後に出発だ」

バーグマンはドアが閉まるまでアイスランド・セーターに包まれた広い背中を見送った。いったいどういう男なんだ、このニーストロムというのは? 歴史学の准教授、トールゲール・モーバーグの教え子。突然キャリアを捨て、グルメ・シェフと結婚して、この人里離れた山中でロッジを引き継いだ。

窓から身を乗り出して周囲を見渡した。確かに自然豊かないいところではある。ニーストロムが草の生えたひさしの下で立ち止まり、指笛を吹くのが見えた。キャビンの角から二匹のイングリッシュセッターが飛び出てきた。クローグの家のテラスで死んでいたセッターを見下ろしている自分の姿がいきなりバーグマンの脳裏に浮かんだ。

歩きはじめて十五分から二十分ほど経ってやっとバーグマンは思った——こんなことをしている場合ではない、と。フィン・ニーストロムは一日じゅう外で過ごすつもりのようだが、こっちはクローグの首を掻っ切って眼を抉り出した犯人を見つけなければならないのだ。上司フレデリク・ロイターの期待を一身に背負ってこんな辺鄙(へんぴ)なところまでやってきたのだ。事件が解決する可能性は一日ごとに低くなっていく。それはごまかすことのできない事実だ。同時に、バーグマンにはニーストロムが最後の頼みの綱という気がしてならなかった。そういうものを手放したくはない。加えて、バーグマンはニーストロムのことが好きになっていた。最初の印象はよかったのに次第に悪くなったモーバーグとはまるで正反対だった。

「悪くないだろ?」永久にたどり着けないように思えた丘の頂上に着くと、ニーストロムは言った。砂利道からはずいぶんまえに離れ、ふたりは果てしなく続くヒースの荒野をのぼっていた。はるか眼下にロッジとそのそばの小さな湖が見えた。「ロンダネだ」ニーストロムは嗅ぎ煙草の缶で左のほうを指し示して言った。

バーグマンは呼吸を整えるだけでも一苦労だった。ニーストロムが見つけてくれたハイキングブーツはよく履きこなされたもので、その点はありがたかったが。彼の妻の息子のもので、サイズは四十四だったが、それでちょうどよかった。

「これぞ田舎だ」とニーストロムは眼を細めてバーグマンを見ながら言った。「あそこにいい釣り場があるんだよ」二匹のセッターはすでに坂をくだってその釣り場に向かっていた。

バーグマンはやっと体を起こすと、初めて景色をとくと眺めた。風は冷たく太陽は不吉な色の雲に隠れていたが、景色は信じがたいほど美しかった。山の牧草地の緑と広い空、果てしなく続くかのようなまわりの山の峰を見ていると、どうしてもまた感傷的な気分になった。

「さあ、行こう」とニーストロムは坂をくだりながらバーグマンに声をかけた。

「カイ・ホルトについてあなたはどれぐらい知ってるんです？」とバーグマンは彼のうしろから尋ねた。いつまでも世間話を続けているわけにはいかない。

ニーストロムは振り向かなかった。バーグマンは荒野を小走りになってもう一度叫んだ。「カイ・ホルトのことです！」ニーストロムは二十五ヤードほど離れたところで足を止めた。バーグマンは走るペースを落とした。ニーストロムから借りたナップサックには薪が少しはいっていただけだが、それでもストラップが肩に食い込んで、皮膚が裂けそうなほど痛かった。

「どうしてそんなにカイ・ホルトにこだわるんだ？」バーグマンが追いつくと、ニーストロムは言った。そして、ナップサックをおろして地面に置くと、頭を振って笑い、緑の登山用ズボンのポケットから煙草のパックを取り出した。

「それがマリウス・コルスタの最期の頼みだから」とバーグマンは煙草を巻きはじめたニーストロムに言った。「ホルトに何が起きたのか突き止めるよう頼まれたんです。それに、このあいだ殺されたカール・オスカー・クローグとモーバーグは、ノールマルカで三人の白骨死体が見つかった直後、電話でカイ・ホルトのことを話している。それからもうひとつ、モーバーグが渋々ながら話してくれたからです。あなたは突然姿を消した一九八一年当時、レジスタンスに粛清された人々のことを研究していた。それがあなたとカイ・ホルトに私が興味を持つ理由です――わかってもらえましたか？」

「なるほど。そういうことならご執心なのも無理はない」ニーストロムはジッポのライターで煙草に火をつけた。

「カイ・ホルトのことを話してください」

「釣りはよくするのかな？」ニーストロムは二本の赤い釣り竿の重さを手で量りながら尋ねた。水面に眼をやる様子を見るかぎり、カイ・ホルトにはまるで興味がなさそうだった。

「いや」とバーグマンはナップサックをおろしながら言った。すぐに話題を変えるニーストロムに段々腹が立ってきた。

「ソーダを取ってくれないか」とニーストロムはバッグを指差して言った。「きみは自由にビールを飲んでくれ。仕事中にこれほどボスから離れるというのは久しぶりなんじゃないか？」

バーグマンはすぐには動かなかった。ニーストロムには弱点があったというモーバーグのことばの意味など天才でなくてもわかる。ややあって、バーグマンはニーストロムが背負ってきた緑のベルゲン・ナップサックを開けた。中には五百ミリリットル入りのソーダのボトルが三本、コーヒーのはいった魔法瓶、それにビール三缶、ミネラルウォーターのボトルが一本、カップがふたつ、それにオールボーのアクアヴィットが一本はいっていた。さらに古いフライパンとスパチュラ、バターを入れた容器。

「アクアヴィットは料理のためのものだ。念のために言っておくと」とニーストロムは手を差し出しながら言った。

「最後に釣りをしたのは十歳くらいの頃かな」とバーグマンは言った。釣りをしたのは母にサマーキャンプに入れられたときが最後だ。あのキャンプは長い悪夢でしかなかったが、それは今ここでニーストロムに話さなければならないことではない。

「わかった。話を聞くよ。私は釣りをする」ニーストロムはそう言ってソーダの栓を開けた。「きみは警察官だから――」げっぷを隠そうとしたが、隠しきれずに彼は続けた。

「私の話がもっともらしく聞こえるかどうか教えてくれ。カイ・ホルトの身に起きたことにそれほど興味があるなら」

ニーストロムはナップサックから餌の容器を取り出し、サーミナイフで釣り糸の先端を切りながら言った。「ホルトの死は公式には自殺になっている。しかし、私の知るかぎり、司法解剖はおこなわれなかった。それにホルトの事件ファイルはスウェーデンの公安警察の保管庫から消えている。私は何度もかよったよ。スウェーデンの公安警察は何百というノルウェー人のファイルを持っているのに、カイ・ホルトのことなど名前も聞いたことがないと言う。おまけに通常の警察記録さえ一九四五年のものは閲覧ができなかった。まだ残ってるはずなのに。どう考えてもおかしくないか？　これについてはきみの考えも聞かせてほしい。ホルトのファイルはなぜか公安警察の保管庫から消えていて、通常のストックホルム警察の報告書も閲覧できなかった。もっと妙なのが——」

「もっと妙なのが——？」とバーグマンはおうむ返しに訊き返した。ニーストロムの話の中身を注意深く聞いていたのに、一瞬、ニーストロムのことばのアクセントが気になったのだ。ほかの言語の訛りがかすかに感じられないだろうか？

「ホルトの死に事件性がないか捜査していた警察官が、ホルトの遺体が発見されたわずか数日後にストックホルムの市中で死んだ」

「それも殺しだった。そう思うんですか？」

「私は何も思ってないよ」ニーストロムは釣り竿を上げてリールを巻きながら言った。

「しかし、普通の自殺にしては解せないことが多すぎる」

「クローグはそのことをどう思ってたんです？　コルスタはこう言っていたけれど——自分とクローグでホルトの身に何が起きたのか突き止めようとしたと」

「たぶんそれはほんとうだろう」とニーストロムは言った。そう言って、釣り上げたイワナを針からはずすと、頭を切り落とし、プラスティックのバッグに入れた。質問に答える気はないようだった。

「クローグに会ったことは？」

「何度か」ニーストロムは血にまみれてぬるぬるする手をズボンで拭いた。「モーバーグ教授と一緒に二回ほど、それから最後のプロジェクトがらみで一回会った。プロジェクトのことはモーバーグからどのぐらい聞いているか知らないが」そう言って彼は肩をすくめた。

「あなたが一九八一年に姿を消したときに取り組んでいたプロジェクトのことは聞きました」

ニーストロムはまた釣り糸を水中に垂らした。

「姿を消した？　モーバーグがそう言ったのか？」彼の顔に笑みが広がり、少年時代の顔が垣間見えた。

「そうじゃないんですか？」

ニーストロムは首を振って言った。

「モーバーグはなんでもドラマ仕立てにする天才だな。彼にはちゃんと電話で伝えたよ。もうこのプロジェクトは続けたくないって」

バーグマンは黙ってうなずいた。

「モーバーグはほかには何か言ってなかったか？」

「ほとんど」

ニーストロムは微笑むと、また首を振った。

「警官はみんなそうだと思うが、きみも最初はパトカーに乗ってたのかね？」

「ええ、みんなと同じに」

「ストール通り三十八番地と聞いたら何を思い出す？」

バーグマンは答えなかった。あの当時、アル中をリハビリのために〈ブルークロス（アルコールおよび薬物中毒者を更生させる団体）〉のあるその番地まで何度乗せていったことだろう。

「モーバーグは何度も私をあそこに入れた。学生の頃から酒をやめるまで何度もね。一九八〇年の五月以降は飲んでない。毎朝職場に行くと、モーバーグにアンタビュース（アルコール依存症の治療薬）を飲めと強要されたけど、私は酒がはいってるほうが仕事がうまくいくとその頃思ってた。うまく教えられるし、執筆も捗るしって――」

「彼は自分が教えた学生の中であなたが一番優秀だったと言っていた。院生としても准教授としても――」

「それはたぶんまちがってないよ」ニーストロムはソーダを飲みおえ、苦笑いを浮かべて言った。「それでもひどいアル中だった。モーバーグがあのくそいまいましいアンタビュースを持って毎朝待っていないと……いろんなことがうまくいかなくなった」

バーグマンは手にしたハンザビールの缶に眼をやった。わけもなく罪悪感を覚えた。ほんの少し酔った眼で山の峰を見やった。太陽の光がまぶしかった。

心の中ではひそかに自分に悪態をついていた。

アルコール依存症の話になると、どうしても母親を思い出してしまう。母のことは考えたくなかった。彼の母親は酒を目の敵のように思っている人で、彼は物心ついたときから繰り返し酒を飲むなと言われていた。彼の母親の場合、酒そのものが悪いわけではなく、どんな薬物より中毒になりやすいからというのがその理由だった。看護師だからそういうことがよくわかるのだとよく自慢げに言っていた。バーグマンはそんな母を失望させたくなかった。あるいは、単に母の期待に逆らう勇気がなかっただけかもしれないが。いずれにしろ、母が亡くなるまではあまり飲まなかった。が、警察学校を卒業すると、母が酒を毛嫌いしていたのは、酒にまつわる嫌な思い出があったからではないかと思うようになった。アルコール依存の男から逃げた過去があるとか。その男に見つからないぐらい遠くまで。母はもともと北の出身だったが、彼は母の出身地には一度も行ったことがない。いや、そもそも親子でどこかに行くこと自体ほとんどなかった。大都市の人々や通りや建物という頑丈な網の外に出ると、その男に見つかってしまうのではないか。母はそんなことを恐れていたのかもしれない。バーグマンも自分がヘーゲに対し、それまで物にしか爆発させたことのなかった怒りを直接ぶつけたときに悟った。母が逃げ出してきた男もまた酒を飲んで母を殺しかけたのだろう。その男が自分の父親だとすれば、それで自分の内なる怒りの出所の説明がつく。自分は病的な虐待者になるＤＮＡを秘めてこの世に生まれ出たのだ。とはいえ、実のところ、それを最終結論にすることも彼にはできなかった。自分のほんとうの出自を知らないのだから。これは単純で残酷な事実だ。バーグマンの懊悩（おうのう）の根っこはそこにあり、その苦しみは歳を取るごとにむしろ強くなっている。それでも、この事実とはいつか向き合わなければならない。母はなぜ南にやってきたのか、北に何を残してきたのか、どうして母は常に肩越しにうしろを振り返らずにはいられないような人生を送ることになったのか。おれの魂を解放する鍵は母が捨てたものにある。バーグマンはそう思っていた。それがなんであれ、突き止める勇気を持たなければならない。そうしなければ、おれはさきに進むことができない。

　ビールの缶をヒースに覆われた地面に置くと、缶はすぐ倒れた。バーグマンは泡立つビールがゆっくりこぼれ出るのを見つめた。ニーストロムのことばに――一語一語きちんと聞いてはいなかったが――もの思いから引きずり戻された。

「いずれにしろ、あなたはもう我慢できなくなった、一九八一年の夏に」そう応じて、右手で缶を握りつぶした。

「そうだ」とニーストロムは静かに答えた。「そのときも私はストックホルムにいた。公安警察にはまたしてもファイルの閲覧を断わられた。それで……たぶんそれがとどめになったんだろう。貯めていた金を全部使って一週間飲みつづけた。カロリンスカ病院で意識を取り戻してまず思ったよ。もうこれで二度とオスロ大学には戻れないだろうって。それとこの研究プロジェクトを完遂することもないだろうって」

「プロジェクトのテーマは粛清だった」

ニーストロムは答えず、ただぼんやりと湖を見つめた。

「今じゃアンタビュースを埋め込んでる」そう言って、ニーストロムは左腕を上げてみせた。そうすることで何かを証明するかのように。

「クローグには何度か会ったんですね？」バーグマンは話題を変えたくて言った。

ニーストロムはうなずいた。

「それでプロジェクトを中止しろと言われたんですか？」

「クローグはそういう男じゃないが」しばらく間を置いてからニーストロムは答えた。

「大したことは聞けなかった」

「あなたを脅したのかと思ってました」

「クローグが殺された聖霊降臨日に私がどこにいたのか訊かないのかね？」とニーストロムは糸を垂らしながら言った。「クローグは冷淡で皮肉屋のろくでなしかもしれないが、根は悪い人間じゃなかった。ただ、粛清について探られるのは嫌だったんだろう。もう終わった話だと言っていた。でも、私を脅したりはしなかったよ」

「研究資料は捨てたんですか？　全部？」

「どう思う？」ニーストロムは今度はマスを釣り上げ、ナイフでまた頭を切り落とした。

「私は年寄りのアル中かもしれないが、馬鹿じゃない」

バーグマンは眼のまえにいる男を見つめた。落ち着いて魚の腸を抜いている。抜いた腸をくんくんと鼻を鳴らしている二匹のセッターに投げ与えながら。

「なるほど。だったらノールマルカで見つかった白骨死体のことはどう思います？」とバーグマンは犬を撫でながら訊いた。犬は疑わしげに腸のにおいを嗅いだあとそっぽを向いた。「研究資料の中にはあの三人に関わるものはなかったんですか？」

「ない。だけど、私はプロジェクトを完成できなかったわけだからね。粛清のことを知りたいんだよね？　レジスタンスが一九四四年に母子をエストマルカに生き埋めにしたという記録は残っている。そのことから類推すると、その二年まえにノールマルカで別の家族に同じことをしていても不思議はない」

「実は家族ではないんです。アグネス・ガーナーはグスタフ・ランデの婚約者で、妻になるまえに殺されました」

「もしかしたら、彼女には別に恋人がいたのかもしれない。むしろありがちな話だ。異常なまでの嫉妬というのは。子供とメイドはたまたまそこに居合わせただけかもしれない。だけど、刑事はきみだ。私じゃない」そう言って、彼は笑った。口にくわえた煙草の火はもう消えていたが、新たな魚を釣り上げようとしているところで彼は両手ともふさがっていた。

「クローグの周囲にいた人間はほとんどがすでに亡くなっています。まだ生きているのは五人で、モーバーグ教授がリストをくれました」そう言って、バーグマンはリストをニーストロムに渡した。すでにそのうちの三人と連絡を取ったことは言わなかった。リストの人々と連絡を取るだけで丸一日無駄にしたことは。

「この五人からは大して得るところはないと思う。それはまちがいないね。いずれにしろ、きみはどう思ってるんだ？　クローグのことを」

「クローグ、ホルト、ノールマルカで殺された三人のあいだには何かつながりがあると思います」

「そのキーワードが、粛清。そういうことだね？」

「ええ」

「だったらどんなつながりがあったと思う？」

バーグマンは答えなかった。自分の横に寝そべっているセッターの背中を撫で、湖面のさざ波を眼で追った。空は白と言ってもいいほど薄い青だった。

「どんなつながりだね？」とニーストロムは繰り返した。

「クローグもホルトも誰が三人の女性を殺したか知っていた。三人というか……正確には女性ふたりと女の子ひとりを」

「それは充分ありうる」とニーストロムは自分に言い聞かせるようにつぶやき、釣り糸を水中に投げて犬を見た。犬は明らかにバーグマンが気に入ったらしく、バーグマンのそばから離れようとしなかった。「妙なもんだ。同じ親から一緒に生まれたきょうだいでも全然ちがうんだから。こいつらのきょうだいは知らない人間が苦手で、ステインブーでの配達便を引き継いだばかりの郵便配達人に咬みついて大怪我を負わせてしまった。しかたなく私はこの手で始末しなきゃならなかった」

また餌に魚が食いついた。

「もうひとりいるはずだ」とニーストロムは言った。「飲みすぎでまだ死んでなかったら」

「もうひとり？」

「クローグの仲間で、もうひとり生きていそうなのがいる。私には何も話そうとしなかったけれど、それももう三十年以上まえの話だ。名前はイーヴァル・フォールン。よりによってウッデヴァラに住んでる」

「イーヴァル・フォールン？」

「しかし、まだ生きていたらきみは運がよかったということになるね。あれほどの酒飲みはほかにいないよ」

バーグマンはニーストロムが見つくろってくれた着古しのウィンドブレーカーから手帳を取り出し、その名を書いた。イーヴァル・フォールン。初めて聞く名前だった。

「カイ・ホルトは戦時中何をしていたんです？」

「きみが知るべきことはふたつある。ホルトは戦時中、ノルウェーのレジスタンスの重要人物だった。彼の上に立つ者も彼と同等の者もいなかった。彼のコードネームが——少なくともそのひとつが——〝一号〟だったのはそのためだ」

「ホルトは一号と呼ばれていた。そういうことですか？」

「そうだ」ニーストロムは焚火の準備を始めながらうなずいて言った。「しかし、誰とも打ち解けることはなく、手の内を絶対に人に見せない人間だった。彼の写真が一枚も残っていないのはそのせいもあるだろう。それにどうやら守護天使にも守られていたようでね。一九四三年の秋、レイモン・〝白いチーズ〟・グードビヨンセンと誤認されてドイツ軍に逮捕されたことがあったんだが、一週間後にはヴィクトリア・テラスで釈放された。ヴィートオストがリムペットマイン（艦船などの破壊工作で運用される水雷の一種）の暴発で死んでいたことがわかったからだ。全部で五つの名前を持っていたが、どれにもしっかりした経歴が用意されていた。すべて彼がひとりでつくり上げたものだ」

「だったらどうしてストックホルムで死んだんです？　モーバーグは、鬱に苦しんでいたのではないかと言っていたけれど」バーグマンはそう言って、そこでモーバーグが嘘をついていたことを思い出した。フィン・ニーストロムに彼を近づかせないようとしていたことを。

ニーストロムは否定するように手を振り、熾火になった焚火の上のフライパンから残っていた魚を取り出した。

「モーバーグ先生は〝母性〟本能の強い人でね。きみがここまで来たら、私がまたおかしくなるんじゃないかと心配したんだろう」ニーストロムはそう言って微笑んだ。「警官が話を聞きにきただけで、私はここでの生活をすべて投げ出してしまうんじゃないかなんてことまで心配したのかもしれない」そう言って短く笑い、そのあと真顔になって続けた。

「それでも、実際に論文を書いたのは私だけれど、ホルトに関してはモーバーグが言ってることには一理ある。つまり、一番の問題はホルトが何に巻き込まれたのか、それは誰もはっきりとは知らないということだ。一九四二年秋、〈ミーロルグ〉のグループや、オスロ内のイギリスのネットワークが崩壊してからは、あらゆる方向——イギリスにも、ファシストのオズワルド・モズレーにも、ソ連にも、スウェーデン諜報部にも——伝手を持っているのはホルトだけになった。だから、理屈上は誰が彼をストックホルムで殺していてもおかしくない。それがスウェーデンでもソ連でもドイツでもアメリカでもね」

「いずれにしろ、最後にわかっているのは、一九四五年五月三十日にストックホルムで遺体で見つかったということですね？」

「最後にわかっているのは——」とニーストロムは親指を舐めながら言った。「モーバーグも知っていることだけれど、一九四五年五月二十八日の月曜日、ホルトがオスロから北に二時間ほどのリレハンメルにいたことだ。しかし、そこで彼が何をしていたのかは誰も知らない。その二日後、ストックホルムで遺体で見つかった。その同じ週、捜査を担当していた警部がストックホルムの路上で白昼殺された」

バーグマンはプラスティックの皿に盛られた料理をつついた。ニーストロムはバーグマンの心の内を読んだかのように続けた。

「私の考えを言えば、ホルトが殺されたのはリレハンメルで何かを見つけたからじゃない。理由は何かほかにあったんじゃないかな」

バーグマンはうなずいてから言った。「ノールマルカの三人。ホルトは誰が彼女たちを殺したのかリレハンメルで知ったのでは？」

「いや、それはどうかな」とニーストロムは言った。「そんなことがどうしてリレハンメルでわかるんだね？　当時リレハンメルにいたのはドイツ人とソ連人の戦争捕虜だけだ。戦争捕虜の誰かが三人を殺した人物を知っていたとは思えない。殺したのがドイツ人でないかぎりは。しかし、ドイツ人がどうしてそんなことをしなければならない？」

「ですよね」

「ほんとうのところ、きみはノールマルカではいったい何があったと思ってる？」ニーストロムはバーグマンの眼をのぞき込むようにして言った。

あなたをどこかで見たことがある。バーグマンは心の中でつぶやいた。その頬骨、その眼。それとも、ビールのせいで頭がきちんと働いていないだけのことか。

「いったい誰にふたりの女性と女の子を殺せたと思う?」ニーストロムは立ち上がると、坂の上のほうに小枝を投げた。二匹の犬はまるで悪魔に追いかけられてでもいるかのように走りだした。

バーグマンはニーストロムを見やった。どこまでも真剣な表情になっていた。ここ何年もずっとこの問題について考えてきたかのような。

「ひとつ質問させてほしい」とニーストロムは言った。「戦時中にノルウェーで起きたことのうち、世に知られているのは何パーセントぐらいだと思う?」

「八十パーセントぐらいじゃないですかね」とりあえずそう答え、バーグマンはクローグがヒトラーユーゲントのナイフで殺されたことを話そうかと思ったが、やめておいた。まだ明かす必要のない情報に思えた。

「仮に七十パーセントだとしよう。残り三十パーセントにどれだけの死や破壊があったと思う?」

「三十パーセントでもかなりの数になるでしょう」

「ノールマルカで殺された三人はその知られていない三十パーセントのほうにはいっているということだ。それは取りも直さず、殺した人間もそっちにはいっているということだ。しかし思うに、きみはもう誰がやったか知ってるんじゃないか? ただ、そういう考えは受け入れたくないだけで」

「あなたから言ってください」

「カール・オスカー・クローグは一九四三年に親しい友を殺した。ボルテロッカの階段で銃弾をその友の頭に一発、胸に二発撃ち込んだんだ。彼が奪った命の数は戦争が終わった時点で十を超えていた。彼にしても気に病んでいたことだろうが、つまるところ、彼は戦争に勝つためならなんでもできる男だった。親友のひとりが裏切者だったことがわかると、志願してスウェーデンまで行って、その親友を撃ち殺した。巡礼者(ピルグリム)――それが彼のコードネームだ――はそんな男だった。だから、高名なナチ党員の婚約者を殺すよう指示されたら、毛ほどの迷いもなく殺すだろう。幼い女の子とメイドがその邪魔になったら――あるいは指示の中にふたりの名前もあったかもしれない――彼女たちのことも迷いなく殺すだろう。彼はノルウェーからドイツ人を追い出すためならなんでもやっただろう。文字どおりなんでも」

「そこまでとは私にはちょっと考えられないけれど」とバーグマンは言った。

「どうして？　彼女たちはいつ殺された？　クローグはいつスウェーデンに逃げた？　彼女たちが殺された当日か翌日だ。私は最初〈ミーロルグ〉への取り締まりがきつくなって逃げたのだと思っていた。そうじゃない。彼には逃げなければならない大きな理由がひとつあったんだよ。アグネス・ガーナーとランデの娘のセシリアに何があったのか。ドイツ人は昼夜を問わず徹底調査をした」

「あなたはほんとうに――?」とバーグマンは言いかけた。

「話ができてよかったよ」ニーストロムは荒い息づかいのセッターの口から枝を受け取りながら言った。「それでも私にはわからないね。誰が彼女たちを殺したのか、それは明らかなのに、そんなことを確かめにわざわざこんなところまで来るなんて」

「三人を殺したのはクローグ。そう思ってるんですね?」バーグマンはニーストロムというより自分に言い聞かせるように言った。「彼がアグネス・ガーナーとセシリアとメイドを殺したと」


(下巻へ続く)

最後の巡礼者 上

Den siste pilegrimen

2020年10月8日　初版第一刷発行

著者　ガード・スヴェン
翻訳　田口俊樹
校正　株式会社鴎来堂
DTP組版　岩田伸昭
装丁　坂野公一（welle design）

発行人　後藤明信
発行所　株式会社竹書房
〒102-0072
東京都千代田区飯田橋2-7-3
電話 03-3264-1576（代表）
03-3234-6301（編集）
http://www.takeshobo.co.jp

印刷所　中央精版印刷株式会社

ISBN978-4-8019-2411-6 C0197